Fenomenalnej Ewelinie ♡
Jesteś dla mnie inspiracją :)
Aga Pleskacewicz
Trowbridge 04/12/23

Dziękuję wszystkim osobom, które okazały mi wsparcie podczas pracy nad książką. Wielu z Was robiło to nieświadomie ;). Jedynym powodem, dla którego nie każdemu opowiedziałam o tym projekcie, był brak wiary, że dojdzie on do skutku. Każde dobre słowo, uśmiech, pomoc w codziennych obowiązkach, a także konstruktywna krytyka dawały mi motywację do dalszego pisania, a następnie wydania tejże powieści. Zrealizowałam jedno ze swoich cichych, młodzieńczych marzeń. I każdemu z Was tego życzę. Spełniajcie swoje marzenia!

AGA PLESKACEWICZ

IDEALNY PAN W.

CZĘŚĆ I

CZY POTRAFISZ ROZSZYFROWAĆ

UKŁADANKĘ?

Wstęp

Adrianna Dziurska potrafiła podróżować w czasie.

Nie fizycznie. W tej historii wydarzy się wiele dziwnych, nieprzewidywalnych rzeczy, ale nie będą to motywy science fiction. Może trochę fantasy... Ada Dziurska bowiem potrafiła także fantazjować. Miała, doprawdy, wybujałą wyobraźnię, będącą w dużej mierze zasługą przeczytanych w trakcie trzydziestoparoletniego życia książek. Tylko że Ada wędrowała w czasoprzestrzeni bynajmniej nie dzięki umiejętności przekładania słów na przewijające się w głowie obrazy. Ona podróżowała za pomocą swoich wspomnień. Niekiedy były one tak dokładne, że gdy przypominała sobie o jego dotyku na swoim ciele, przechodziły ją dreszcze...

ROZDZIAŁ 1

Lipiec 2006

Dziewiętnastoletnią Adriannę Dziurską ze snu wyrwała puszczona na cały regulator muzyka drum and bass dochodząca z sąsiedniego pokoju. Jeszcze zanim otworzyła oczy, poczuła, jak promienie przedpołudniowego słońca, wkradające się do środka przez niedomknięte żaluzje, przyjemnie łaskoczą jej policzki. Uśmiechając się pod nosem, wyciągnęła pod kołdrą smukłe, nagie ciało i zaczęła się wpatrywać w swojego cudownego mężczyznę wzrokiem pełnym uwielbienia.

Pochłonięty pisaniem SMS-a Marek Koszycki nie zauważył, że jego narzeczona już nie śpi. Chociaż właściwie sama Ada też do końca nie wiedziała, czy na pewno się obudziła. Od pewnego czasu bowiem całe jej życie było jednym, wielkim snem. O miłości.

Ta miłość miała idealny profil. Zupełnie jak większość znanych, antycznych rzeźb przedstawiających greckich sportowców. Zresztą jego umięśnione ciało też było jakby idealnie wyrzeźbione. A gdyby jeszcze, jakimś cudem, starożytni artyści swoim dziełom potrafili wykuć idealne mózgi, to już niczym by się nie różniły od Marka Koszyckiego, który poza tym, że był szalenie przystojny, był też ponadprzeciętnie inteligentny. Idealnie inteligentny.

Kiedy w końcu „pan idealny" zorientował się, że jest obserwowany, natychmiast odłożył telefon na komodę przy łóżku. Przez chwilę w milczeniu spoglądali sobie z Adą w oczy. Potem Marek nachylił się nad nią i w zmysłowy sposób zaczął pieścić jej usta zębami i językiem. Poczuła przyjemne napięcie w dole brzucha i mimowolnie wplątała dłonie w jego miękkie, pachnące jaśminem włosy. Odurzona kwiatową wonią posłusznie rozchyliła wargi. Pocałunek na początku był subtelny, z czasem jednak zyskał na intensywności, aż dobrnęli do granicy, gdzie, choć obojgu zaczęło brakować powietrza, nie potrafili się już od siebie oderwać. Kiedy w końcu przerwali, żeby zaczerpnąć oddech, zwróciła się do niego z zatroskaną miną:

– Naprawdę musisz jechać? – Opuszkami palców pogłaskała go po gładkich, idealnie ogolonych policzkach.

– To tylko formalność. Pojadę, rozliczę się i wracam – odparł spokojnie, opierając głowę na ugiętej ręce.

Nadal spoglądała na niego pełnym obaw wzrokiem.

– Ada, wszystko będzie OK, zobaczysz – zapewnił ją raz jeszcze. Witek ze mną jedzie.

– O... To rzeczywiście bardzo mnie uspokoiło. – Skrzywiła się wymownie.

Witold Koszycki był jednym z dwóch starszych o pięć lat braci Marka. I to właśnie on odpowiadał za głośne basy, którymi doprowadzał do szału wszystkich mieszkańców bloku. Zresztą puszczana na pełny regulator muzyka to jego najmniejsze przewinienie. Ten gość uwielbiał pakować się w kłopoty. Tak samo jak jego brat bliźniak, Jakub, który przebywał w Niemczech, gdzie organizował następny transport aut z zachodu na wschód.

– Nie mam zamiaru tracić tych ostatnich dwóch godzin na gadanie – oświadczył Marek z zadziornym uśmiechem. – Chodź tu! – Sprawnym ruchem przyciągnął ją bliżej, tak, że ich nagie, przykryte kołdrą ciała mogły się o siebie swobodnie ocierać. – Jeszcze kilka tygodni i będziesz moja na zawsze.

Już miał ją znowu pocałować, ale przerwała mu w ostatnim momencie:

– Nie mogę uwierzyć, że ojciec się zgodził, żebyśmy razem zamieszkali... Jak ty go przekonałeś?

– Pokazałem mu indeks i obiecałem, że dopilnuję, żebyś przez następny rok uczyła się tak samo pilnie jak ja – odparł, wzruszając ramionami.

– Nieźle mnie wkopałeś! – Ada walnęła go lekko pięścią w ramię, udając rozgniewaną.

– Zero imprez, kochanie. Zero studenckiego życia. Całymi dniami będziemy zakuwać. A jak akurat nie będziemy zakuwać, to będziemy wykładać towar na półki w jakimś markecie.

– Dołącz do tego przerwy na seks i w to wchodzę. – Zamrugała zalotnie oczami.

– Nie ma mowy! Nie możesz się rozpraszać.

Roześmiali się oboje.

– Pozostała jeszcze tylko twoja babka – westchnął zrezygnowany. – Ona nie da się tak łatwo urobić.

– „Młody Koszycki to nie chłopak dla ciebie". – Ada naśladowała głos swojej ukochanej babci i tak samo jak ona pogroziła samej sobie palcem. Potem dodała już normalnym tonem: – Gdyby Witek i Kuba nie dali jej tak popalić w szkole, może patrzyłaby teraz na to wszystko zupełnie inaczej.

– Skreślanie mnie za głupotę bliźniaków nie jest fair.

– Nie. Nie jest – przyznała z poważną miną. – I dlatego, bez względu na to, co powie babcia, ja i tak za ciebie wyjdę.

– A ja w ciebie wejdę – zażartował i pocałował ją z całą stanowczością. Pocałunek stał się wstępem do coraz to intensywniejszych pieszczot.

Wszyscy dobrze wiemy, że niewiele potrzeba niedoświadczonym, za to bezgranicznie w sobie zakochanym, młodym ludziom do osiągnięcia seksualnej satysfakcji. Faktem jest jednak, że Marek swój pierwszy raz miał już dawno za sobą. Jako szesnastolatek pojechał z braćmi i swoim najlepszym kumplem, Damianem, na dyskotekę do pobliskiej Sosnówki. Zaczepiła go tam jakaś kilka lat starsza dziewczyna i, po paru wspólnie skonsumowanych szotach czystej wódki zapijanych piwem, wylądował z nią na tyłach budynku. Nie do końca pamiętał, co wtedy zaszło. Jednak na podstawie urywków, jakie udało mu się odtworzyć w drodze powrotnej do domu, wiedział, że stracił cnotę. Tej panny nie spotkał już później ani razu. Może i lepiej, bo po tym wydarzeniu nieco zraził się do płci pięknej. Żałował, że tak go wtedy poniosło. Poniewczasie doszedł do wniosku, że mógł z inicjacją seksualną poczekać na kogoś, kogo pokocha... Kiedy po dwóch latach od tego zajścia poznał Adriannę Dziurską, jeszcze mocniej utwierdził się w tym przekonaniu.

Tajniki współżycia między kobietą a mężczyzną nie były całkowicie obce także Adzie. Już kilka lat wcześniej zaczęła się w nie zagłębiać, czytając książki.

Tak. Książki.

W roku dwa tysiące szóstym dostęp do informacji tego typu w internecie nie był jeszcze aż tak powszechny jak obecnie. Oczywiście istniały bardziej doświadczone koleżanki z klasy i czasopisma młodzieżowe kupowane w osiedlowym kiosku RUCH. Jednak sposób, w jaki poruszały one kwestie współżycia i seksualności, nie do końca przemawiał do naszej bohaterki. Dlatego też Ada postanowiła zaufać wiedzy książkowej. Kiedy miała szesnaście lat, szukała czegoś do poczytania w biblioteczce swojej babci, po której odziedziczyła miłość do literatury pięknej. I wtedy natknęła się na kilka dość kontrowersyjnych tytułów. Zaintrygowana zaznajomiła się najpierw z erotycznym obliczem Emmanuelle, żony francuskiego dyplomaty, by przejść do bardziej merytorycznych zagadnień opisanych przez Michalinę Wisłocką.

Dla Ady orgazm osiągany podczas współżycia nie był aż tak istotny jak ten moment zaraz po. Wtedy ciała kochanków stawały się idealnie spełnioną jednością. Starała się ogarnąć tę magiczną chwilę wszystkimi zmysłami, aby potem wielokrotnie odtwarzać ją w myślach przed zaśnięciem. To był najlepszy sposób, by osłodzić sobie gorycz rozłąki.

Niestety, tym razem czar rozkosznej bliskości prysł wyjątkowo szybko. Wszystko za sprawą telefonu komórkowego, który za pomocą jednotonowego dzwonka poinformował Marka o odebranej wiadomości tekstowej. Odsunął się od Ady i sięgnął po swoją komórkę. Dziewczyna wzniosła oczy ku górze, z trudem powstrzymując się od komentarza. Wstała z łóżka i zaczęła się ubierać. Na białą, koronkową bieliznę założyła lekko przetarte jeansy i beżową koszulkę na ramiączkach, a ciemnobrązowe włosy związała w koński ogon.

– Nie wiesz, gdzie jest mój plecak? – Rozejrzała się po pokoju. Chciała wyjąć szczotkę do włosów, które, jak przypuszczała, były dość zmierzwione.

– Nie, skarbie – odpowiedział Marek, odpisując na otrzymanego przed chwilą SMS-a.

Ada wyszła na korytarz, zostawiając otwarte drzwi, i przeszukała kuchnię oraz przedpokój.

– Jestem pewna, że wczoraj gdzieś tu go kładłam! – krzyknęła, próbując przebić się przez dudniące drumy.

– Może Witek go widział?! – odkrzyknął Marek. – Zapytaj go!

– Taaa, jasne – westchnęła i z politowaniem spojrzała na zamknięte drzwi do pokoju bliźniaków.

Poza puszczoną na cały regulator muzyką dolatywały z niego bluzgi i zapach marihuany. Domyśliła się, że brat Marka gra właśnie na PlayStation, paląc blanta. Ostatnią rzeczą, której pragnęła, było wdawać się z nim w jakiekolwiek dyskusje. Zawsze uważała go za prostaka i zastanawiała się, co te wszystkie dziewczyny w nim widzą. Niemal za każdym razem, kiedy przyjeżdżał do Polski, wyrywał nową pannę.

– Marek, nie mogę znaleźć plecaka! – rzuciła nerwowo, wchodząc z powrotem do jego pokoju.

– Oddzwonię do Kuby i ci pomogę – odparł, nakładając bokserki.

Ada wróciła na korytarz i już miała otworzyć drzwi toalety, gdy nagle jak dąb wyrósł przed nią upalony Witold Koszycki.

– Hej, lalka. Jak leci? – Wpatrywał się w nią z cwanym uśmiechem na twarzy. Fakt, że z wyglądu tak bardzo przypominał Marka, był największym okrucieństwem, i zarazem ironią losu, z jakim przyszło jej się kiedykolwiek zmierzyć.

A co ciekawe, brat bliźniak Witka, Kuba, był zielonookim blondynem, tak samo jak ich matka. Ze zdjęć, które pokazywał jej Marek, wiedziała, że on i Witek czarne jak smoła włosy i śniadą cerę zawdzięczali ojcu. Niestety, nie dane jej było osobiście poznać Jarosława Koszyckiego, który w dziewięćdziesiątym piątym roku zmarł nagle na zawał serca.

– Pomyliłeś mnie z jedną ze swoich lasek – odparła nonszalancko.

– A może jednak wolałabyś być MOJĄ laską? – Witek położył wyraźny akcent na zaimku MOJA.

– Wiesz, co to jest? – Pokazała mu swoją prawą dłoń z pierścionkiem zaręczynowym na serdecznym palcu, po czym, wystawiając wymownie środkowy palec, oznajmiła: – Nigdy nie będę twoją laską.

Ku jej radości Witold Koszycki przez chwilę nie wiedział, co ma powiedzieć, a zdarzało mu się to naprawdę rzadko. Jednak ten triumf nie trwał długo.

– Miałem ci tego nie mówić, ale trudno... – zaczął dużo poważniejszym tonem. – Zgadnij, czym zajmują się kolesie, którzy nam nakręcają auta w Niemczech?

Ada przewróciła oczami na znak, że mało ją to obchodzi. Chciała jak najszybciej uciąć tę rozmowę, ale on cały czas blokował jej drzwi do ubikacji.

– Mają kilka burdeli – wyjaśnił. – Zawsze, jak tam jeździmy, jest ostra impreza. Niech ci Mareczek powie, z iloma dziwkami już spał. Zastanawiałaś się pewnie, skąd on ma taką wprawę w te klocki... Zapytaj go.

Dobrze wiedziała, że bliźniakom Koszyckim nie wolno wierzyć, a mimo to poczuła lekki niepokój. Nie dała jednak nic po sobie poznać i, rzucając Witkowi gniewne spojrzenie, zagroziła:

– Jeśli zaraz się nie przesuniesz, to przysięgam, że zacznę głośno krzyczeć i powiem Markowi, że próbowałeś mi coś zrobić.

– Jesteś śliczna, jak się złościsz – zaśmiał się perfidnie, a potem nachylił się nad nią tak, jakby miał ją zaraz pocałować i szepnął do jej ucha: – To, że twój tatuś jest komendantem straży, a babcia była moją „ulubioną" nauczycielką, nieziemsko mnie jara. A wiesz, co mnie jara jeszcze bardziej? Jak sobie wyobrażam, że robisz mi dobrze tą śliczną dłonią z pierścionkiem od mojego brata na palcu.

Ada zamarła. To już nie były głupie żarty, jakimi ją nieraz raczył, gdy tylko Marka nie było w pobliżu. Mówił poważnie.

Podobno człowiek jest wyposażony w pewien rodzaj instynktu, który pozostał nam jeszcze z czasów prehistorycznych. To dzięki niemu możemy wyczuć niebezpieczeństwo, zanim cokolwiek się wydarzy. Wystarczy się tylko dobrze wsłuchać w swoje ciało. Adę z nerwów rozbolał brzuch. Już miała zawołać Marka, ale Witold Koszycki, patrząc jej w oczy, powoli odsunął się od łazienki i skierował do swojego pokoju.

– Twój plecak jest w kuchni – dodał jeszcze z chytrym uśmieszkiem, zamykając za sobą drzwi.

Ruszyła tam szybko i chwyciła plecak, zastanawiając się, jakim cudem wcześniej go nie zauważyła. Zamknęła się w łazience. Starając się zapanować nad przyśpieszonym oddechem, usiadła na toalecie i zaczęła szukać w plecaku szczotki. Z westchnieniem wróciła do sytuacji, kiedy pół roku wcześniej, podczas imprezy urodzinowej Marka, Witek ukradkiem złapał ją za tyłek. Nie chciała psuć swojemu chłopakowi humoru w dniu jego urodzin i nie wspomniała o tym ani słowem.

Teraz także nie zamierzała mu o niczym mówić.

– Będę się zbierać – poinformowała go za to, gdy znowu stanęła w progu jego pokoju. Chciała jak najszybciej wyjść, żeby nie odkrył, jak bardzo jest zdenerwowana. Drżącymi palcami rozczesywała włosy, próbując sobie przypomnieć, gdzie zostawiła szczotkę. Niestety nie znalazła jej w plecaku. „Trudno" – pomyślała. Najwyżej wróci po nią później. Nie wiedziała, jak słono przyjdzie jej zapłacić za tę decyzję.

Instynkt czasami zawodzi…

Ubrany w czarne bokserki Marek skończył właśnie rozmawiać przez telefon.

– Już? Mamy jeszcze godzinę… – Spojrzał na nią podejrzliwym wzrokiem. – Co się stało, Ada? Witek ci coś powiedział? Słyszałem, że rozmawialiście…

– Kolejny raz potwierdził, że brakuje mu szarych komórek – odparła wymijająco i dodała szybko: – Babcia dzwoniła, kiedy byłam w toalecie – skłamała. – Jakaś daleka rodzina wpadła z wizytą i koniecznie chcą mnie poznać.

– W porządku… – Nie wyglądał na przekonanego. – Odprowadzę cię.

– Przestań. Poradzę sobie. – Machnęła ręką. – Spakuj się na spokojnie i odpocznij. Kawał drogi przed tobą. Twój głupi brat nieźle się upalił, więc raczej cię nie zmieni za kierownicą.

– Standard – westchnął. – Może to znak, że jednak powinienem jechać sam.

– Tak chyba byłoby najlepiej.

Ruszyła do przedpokoju i zaczęła wkładać granatowe trampki.

– To co? – Marek stanął przy niej. – Widzimy się za miesiąc. Przyjeżdżam po ciebie i jedziemy do Lublina oglądać mieszkania do wynajęcia – zagadnął radośnie.

Skinęła głową i uśmiechnęła się szeroko. Nie mogła się doczekać tego spotkania. Wiedziała, że kiedy się zobaczą następnym razem, będzie już po wszystkim. Jej ukochany uwolni się od swoich ciemnych spraw i od jeszcze ciemniejszych braci.

– Zaczekaj… – Poszedł do pokoju i wrócił z książką, którą mu kiedyś pożyczyła. *Jedenaście minut* Paula Coelho. – Nie obraź się. Nie przeczytałem – oświadczył z rozbrajającą szczerością.

– Nie oddaje się nieprzeczytanych książek. – Nie miała pewności co do istnienia takiego przesądu. Chciała, aby miał od niej coś, co było jej bliskie i dlatego właśnie mu ją dała. Nie musiał czytać. Świadomość, że ma tę książkę przy sobie, jej wystarczała. – Zatrzymaj ją. Może kiedyś przeczytasz.

– Przeczytam. – Przysunął się bliżej i dodał: – Kocham cię.

– Ja też cię kocham – odparła wzruszona. – Uważaj na siebie.

Pocałował ją z czułością.

Już wtedy coś podpowiadało Adzie Dziurskiej, żeby odwzajemnić ten pocałunek najmocniej, jak potrafi. Całowali się zatem tak, jakby mieli się zobaczyć za kilka miesięcy, a nie za cztery tygodnie.

Okazało się, że nie były to ani tygodnie, ani miesiące… Spotkali się ponownie czternaście lat później.

ROZDZIAŁ 2

– Ada?! – Trzydziestotrzyletnią Adriannę Dziurską ze snu wyrwał głos Karoliny Gruszki, sąsiadki z domu obok. Zaraz potem rozległo się pukanie do drzwi i znowu wołanie: – Ada, mogę wejść?!

Kobieta powoli otworzyła oczy i niechętnie podniosła głowę z poduszki. Chwyciła telefon z biurka znajdującego się przy łóżku, żeby sprawdzić, która jest godzina. Przy okazji wyświetliła się też data. Czternasty lipca dwa tysiące dwudziestego roku. Za kwadrans jedenasta. Rano.

– Wspaniale – mruknęła sarkastycznie i uchyliła zieloną zasłonkę z okna nad łóżkiem. Zobaczyła błękitne, polskie niebo, a na jej twarz padły promienie palącego, lipcowego słońca.

„W Anglii jest godzina do tyłu" – pocieszyła się w myślach, obliczając, ile czasu pozostało jej do dzisiejszej telekonferencji z nadętym szefem, prezesem międzynarodowej korporacji spożywczej oraz największym palantem, jakiego znała. Wiele razy zarywała noce, żeby odpisać na jego wszystkie, czasami zupełnie absurdalne, maile. Na szczęście dzięki pandemii koronawirusa przeszła na tryb pracy zdalnej i nie musiała już więcej oglądać jego gburowatej, choć wcale niebrzydkiej buzi.

– Hej! – Karolina nie wytrzymała i wparowała do środka. Przez dłuższą chwilę przyglądała się Adzie zmieszana, a potem wyjaśniła: – Twoja mama mówiła, że już nie śpisz.

– Nie śpię – potwierdziła Adrianna. Wstała z łóżka, stanęła przed koleżanką, ubrana w białe, bawełniane majtki oraz rozciągnięty podkoszulek w tym samym kolorze, i najdumniej, jak było można w takiej sytuacji, powiedziała:

– Pracuję. – Popatrzyła na czarny ekran stojącego na biurku wyłączonego laptopa.

Karolina obrzuciła ją spojrzeniem pełnym powątpiewania, a potem szybko zmieniła temat:

– Słuchaj, pomożesz mi z basenem?

– Z czym? – Ada stwierdziła, że pewnie się przesłyszała.

– No, basen kupiłam. Dla dzieciaków. No dobra... Dla siebie też. Wyobrażasz sobie, że przez tę całą pandemię czekałam na dostawę prawie dwa miesiące? Zamówiłam go pod koniec maja... Ale do rzeczy. Instrukcja jest po angielsku. Ja nie znam angielskiego. To znaczy, uczyłam się, ale to było wieki temu. A ty kupę czasu mieszkałaś w Anglii, nie?

Ada wpatrywała się w nią niemrawo, próbując pozbierać myśli.

– To jak? – Karolina zaczynała się niecierpliwić. – Kama wyjmuje właśnie części z pudełka. Trzeba je tylko poskładać.

– Niech będzie... – odparła Ada i z ciężkim westchnieniem przewróciła oczami. Nawet nie starała się ukryć, jak bardzo ta pomoc jest jej nie na rękę.

Odczekała chwilę, licząc na to, że Karolina wyjdzie i poczeka na nią u siebie, ale nic z tego. Otworzyła więc starą, drewnianą szafę i zaczęła szukać czegoś do ubrania. Do jeansowych spodenek wybrała czarny podkoszulek ze zdjęciem rockowego zespołu, którego nazwa nic jej nie mówiła, a który nosiła głównie z sentymentu do swojego byłego partnera, Williama. Przefarbowane na ciemny blond włosy związała w koński ogon.

– Twoja mama prosiła, żebym ci przekazała, że wszyscy jadą na targ i przed wyjściem masz zajrzeć do babci – poinstruowała ją Karolina, zanim wyszły z pokoju.

Gdy były już na korytarzu, Adrianna uchyliła drzwi do pokoju Marii Staszewskiej, która właśnie ucinała sobie przedpołudniową drzemkę, a potem wzięła jeden z wiszących przy wyjściu kluczy i przekręciła go w zamku.

Ruszyły z sąsiadką w stronę jej domu, stojącego po lewej stronie gospodarstwa babci Marysi. Można było do niego dojść na dwa sposoby. Albo naokoło, docierając żwirową drogą do szosy, a następnie kilka metrów dalej skręcając w żwirówkę na działce Karoli, albo na skróty, przez sad, wydeptaną w trawie ścieżką. Wybrały drugą opcję. Kiedyś, jako małe dziewczynki, tą samą ścieżką biegały do siebie, gdy miały ochotę się spotkać. Ciężko uwierzyć, ale było to jeszcze w czasach, gdy nikt nie słyszał o telefonach komórkowych, a co dopiero o smartfonach.

Kiedy dotarły na podwórko, części basenu leżały na trawniku. Stała nad nimi drobna, piegowata brunetka, która uważnie wpatrywała się w trzymaną w ręku instrukcję. Ada przywitała się z Kamilą Przetocką. Ich córki zdążyły się już ze sobą zaprzyjaźnić, a od września miały zacząć naukę w tej samej klasie. Podobnie zresztą jak będący w tym samym wieku Dorian, syn Karoliny. Z opowieści swojej nastoletniej córki, Kingi, Ada zapamiętała, że Kamila była mężatką i poza trzynastoletnią Emilą miała rocznego synka, Michasia. Nie zdołała jednak tego potwierdzić, bo Gruszka bezpardonowo zagoniła je do roboty.

Po godzinie do basenu lała się woda, a kobiety opalały się na ławce przy domu. Adrianna, popijając mrożoną kawę, wsłuchiwała się w świergot ptaków i podziwiała jednocześnie piękną okolicę.

Starogród, niewielka miejscowość i jednocześnie siedziba gminy o tej samej nazwie, był też przejściem granicznym między Polską a Ukrainą. Stąd poza licznymi zabytkowymi dworkami i kościołami znajdowały się tu drewniane oraz murowane cerkwie. Lasy i jeziora sprawiały, że tereny te były rajem dla każdego, kto cenił kontakt z naturą. Wystarczyło skręcić z głównej ulicy w boczną dróżkę, by w kilka minut dojechać do jednego z otaczających wieś lasów i zobaczyć stado dzików lub saren.

Maria Staszewska mieszkała w domu znajdującym się na obrzeżach Starogrodu, przy ulicy Pszenicznej 3. Odziedziczyła go po swoich rodzicach, a z kolei po jej śmierci miał on przejść w posiadanie jej syna, Mirosława, kawalera w podeszłym wieku trudniącego się rolnictwem. Poza tym dwojgiem na Pszenicznej 3 pomieszkiwała jeszcze Regina Dziurska, która opiekowała się schorowaną matką. Ada wraz ze swoją trzynastoletnią córką zajęły jeden z dwóch wolnych pokoi.

– Nie mogę uwierzyć, Ada, że ostatni raz widziałyśmy się jakieś piętnaście lat temu. Czas zleciał tak szybko... – stwierdziła Kamila. – I w życiu bym nie pomyślała, że nasze dzieci będą chodzić razem do jednej klasy.

– Nawet nie wiecie, jak się cieszę, że Kinia już znalazła sobie znajomych. Dzięki temu na pewno łatwiej jej będzie w nowej szkole.

– Nie miałaś problemów, żeby przyjęli ją do naszej szkoły w normalnym trybie? – Karolina spojrzała na nią pytająco. – Z tego, co wiem, angielski system szkolnictwa różni się od naszego.

– Chodziła do polskiej szkoły w każdą sobotę. Babcia Marysia nalegała, żeby jej prawnuczka dobrze znała polski. A kiedy skończyła dziesięć lat, załatwiłam jej też korepetytorkę, z którą raz w tygodniu miała dwie godziny zajęć. Na pewno ma spore zaległości, ale jest ambitna, więc szybko nadrobi.

– Nie wolałaś wrócić do Zamościa? Twoi rodzice mają chyba całkiem spore mieszkanie? Szkolnictwo też jest tam pewnie na wyższym poziomie – brnęła dalej Karolina.

– I pracy tam więcej – wtrąciła Kamila.

– Chciałam spędzić trochę czasu z babcią. Jest już dobrze po osiemdziesiątce i z każdym dniem gorzej się czuje. Poza tym pragnęłam uciec od tego całego szumu związanego z koronawirusem. W Londynie mieszkałyśmy niedaleko szpitala św. Tomasza. Trafiały tam najcięższe przypadki z całej Anglii. Były dni, kiedy syreny ambulansów wyły niemal na okrągło.

Ada nie miała ochoty wtajemniczać je w trzeci powód, dla którego wolała zamieszkać w Starogrodzie, czyli w zagmatwaną relację ze swoim ojcem.

– To przykro mi, ale źle trafiłaś – podsumowała Karolina. – Starogród, co prawda, nie jest centrum koronawirusa, ale niedawno we wsi pojawiła się groźna zwierzęca epidemia.

– Wujek nic mi nie mówił… – Ada z przerażenia wytrzeszczyła oczy.

– Bo ten wirus dotyka tylko te gospodarstwa, gdzie mieszkają panny, wdowy lub rozwódki. – Kamila uśmiechnęła się znacząco.

Karolina pośpieszyła z bardziej zrozumiałym wyjaśnieniem:

– Mamy nowego weterynarza.

Ada wybuchła śmiechem.

– Niedługo krowa mi się cieli, więc będzie okazja go zobaczyć – zaśmiała się Karolina.

– Hmmm... – zastanowiła się Ada. – Dawno nie widziałam krowy na żywo.

– Bo krowa na wsi to już zabytek. Prawdziwe krowie mleko jest teraz na wagę złota. Robię na nim sery podpuszczkowe i wożę je co kilka dni do paru rodzinnych sklepików w Sosnówce. Mam na nie większy zbyt, niż się spodziewałam.

– Gruszka niedługo zostanie prawdziwą businesswoman – zażartowała Kama.

– Żebyś wiedziała. Zatrudnię sobie wtedy ogrodnika, bo nienawidzę kosić trawy. Zwłaszcza w te upały. – Karola przetarła ręką spocone czoło, po czym spojrzała na Adę. – Dużo macie cukinii na ogrodzie?

– Trochę... – Ada wstydziła się przyznać, że od kiedy przyleciała z Anglii, jeszcze tam nie zajrzała.

– W tym roku coś źle nam obrodziła... – Karola spojrzała z dezaprobatą w stronę swojego warzywnika. – Każdego lata od połowy lipca robimy z Kamą leczo do słoików. Mam przenośną kuchenkę gazową, Kamila przynosi swoją i gotujemy na dworze na dwa gary. Jak chcesz, możesz się przyłączyć. Oczywiście to impreza zakrapiana. Za każdym wrzutem wznosimy toast za dobre plony.

– Brzmi kusząco – podsumowała Ada. Pomyślała, że chętnie spotka się z nimi drugi raz. Od kiedy wróciła do kraju, prawie wcale nie wychodziła z domu, a jej najbliższym towarzyszem była babcia Marysia.

Babunia, w przeszłości nauczycielka w tutejszej szkole, znała, co prawda, mnóstwo zabawnych historii z tamtych czasów, ale teraz chorowała na Alzheimera i dosyć ciężko się z nią było dogadać. Kinga, po przyjeździe do Polski, prawie od razu znalazła sobie nowych przyjaciół i całkiem ją olała. Z kolei matka Ady, jeżeli nie zajmowała się babcią, to albo realizowała się w kuchni, albo przerzucała kolejno informacyjne programy w telewizji, wyszukując najbardziej aktualne wiadomości na temat koronawirusa. A wujek Mirek zazwyczaj siedział przy ciągniku, szykując go do nadchodzących żniw.

Ada odstawiła pustą szklankę po kawie i podniosła się z ławki. W jej głowie coraz natarczywiej pojawiała się myśl, że o czymś zapomniała. Potwierdziła to jej córka, która pojawiła się nie wiadomo skąd i zdyszana przywitała się z sąsiadkami:

– Dzień dobry! – A potem z przejęciem zwróciła się do matki: – Mamo, twój telefon cały czas wydzwania. Ten służbowy.

– *Oh, fuck*! – Ada uświadomiła sobie, że całkiem zapomniała o konferencji z palantem. – Lecę, dziewczyny! London wzywa! – krzyknęła na pożegnanie i ruszyła biegiem w stronę domu.

Wparowała do środka niczym tornado i przebiegła przez kuchnię, rzucająca szybkie „cześć" swojej mamie, która właśnie wypakowywała zakupy z siatek. W ostatniej chwili złapała wibrującą komórkę.

Oczywiście szef nie był zadowolony, że zapomniała o cotygodniowej naradzie. Twierdził, że każda minuta, którą stracił, próbując nawiązać z nią kontakt, jest warta jakieś sto funtów i że w związku z tym ich firma jest biedniejsza o pół miliona. Ada zaczęła przeliczać w myślach, aby potwierdzić te straty. Szybko jednak doszła do wniosku, że o wiele bardziej interesują ją tegoroczne plony cukinii w babcinym warzywniku. Dlatego zaraz po rozmowie ze swoim przełożonym wysłała do niego ostatniego maila. Z rezygnacją. Potem, z uczuciem niesamowitej ulgi, zadzwoniła do działu HR i poprosiła, by do końca okresu wypowiedzenia zabukowali jej zaległy urlop. Przez kilka ubiegłych lat nigdy nie wykorzystywała całego urlopu, miała więc sporo dni do odebrania. Przekazała im również, że jeszcze dziś odeśle służbowy telefon i laptop. Na koniec dodała, że nowy prezes firmy, Wolfgang Clark, to nadęty palant.

Obiecała sobie, że od tego dnia zacznie nowy etap swojego życia, a pierwsze, co zrobi, to... pójdzie do ogrodu. Rzuciła okiem na cukinie, których było całkiem sporo, a potem zerwała sałatę, szczypior i koperek. Dzisiaj to ona przygotuje obiad!

Smażyła schabowe, kiedy zadzwonił telefon stacjonarny. Odebrała, od razu umieszczając słuchawkę pomiędzy uchem i ramieniem:

– Halo?

– Dzień dobry – odparł męski głos po drugiej stronie. – Dzwonię potwierdzić, że jutro po dwunastej przyjadę zobaczyć kota.

– Słucham?

– Pani córka się dziś ze mną kontaktowała. Miałem sprawdzić, kiedy mogę do was zajrzeć.

– To pomyłka. – Ada próbowała właśnie odkleić kotleta, który przywarł do patelni. I już miała odłożyć słuchawkę, gdy przypomniała sobie, jak Kinga przedwczoraj nalegała, żeby zadzwoniły do weterynarza, bo kotek, który się niedawno urodził w gospodarstwie, ma do tej pory zaklejone oczka. Próbowały nawet przemywać mu je herbatą, ale bez żadnych rezultatów. Wspomniała słowa Kamili i Karoliny o tutejszej epidemii i, uśmiechając się do siebie samej, zagadnęła: – Pan weterynarz?

– Zgadza się... Czyli jednak dobrze się dodzwoniłem?

– Tak. Przepraszam. Niedawno wróciłam do kraju i jeszcze do końca się nie ogarnęłam. – Sama nie wiedziała, czemu w ogóle zaczęła mu się tłumaczyć. I na dodatek w taki idiotyczny, nieporadny sposób.

– Kinga wspominała, że przydałaby się pani pomoc w aklimatyzacji – stwierdził, wyraźnie rozbawiony.

To obudziło jej czujność. Czy ten kotek to czasem nie pretekst, żeby sprowadzić lekarza do ich domu? Możliwe, że Kinga także słyszała o zwierzęcej epidemii panującej w Starogrodzie. Zanim Ada związała się z Willem, Kinga próbowała ją swatać z jednym z sąsiadów, a kiedy to się nie udało, przerzuciła się na ojca kolegi z klasy. Ostatnio znowu zaczęła jej wmawiać, że musi sobie kogoś znaleźć.

– Co jeszcze mówiła panu moja córka? – zapytała zaintrygowana.

– Same dobre rzeczy.

Ada ze złości zmarszczyła czoło.

– To do jutra. – Zdenerwowana odłożyła słuchawkę. Kotlety jej się przypaliły! – Masz przechlapane, Kinga! – wykrzyczała, choć dobrze wiedziała, że jej córki znowu nie ma w domu. Od teraz się to zmieni!

ROZDZIAŁ 3

Kinga Dziurska dostała szlaban. Przez cały następny dzień miała siedzieć przy biurku i ćwiczyć polską gramatykę. Oczywiście Adzie ciężko było z niej wyciągnąć, po co tak naprawdę zadzwoniła do weterynarza i co jeszcze mu nagadała. Dopiero po godzinnym kazaniu na temat wtrącania się do życia dorosłych nastolatka przyznała, że poza chorym kotkiem miała inny cel sprowadzenia do domu młodego lekarza weterynarii. Ada dowiedziała się, że:

1) jej córka miała już dość patrzenia na rozczochraną matkę, która po przylocie do Polski nie może się pozbierać,

2) obie z babcią Reginą boją się, że Ada ma depresję i nie odnajduje się w nowej rzeczywistości,

3) kiedyś razem z Emilką podsłuchały, jak pani Karolina opowiadała pani Kamili, że weterynarz, który właśnie przyjechał z Warszawy, jest do wzięcia, a podobno to niezłe ciacho,

4) więc wspólnie z Emilką wymyśliły plan, aby zadzwonić do pana doktora i poprosić go, by przyjechał zobaczyć kotka. Jeszcze wcześniej znalazły na Facebooku jego profil,

by sprawdzić, ile ma lat. Niestety, nie odnalazły tam tej informacji, ale:

5) potwierdziło się, że Rafał Górski jest przystojny i nawet trochę do Ady podobny, a podobieństwo fizyczne między partnerami to pierwszy klucz do udanego związku. Przecież Will i Ada nie byli do siebie podobni i dlatego właśnie im nie wyszło.

– Czy mówiłaś mu coś jeszcze na mój temat? Poza tym, że wróciłyśmy z Anglii. – Ada chciała mieć jasność co do wszystkiego.

– Nie, mamuś. Już nic. To znaczy... – Kinga stwierdziła, że i tak dostała najgorszą z możliwych kar i nic bardziej okropnego spotkać jej już nie może. – Mówiłam, że mam całkiem ładną i trochę zakręconą mamę, która też tutaj nikogo jeszcze nie zna.

Adrianna Dziurska, zgodnie z technikami relaksacji z Bali, wzięła kilka głębokich oddechów i pomyślała sobie, że świat jest piękny, a za pięć minut to, co istotne teraz, nie będzie już w ogóle ważne.

Następnego dnia wstała z samego rana i z kubkiem kawy w ręku wyszła przed ganek. Zrelaksowana wsłuchiwała się w świat, który budził się do życia. Poprzedniej nocy padało. Powietrze było przyjemnie chłodne, a zapach skroplonej rosą trawy nastrajał do działania. Postanowiła, że upiecze chleb. Wczorajszy obiad trochę nie wyszedł, co dało jej matce kolejny pretekst, żeby nie wpuszczać nikogo do kuchni przy Pszenicznej 3. Ada miała nadzieję, że przynajmniej chleb się jej uda i udowodni swoim domownikom, że wcale nie jest najgorszą kucharką świata.

Po śniadaniu zabrała babcię na spacer na wózku. Najpierw żwirową ścieżką objechały teren wokół domu, później ruszyły w stronę głównej drogi. Dom Staszewskich miał ponad sześćdziesiąt lat. Był parterowy, ale strych można by było zaadoptować na dodatkowe piętro. Otaczał go piękny, kwietny ogród, dzieło Reginy Dziurskiej. Przy wjeździe na posesję, z prawej strony rósł sad, z lewej ogród warzywny. Między budynkiem a sadem stała drewniana altana, a za domem znajdowały się zabudowania gospodarcze i garaże. Była to trzecia posesja od wjazdu na ulicę Pszeniczną, przy której stało około dwudziestu domów. Każdy z nich ozdabiały z przodu drzewa warzywne i ogrody owocowe, a na ich tyłach złociły się łany pszenicy. Pszenica posiana była także po drugiej stronie, wzdłuż całej ulicy.

Jako dziecko Ada przyjeżdżała tutaj z rodzicami, głównie z mamą, w niemal każdy weekend, na każde ferie i wakacje. Był to dla niej drugi dom. A może nawet i pierwszy. Mieszkanie w Zamościu jakoś jej się z domem nie kojarzyło. W każdym razie nie z takim, do jakiego chciałoby się wracać. Na szczęście jej ojciec nigdy nie lubił odwiedzin u teściów.

– Adusiu, a kiedy wyjeżdżasz na studia? – Tego dnia babcia Marysia poznawała swoją ukochaną wnuczkę, z tym że cofnęła się w czasie o jakieś czternaście lat.

– Niedługo babuniu, niedługo... – Ada uśmiechnęła się do siebie. Przypomniała sobie swoją radość, kiedy dowiedziała się, że została przyjęta na Uniwersytet Marii Curie-Skłodowskiej w Lublinie.

Po spacerze nastawiła piekarnik z chlebem w środku i poszła do sadu nazrywać czereśni. Na zewnątrz robiło się duszno, miała więc nadzieję, że wśród drzew znajdzie trochę orzeźwienia. Weszła na niską drabinę. Zrywając owoce, wróciła myślami do czasów, kiedy co lato, razem z kuzynami wspinała się na wierzchołki drzew w tym sadzie. Teraz nie dałaby rady. Już na drabinie zakręciło jej się w głowie. Z wysokości dostrzegła czarnego SUV-a skręcającego z szosy na posesję. Pomyślała, że to pewnie jakiś interesant do wujka. Potem jej uwagę przykuła Karolina Gruszka, a dokładnie zapach skoszonej trawy, który wdarł się do jej nozdrzy. Ada ze współczuciem przyglądała się sąsiadce, która z mozołem popychała kosiarkę. Na wspomnienie wczorajszego spotkania z koleżankami z lat dzieciństwa zrobiło jej się ciepło na sercu. Cieszyła się, że ma pod nosem takie sympatyczne towarzyszki do rozmowy. Stwierdziła, że w sumie Dorian i Kinga są już na tyle dorośli, że spokojnie mogliby odciążyć nie tylko Gruszkę, lecz także wujka Mirka i Kamilę i przejąć na siebie obowiązek dbania o przydomowe trawniki. Pomyślała, że podskoczy wieczorem do Karoli i zaproponuje to rozwiązanie. Dzieciaki i tak przez większość czasu albo włóczyły się bezczynnie po wsi, albo siedziały w internecie.

– Dzień dobry – przywitał się nagle z dołu jakiś mężczyzna, odrywając ją od przemyśleń.

Rozpoznała ten głos. Poczuła, że zaczyna jej brakować powietrza.

Przyjeżdżając do Starogrodu, wiedziała, że prędzej czy później go spotka. Ale w życiu by nie pomyślała, że nastąpi to tak szybko. Tak samo, jak do głowy by jej nie przyszło, że on sobie tak po prostu któregoś dnia wpadnie do jej wujka. Przecież wszyscy, którzy byli zamieszani w sprawę sprzed czternastu lat, dawno zniknęli i ułożyli sobie życie gdzie indziej. Jej kuzynka Magda wyszła za mąż za jego najlepszego kumpla, Damiana, i razem wyjechali do Irlandii. A jego bracia od dawna mieszkali w Austrii, co niby mimochodem, dla świętego spokoju, potwierdzała z wujkiem Mirkiem przy niemal każdej sposobności. Była pewna, że on mieszka tam sobie szczęśliwie razem z nimi.

Chyba jednak nie.

– Gdzie mogę znaleźć pana Mirka?! – zapytał nieco głośniej. Najwyraźniej pomyślał, że na górze słabo go słychać.

Była w takim szoku, że ugięły się pod nią nogi.

Musi się wziąć w garść. Przecież czternaście lat to szmat czasu. Możliwe, że on nawet jej nie rozpozna. Wzięła głęboki oddech. Postanowiła, że pomału zejdzie z drabiny i spokojnie się z nim przywita. Niestety, źle postawiła stopę, drabina się zachwiała, a Adrianna straciła równowagę i runęła w dół. Złapał ją w ostatniej chwili. Szybko wyrwała się z jego objęć i zaczęła poprawiać ubranie. Stojąc naprzeciwko niego, dumnie uniosła głowę. Wyglądał, jakby zobaczył ducha. Patrzyli sobie w oczy bez słowa. Bo co można powiedzieć ukochanej osobie, której się nie widziało przez czternaście lat?

Ada przez chwilę miała wrażenie, że cofnęła się w czasie. Z przeszłości nie wyrwał jej nawet warkot przejeżdżającego obok motoru. Wytworzyła się między nimi jakaś dziwna aura, a powietrze wokół wydawało się naelektryzowane.

– Dobrze wyglądasz. – Postanowiła, że musi jakoś przerwać tę niezręczną ciszę.

– Ty też – odpowiedział oschle, z wlepionym w nią wzrokiem.

Dziękowała w myślach Bogu, że się dzisiaj uczesała i ubrała. Wprawdzie miała na sobie wczorajsze ciuchy, ale zawsze lepsze to niż piżama.

Przyjrzała mu się dokładniej. Na jego twarzy zdecydowanie było widać upływ czasu, mimo że w połowie pokrywał ją tygodniowy zarost. Dodatkowo sińce pod oczami oraz nieco mizerna postura, przez którą elegancki, czarny garnitur wydawał się przyduży, sugerowały, że albo nie dojada ze stresu, albo ma jakieś problemy zdrowotne.

Jednak nadal był przystojny.

– Mam sprawę do twojego wujka – oświadczył. Widać było, że on też najchętniej wsiadłby w samochód i odjechał jak najdalej. – Jakaś młoda dziewczyna, którą spotkałem przed waszym domem, poradziła mi sprawdzić w sadzie.

„Rozmawiał z Kingą!" – Przez głowę Ady przeleciały naraz tysiące myśli.

Nim zdążyła odpowiedzieć, podszedł do nich ubrany na czarno motocyklista. W rękach trzymał swój kask.

– Hej. Przyjechałem zobaczyć kota – odezwał się jej wybawca. – Rozmawialiśmy przez telefon. Rafał Górski. Weterynarz. – Podał jej rękę.

– Ada Dziurska. Super, że przyjechałeś! – stwierdziła z nieukrywaną, nieco zbyt przesadną radością. – A to... – zawahała się, nieśmiało kierując wzrok na Marka.

– Marek Koszycki – przedstawił się. – Więc gdzie jest twój wujek? – zapytał ją raz jeszcze wyraźnie zniecierpliwiony.

– Nie wiem... – Ada miała mętlik w głowie. Próbowała sobie przypomnieć poranną rozmowę z wujkiem Mirkiem, kiedy to wspomniał coś o swoich dzisiejszych planach, jednak jej pamięć w tym przypadku okazała się bezużyteczna. – Zaraz do niego zadzwonię. Może przejdziemy do altany? Upał się zrobił niesamowity! – Zastanawiała się, czy ta fala gorąca, którą czuła, spowodowana była wiszącą w powietrzu burzą, czy tym niespodziewanym spotkaniem. Spotkanie było chyba gorsze niż burza.

Ruszyli we troje w stronę altany.

– Uwielbiam te tereny – podsumował wesoło weterynarz. – Idealne na motor. Niesamowite krajobrazy i bardzo dobre drogi. Podobno to zasługa młodego wójta. Facet haruje po nocach, żeby wyciągnąć z Unii jak najwięcej środków, angażuje się w akcje dobroczynne. Fajnie, że w dzisiejszych czasach są jeszcze tacy społecznicy.

Jego towarzysze sprawiali wrażenie, jakby wcale go nie słuchali. Wydawało się, że zupełnie stracili kontakt z otaczającym ich światem. Patrzyli w przeciwnych kierunkach, unikając się wzrokiem.

– Oboje stąd pochodzicie? – zapytał Górski, sprowadzając ich na ziemię.

– Tak! – odpowiedzieli jednocześnie po dłuższej chwili. Ada spuściła głowę, a Marek uśmiechnął się pod nosem.

– To znaczy, ja jestem z Zamościa – sprostowała szybko. – Ale po części wychowywałam się tutaj. U dziadków.

– Chciałbym dorastać w takim świecie. W sumie też miałem dziadków na wsi, ale... – Górski przerwał na chwilę, jakby szukał właściwych słów. – Stanowczo za rzadko ich odwiedzałem.

Adrianna przyjrzała mu się uważniej. Wyczuła u niego znajomą nostalgię. Przed oczami, mimochodem, zobaczyła obrazy z pogrzebu swojego dziadka, a potem z ceremonii kremacji jej niedawno zmarłego, najlepszego szefa i przy okazji dobrego przyjaciela, Paula Jeffersona.

– Jestem z zupełnie innej bajki... – ciągnął Górski. – Warszawka, blokowisko, pełna anonimowość. Z jednej strony super, z drugiej obojętni, nastawieni na konsumpcję ludzie, którzy niedługo całkiem zapomną, jak smakuje prawdziwy chleb.

– Jejku! Przecież ja piekę chleb! – wykrzyknęła tak, jakby się paliło.

Spojrzeli na nią obydwaj zaskoczeni.

– Ale fajnie! – Weterynarz był wyraźnie rozbawiony. – To musisz upiec, jak następnym razem przyjadę.

– W sensie, że teraz piekę chleb – zaśmiała się. Może nieco zbyt kokieteryjnie. Nie miała zamiaru flirtować, jednak z Górskiego rzeczywiście było niezłe ciacho i jakoś samo tak wyszło.

Zrozumiała, skąd ta zwierzęca epidemia w Starogrodzie. Jej powód miał bardzo ładne, niebieskie oczy, lekki zarost i uroczy uśmiech. Mimo że był barczysty, wyglądał chłopięco. Nigdy nie lubiła długich włosów u mężczyzn, ale krótka kitka Górskiego nawet jej się podobała. Dodawała mu takiego niegrzecznego uroku. Jakiś czas później dowiedziała się, że ta męska fryzura nazywa się „na samuraja", co w tym przypadku idealnie się pokrywało. Ale o tym później...

Skupmy się na Marku Koszyckim, który wydawał się coraz bardziej poirytowany. Nie uszło to uwadze Ady. Postanowiła wykorzystać temat domowych wypieków i ze stoickim, aczkolwiek udawanym, spokojem oznajmiła:

– Pójdę sprawdzić, czy nie trzeba już go wyciągnąć z piekarnika. – Pragnęła chociaż na chwilę zostać sama, żeby pozbierać myśli. – To... – zająkała się. – To może poczekacie w altanie? Zadzwonię do wujka i przyniosę coś do picia. I kota. I chleb... Jeżeli będzie już gotowy. – Uśmiechnęła się promiennie do weterynarza.

– Będę leciał – mruknął Koszycki. – Mam jeszcze sporo pracy. Przekaż wujkowi, że do niego zadzwonię. – Spojrzał na Rafała i dodał: – Mamy w gminie plany organizacji dorocznego eventu dla fanów jednośladów. Może chciałbyś się włączyć? – Wyciągnął dłoń i podał mu wizytówkę.

– Dzięki. Jasne – odparł Górski z entuzjazmem.

– Świetnie. Na razie – pożegnał się Koszycki.

Chwilę potem obserwowali go, jak odjeżdżał swoim audi.

„Przynajmniej, jeżeli chodzi o marki samochodów, jest stały w uczuciach" – pomyślała Ada.

Zastanawiała się, dlaczego matka jej nie uprzedziła, że wujek ma jakieś biznesy z Koszyckim. I dlaczego wujek nie wspomniał, że Marek ma tutaj dziś zawitać? A przede wszystkim: czemu nikt jej nie uświadomił, że on jest w Polsce?! Przecież wszyscy dobrze wiedzieli, że ona nie chce go już więcej widzieć. Nigdy!

– Nieźle – zaśmiał się Górski, gdy popatrzył na otrzymaną wizytówkę. Ada spojrzała na niego pytająco, więc odwrócił bilecik w jej stronę.

„Marek Koszycki. Wójt Gminy Starogród" – przeczytała w myślach.

Twarz Ady Dziurskiej nie wyrażała żadnych emocji. Ale przez jej serce przechodził właśnie istny huragan.

ROZDZIAŁ 4

„Co ja mam teraz zrobić?” – pytała Ada samą siebie, kiedy razem z Kingą pokazywały weterynarzowi chorego kotka.

Oczywiście jej córka była zauroczona panem doktorem, a kiedy tylko odjechał, oznajmiła, że chce zostać lekarzem weterynarii i pomagać zwierzętom. Rafał obiecał przy najbliższej okazji zabrać ją na jedną ze swoich tajnych misji. Ada nie wiedziała, co to oznacza, bo przegapiła połowę ich rozmowy o sarnach, kleszczach, trzmielach i pszczołach. Nie wiedziała też, o czym dokładnie dyskutowali potem. Jak przez mgłę dotarło do niej tylko, że weterynarz od kilkunastu lat nie jada mięsa, co dodatkowo urzekło Kingę.

– Najwyższy czas wracać do lekcji – pogoniła córkę, która nieco się zagalopowała, proponując Rafałowi, że będzie się do niego zwracać po imieniu.

– Nie mam nic przeciwko. – Rafał mrugnął do Kingi. – Na mnie już pora. – Uśmiechnął się do Ady, podając jej receptę. – To antybiotyk, którego używa się w leczeniu stanów zapalnych ludzkich spojówek. Jest dostępny w naszej aptece.

– Dzięki. – Odwzajemniła uśmiech. – Ile płacę?

– Mam propozycję... – zaczął tajemniczo. – W ramach zapłaty nauczysz mnie piec chleb.

– To nie najlepszy pomysł... – mruknęła, żałując, że akurat w tym momencie zebrało jej się na szczerość. – Skłamałabym, mówiąc, że dobrze piekę. Zresztą gotować też nie potrafię.

Rafał się roześmiał.

– A jest możliwość, żebym mógł to jakoś sprawdzić?

Lekko onieśmielona skierowała wzrok na córkę, która wydawała się całkowicie pochłonięta zabawą z kotem. Za dobrze ją znała, aby nie zdawać sobie sprawy, że nie umknął jej żaden szczegół z ich rozmowy.

– Poczekaj chwilę – poprosiła go i zniknęła za drzwiami do domu. Zapakowała w papier pieczeniowy chleb, który niedawno wyjęła z piekarnika. Wiedziała, że taka forma oceny jej kuchennych umiejętności niekoniecznie jest tym, o co mu chodziło. W innych okolicznościach z pewnością wykorzystałaby sytuację i spotkała z nim raz jeszcze. Jednak teraz musiała skupić się na rozwiązaniu całkiem poważnego problemu. Nie w głowie jej były romanse!

Górski wyglądał na zawiedzionego, kiedy wręczyła mu upieczony bochenek. Na twarzy Kingi z kolei pojawił się grymas rozpaczy.

Gdy weterynarz odjechał, a naburmuszona trzynastolatka bez słowa wróciła do gramatyki, Ada poszła sprawdzić, co u babci.

Ze zrezygnowaną miną usiadła na łóżku staruszki. Maria oderwała się od książki, którą bardziej wertowała, niż czytała.

– Adusiu, mam prośbę... – Spojrzała na nią z nadzieją w oczach. – Pójdź na strych i poszukaj pieniędzy w tym starym płaszczu... A, i przynieś sandały.

Ada czasem kilka razy dziennie słuchała tych samych życzeń babci Marysi. Wielokrotnie powtarzała jej, że przeszukała już niejeden stary płaszcz i żadnych pieniędzy nie znalazła, a sandały dawno oddali cioci Gosi do chodzenia po podwórku, bo babcia przecież chodzić już nie może. Czasami się poddawała i zamiast tłumaczyć, szła na ten strych. Uwielbiała tam szperać. Na strychu można było znaleźć dosłownie wszystko. Zastawy stołowe i stare koronki, maselnice, płyty winylowe i obrazy. Kryła się tam historia czterech pokoleń ich rodziny.

Pradziadek Ady wybudował ten dom w tysiąc dziewięćset pięćdziesiątym ósmym roku. Od tego czasu wszystko, co niepotrzebne, lądowało na poddaszu. Zachowało się tam nawet kilka mebli po pradziadkach, kufer, z którym wiązała się piękna rodzinna historia, i jedna z figurek Matki Boskiej, którą pradziadek wyrzeźbił z gipsu. Był nie tylko murarzem, który wybudował większość domów przy Pszenicznej, rzeźbił też piękne figurki, między innymi pomniki nagrobne.

Ale Ada najbardziej lubiła przeglądać pudła z książkami babci Marysi. Tylko karton z napisem „Szkolne lektury" omijała szerokim łukiem.

Tym razem po wejściu na strych nie grzebała w rodzinnych szpargałach. Usiadła w kącie, w którym znajdowało się najmniej pajęczyn, i podkuliła nogi pod brodę. Mimo że panowała tam straszna duchota, było to jedyne miejsce, w którym mogła się spokojnie wypłakać. A powód do łez miała naprawdę dobry.

Wrzesień 2006

– Będę miała dziecko. – Taką wiadomość Ada przekazała przez telefon swojej matce dwa miesiące po tym, jak wyjechała do Anglii.

Po drugiej stronie słuchawki na kilka długich sekund zapadła cisza.

– Z kim? – Mimo że ton głosu Reginy Dziurskiej był bardzo spokojny, Ada domyślała się, że to tylko pozory i prawdopodobnie matka cała się w środku trzęsie.

– Nieważne. To już zakończona sprawa... – udawała obojętność. – Chcę urodzić w Anglii. Mają tutaj lepsze warunki niż w Polsce. Dostanę zasiłek macierzyński. Całkiem dobre pieniądze. Poradzę sobie.

Znowu cisza.

– A studia? – odezwała się w końcu matka.

– Tutaj też mogę się uczyć – odpowiedziała Ada pewnym siebie tonem. W głębi serca dobrze wiedziała, że przez najbliższe lata przyjdzie jej mierzyć się z poważniejszymi problemami niż sesje egzaminacyjne.

– Oszalałaś?

– Nie – zaprzeczyła, choć rzeczywiście czuła się bliska szaleństwa. Miała wrażenie, że jej poukładane dotąd życie całkowicie wymknęło się spod kontroli. Na dodatek nikomu nie mogła powiedzieć o tym wszystkim, co się wydarzyło. Cały czas dusiła to w sobie, choć prawda zżerała ją od środka.

– Adrianna... – westchnęła głęboko Regina. – Wróć do Polski. Pójdziesz na studia, a ja i ojciec pomożemy ci przy dziecku.

Ada nie mogła sobie wyobrazić, jak Waldek Dziurski pomaga jej przy dziecku. Na razie nie potrafiła sobie nawet wyobrazić miny swojego ojca, kiedy się o tym przyszłym potomku dowie. Pewnie się jej wyrzeknie. No bo jak to tak, córka Komendanta Straży Miejskiej w Zamościu w nieślubnej ciąży? Zresztą zaraz po porodzie kazałby jej zrobić jakieś testy na ojcostwo.

– Marek cały czas wydzwania – poinformowała ją matka. – Nie wiem już, co mam mu mówić… To jego dziecko, prawda?

– Nie, nie jego – ucięła szybko Ada. – Nic mu nie mów. Proszę… Ja nie chcę go więcej widzieć.

– Mirek wspomniał mi ostatnio, że jakieś dwa miesiące temu, późnym wieczorem zadzwoniłaś po niego z płaczem i poprosiłaś, by odebrał cię z osiedla Marka. Coś się tam wydarzyło, tak?

Po tych słowach po angielskiej stronie telefonu nastała głucha cisza. Ada poczuła, jak wnętrzności podchodzą jej do gardła. I to wcale nie ciążowe mdłości odpowiadały za ten stan. Po niecałej minucie Regina zdała sobie sprawę, że nie doczeka się żadnej odpowiedzi. Jednak nie dawała za wygraną:

– Zerwaliście?

– Tak – skłamała. Tylko po to, aby mama dała jej już spokój.

Ada usłyszała kolejne westchnienie, a po nim słowa, na które czekała:

– Przyjadę do ciebie.

– OK. – Uśmiechnęła się lekko do telefonu. Potrzebowała kogoś, kto chociaż trochę ją wesprze. Nawet jeżeli tym kimś miałaby być jej matka.

Czuła się naprawdę przytłoczona, zarówno wielkim miastem, jak i całą sytuacją. Jej najlepsza przyjaciółka, Kaśka, całkowicie zatraciła się w zarabianiu i wydawaniu pieniędzy. W ten sposób próbowała zapomnieć o swoim chłopaku, Patryku, który kilka dni przed końcem roku szkolnego oświadczył jej, że zakochał się w innej dziewczynie. Poza tym Kasia nie rozumiała, dlaczego Ada nie może sobie po prostu zrobić skrobanki. W końcu mieszkały w UK, gdzie takie rzeczy były na porządku dziennym. Wystarczyło pójść do lekarza i powiedzieć, że chce się usunąć ciążę. Wszystko legalnie. Sterylnie i bezpiecznie.

– Tylko nie wspominaj na razie ojcu – poprosiła Ada. – Będzie dopytywał, a ja... Nie mam teraz na to siły.

– W porządku – zgodziła się Regina.

Zdawała sobie sprawę, jak bardzo upierdliwy potrafi być jej mąż. A Adrianna nie powinna się teraz denerwować. Był to też podstawowy argument, aby, na razie, zakończyć temat Marka Koszyckiego. Widziała, ile nerwów kosztowało Adę jakiekolwiek wspomnienie o byłym chłopaku, który – była o tym święcie przekonana – zdradził jej córkę z inną dziewczyną. Bo co mogło być powodem, że wielkie uczucie, jakim Adrianna darzyła Marka, tak nagle zgasło? Mężczyźni to poligamiści z natury. Regina Dziurska bardzo dobrze o tym wiedziała.

Kilka tygodni po tej rozmowie przesłała Adzie całkiem sporą sumę pieniędzy. Wcześniej zapytała ją o numer konta, twierdząc, że ma trochę oszczędności, które chciałaby jej przekazać. Trzy dni później Ada o mało nie dostała zawału, gdy wchodząc na Internet banking, zorientowała się, że jest bogatsza o dwadzieścia dwa tysiące funtów. Kiedy zapytała matkę, skąd miała te pieniądze, usłyszała historię tak zagmatwaną, że już w połowie się pogubiła, a pod jej koniec dalej nie znała odpowiedzi. Nie miała wtedy głowy, by w to wnikać.

Najważniejszy w tamtym momencie był dla niej fakt, że dzięki tej kasie mogła się w końcu wyprowadzić od Mikołaja Walewskiego, brata swojej przyjaciółki. Mieszkanie z Walewskimi pod jednym dachem nie było najlepszym pomysłem. W domu coraz częściej odbywały się zakrapiane imprezy, a ona potrzebowała teraz spokoju. Tydzień po otrzymaniu tajemniczego przelewu znalazła pokój u nieco zdziwaczałego, starszego angielskiego małżeństwa. Przed przylotem matki musiała się jednak znowu przeprowadzić. Po pierwsze jej brzuch stał się widoczny i dziwacy bezprawnie wymówili jej umowę, a po drugie wolała wynająć mieszkanie, w którym bez problemu mogłaby ulokować także Reginę. I wtedy znowu poratowały ją te zagadkowe pieniądze.

Mama przyleciała do niej dwa tygodnie przed planowanym terminem porodu. Ada miała już prawie wszystko przygotowane. Większość rzeczy kupiła z odzysku. Rynek wtórny na Wyspach był bardzo dobrze rozwinięty, zwłaszcza jeżeli chodziło o artykuły dziecięce. Za małe pieniądze można było dostać czasami całkiem nowe rzeczy.

Dla Anglików przyjście na świat dziecka to zawsze okazja do świętowania. Nawet jeżeli było to „tylko" dziecko koleżanki z pracy. Ada dostała sporą wyprawkę od szefostwa oraz swoich koleżanek i kolegów. Pracownicy agencyjni także podarowali jej piękne prezenty dla wyczekiwanego bobasa. Kilka starszych pań zaoferowało pomoc przy maleństwie. Młode dziewczyny dzieliły się z nią swoimi przeżyciami z sali porodowej. Otrzymała wsparcie, którego tak potrzebowała. Od przypadkowych ludzi.

A jeżeli w życiu nic nie dzieje się przypadkowo?

– Dzień przed moim wyjazdem do Anglii Marek znowu zadzwonił... – zagadnęła Regina któregoś razu, przed samym rozwiązaniem. – Poprosił tylko, żebym potwierdziła, że jesteś cała i zdrowa. Przekazałam mu, że nic ci nie jest i że nie musi się o nic martwić. Jeżeli to on jest ojcem, powinien o tym wiedzieć. – Popatrzyła na córkę przenikliwie.

Ada głęboko westchnęła.

– To nie on jest ojcem. To ktoś, kogo poznałam tutaj. Nieważne. Nie chcę mieć z tym człowiekiem nic wspólnego. Tak samo jak z Markiem Koszyckim.

Wiedziała, że matka nie do końca jej wierzy. Zresztą wystarczyło dobrze policzyć miesiące, aby się zorientować, że do poczęcia musiało dojść jeszcze w Polsce. Jednak Regina obiecała, że nie zdradzi Markowi ani miejsca pobytu Ady, ani faktu, że jej córka spodziewa się dziecka. Prawdopodobnie uznała, że to jej wybór, do którego ma prawo. Z własnego doświadczenia wiedziała, że czasem lepiej „kwitnąć" samemu, niż powoli „więdnąć" w nieszczęśliwym związku.

***

Na strychu ponad sześćdziesięcioletniego domu przy ulicy Pszenicznej 3 można było znaleźć wszystko. Z wyjątkiem pieniędzy, sandałów babci Marysi oraz odpowiedzi na pytanie: „Co ja mam teraz zrobić?", które Ada Dziurska zadawała sobie przez ostatnie czternaście lat.

ROZDZIAŁ 5

Nie jest łatwo wymazać z pamięci pierwszą, wielką miłość.

Zastanawialiście się kiedyś, jak wyglądałoby życie, gdyby na nasze wspomnienia nie wpływał mijający czas? Ani odległość tysiąca kilometrów?

Ada Dziurska czuła, że musi za wszelką cenę uniknąć następnego spotkania z Markiem Koszyckim. Postanowiła, że będzie jak najrzadziej pojawiać się w centrum Starogrodu, a jeżeli nawet nieszczęśliwym trafem gdzieś na siebie wpadną, to po prostu go zignoruje. Tak samo jak przez tyle lat ignorowała pewien dość istotny fakt.

– Ktoś do ciebie. – Kilka dni po zajściu w sadzie Regina z nieco wystraszoną miną podała córce słuchawkę telefonu stacjonarnego.

Było południe. Ada siedziała właśnie w swoim pokoju, zajadając się paprykowymi chipsami i oglądając najnowszy melodramat wyprodukowany przez dobrze wszystkim znaną platformę cyfrową. Niechętnie przycisnęła ikonę pauzy na laptopie. Spojrzała pytająco na mamę, zastanawiając się, kto w dzisiejszych czasach dalej używa telefonu stacjonarnego. Drugą kwestią było pytanie, dlaczego ten ktoś nie zadzwonił bezpośrednio na jej numer kontaktowy. Przez myśl przebiegło jej, że może to weterynarz postanowił sprawdzić, czy z kotem jest już wszystko w porządku. Niepokój na twarzy jej matki nie wróżył jednak nic dobrego.

– Halo – powiedziała niepewnie Ada do telefonu.

– Cześć – przywitał ją męski, stanowczy głos.

Tak jak poprzednio od razu rozpoznała jego właściciela. Cała zdrętwiała i, podobnie jak podczas ich pierwszego spotkania, zalała ją fala gorąca. Przypomniała sobie, że zanim spadła na niego z drabiny, rozmawiał z Kingą. Czyżby coś podejrzewał?

Regina cały czas stała obok i nic nie wskazywało na to, żeby miała zamiar opuścić pokój. Zmieszana Ada odwróciła się do niej plecami w nadziei, że matka w końcu sobie pójdzie. Rzeczywiście, wyszła niechętnie, zostawiając za sobą lekko uchylone drzwi.

„Na sto procent będzie podsłuchiwać" – pomyślała Ada i głęboko westchnęła.

– Cześć. – Zmusiła się z trudem do odpowiedzi. Najchętniej od razu rzuciłaby słuchawką i zaczęła pakować walizki.

– Mam do ciebie sprawę. Nie wiem, czy na telefon. Spotkamy się? Mogę podjechać dzisiaj po pracy.

– Dziś nie mam czasu – ledwo wyjąkała. Czuła coraz szybsze bicie swojego serca.

– W takim razie jutro? – Jego ton był coraz bardziej formalny.

– Jutro też nie. – Pragnęła, żeby dotarło do niego jak najszybciej, że ona po prostu nie chce się z nim spotykać. Nigdy.

– Rozumiem – westchnął z rezygnacją. – OK... Rozmawiałem z twoim wujkiem i on mimochodem wspomniał, że w Anglii byłaś asystentką jakiegoś prezesa. Poszukujemy na granicy kogoś, kto zna języki...

– Nie znam ukraińskiego – przerwała mu dosadnie.

– Potrzebują kogoś z dobrym niemieckim i angielskim. Trzeba się kontaktować z Unią. Chodzi bardziej o granicę unijną niż polsko-ukraińską. Pamiętam, że uczyłaś się niemieckiego, no a angielski pewnie znasz już perfekcyjnie...

– Nie używałam niemieckiego, odkąd skończyłam liceum, więc przykro mi, ale nie spełniam wymogów – poinformowała go tonem despotycznej urzędniczki, zupełnie jakby mówiła: „Panu już podziękujemy".

– Jestem pewien, że jeśli się postarasz, przypomnisz sobie ten język w kilka dni. Znam komendanta straży. Rozmawiałem z nim dzisiaj. Mimo że rekrutują już od kilku miesięcy, ciągle nie znaleźli nikogo właściwego. Potrzebują osoby zorganizowanej, systematycznej i komunikatywnej. Mają ogrom zaległej, papierkowej roboty. To spore wyzwanie. Pamiętam, że lubiłaś... – zawahał się i miała wrażenie, że uśmiechnął się do telefonu – ...wyzwania.

Zaniemówiła.

– Halo? – odezwał się po dłuższej chwili.

– Dziękuję, że o mnie pomyślałeś, ale mam już coś na oku. – Starała się być jak najbardziej przekonująca. – Pamiętam, że ty też... – zrobiła specjalnie pauzę – ...lubiłeś wyzwania – dokończyła i odłożyła słuchawkę.

Kiedy po kilku długich minutach jej przyśpieszony oddech w końcu się wyrównał, znalazła w internecie ogłoszenie, o którym mówił Marek. Oferta administratora w straży granicznej wydała jej się całkiem ciekawa, a tego teraz najbardziej potrzebowała. Podobno zaraz po powrocie z długoletniej emigracji człowiek doznaje euforii. Adę ten stan ominął. Przez pierwsze tygodnie po przylocie musiała dalej, tyle że zdalnie, użerać się z tępym szefem. Teraz, powoli, zaczynała ją ogarniać faza przygnębienia. Czuła się emocjonalnie rozbita. W końcu przyszło jej wrócić do kraju podczas ogarniającej cały świat pandemii. Mimo że jej konto co miesiąc zasilała spora kwota z wynajmu mieszkania w Londynie, wiedziała, że musi sobie znaleźć konstruktywne zajęcie, bo zwariuje.

Wypełniła aplikację. Dostała automatycznego maila zwrotnego z podziękowaniem i wiadomością, że jeżeli zostanie zakwalifikowana do drugiego etapu rekrutacji, ktoś się z nią skontaktuje w ciągu kilku dni.

Miała zamiar dokończyć oglądany wcześniej film, ale nie potrafiła się skupić. Telefon Marka wytrącił ją z równowagi. Postanowiła przejść się na pogaduchy do Karoliny i choć na chwilę skierować myśli na inne tory. Opowie jej o swoim pomyśle zaangażowania Doriana i Kingi do koszenia trawy. Zresztą cała trójka dzieciaków mogłaby wyręczyć nie tylko Karolę, ale też wujka Mirka i Kamilę. Trochę ciężkiej pracy z pewnością im nie zaszkodzi, a pomoże docenić to, co mają. Poszła do kuchni i szybko wyjęła z lodówki dwie butelki regionalnego piwa. Na szczęście w domu nie było nikogo. Wujek rano wyjechał w pole, a mama prawdopodobnie poszła obrabiać ogród. Ada cieszyła się, że nie musi odpowiadać na jej pytania o telefon od Koszyckiego. Wiedziała, że rozmowa na ten temat jest nieunikniona.

Sprawdziła, czy babcia ma się dobrze i wyszła na zewnątrz. Rażące słońce niemal ją oślepiło. Ciężkie, gorące powietrze sprawiło, że momentalnie zatęskniła za chłodem murowanych ścian. Do jej uszu dotarły dobiegające z sąsiednich pól hałasy koszących zboże kombajnów. Zaczynały się żniwa. Dosłownie i w przenośni...

Karoliny w domu nie zastała. Poszła poszukać jej na podwórku.

– O! Ada! – Gruszka właśnie wychodziła z obory. – Krowa nam się cieli! – wykrzyczała podekscytowana.

– Mamo! Krowa się cieli! – Za Karolą wybiegła jeszcze bardziej podekscytowana Kinga. – Rafał tu jest! – podkreśliła ten fakt, uśmiechając się do niej znacząco.

Adriana rzuciła jej karcące spojrzenie.

– Krowa się cieli! – Za Kingą wybiegli Emilka i Dorian.

– Krowa się ocieliła – oświadczył zadowolony Rafał, wychodząc z obory. Miał zakrwawione rękawice i brudny od krwi niebieski fartuch, a mimo to wyglądał na bardzo spokojnego. – Hej! – Uśmiechnął się do Ady.

– Hej – odparła krótko z wlepionym w niego wzrokiem.

Przełknęła ślinę. Musiała przyznać, że taki ociekający krwią był niezwykle męski. Bohater. Uratował krowie potomstwo. Co tam społecznicy, niedoszli recydywiści. To tutaj i właśnie w tym momencie rodziła się prawdziwa legenda.

Dzieciaki poleciały z powrotem do obory. I dobrze, bo na zewnątrz robiło się coraz bardziej gorąco...

– Pani Karolino, muszę się doprowadzić do porządku – zwrócił się Rafał do Gruszki.

– Tak, oczywiście. W łazience przygotowałam ręczniki jednorazowe i worki na śmieci, jak pan prosił.

We troje przeszli pod dom.

Kiedy Rafał zamknął za sobą drzwi, sąsiadka spojrzała wyczekująco na Adę.

– I jak? – zapytała.

– Co jak?

– Nie udawaj – zaśmiała się Karolina. – Kinga i Emilka opowiadały mi dziś o akcji z kotem. Nieźle to sobie wykombinowały. Podobno pan doktor chciał się z tobą umówić?

– Co? – Ada, zaskoczona, spojrzała na koleżankę.

– Piec z tobą chleb chciał!

– Może i chciał... Ale miałam już upieczony, to mu dałam.

– A wiesz, co moja matka mi powtarzała, jak zaczęłam chodzić z Piotrkiem? – Karolina Gruszka spojrzała na swoją rozmówczynię takim wzrokiem, jakby zdradzała jej właśnie swoją najgłębiej skrywaną tajemnicę. – „Dałaś komu chleba, wzięłaś serce".

– Jesteś niemożliwa! – stwierdziła Ada z rozbawieniem.

– Ale przyznasz, że jest fajny, nie?

– Całkiem, całkiem – odparła wesoło i szybko zamilkła, bo właśnie zdała sobie sprawę, że okno w łazience Karoli jest uchylone i mimo lejącej się z kranu wody nie miała wątpliwości, że weterynarz słyszał ich rozmowę.

Jej obawy potwierdziły się, kiedy Rafał wyszedł z domu i z wyraźnie rozbawioną miną powiedział, że pójdzie jeszcze sprawdzić, czy mały byk i jego mama mają się dobrze. Karolina się niewinnie uśmiechnęła, a onieśmielona Ada ledwo wydusiła z siebie ciche:

– OK.

Korzystając z okazji, że została sama z koleżanką, poruszyła kwestie koszenia trawy przez dzieciaki. Karola wspomniała, że nieraz już toczyła o to batalie z synem, ale on twierdzi, że to wbrew jego ekologicznym poglądom i że wysoka trawa sprzyja rozwojowi ekosystemu, a pozostaje jeszcze kwestia spalin emitowanych przez kosiarkę.

Nawet nie zauważyły, kiedy Rafał wrócił z obory.

– Całkiem, całkiem ten byk! – zakomunikował radośnie, odnosząc się do wcześniejszego wywodu Adrianny na jego własny temat.

Obie, nieco speszone, spuściły wzrok.

– Kazałem młodzieży za minutę opuścić oborę. Są bardzo cicho, ale małemu i jego mamie potrzeba teraz nieco intymności – dodał.

– To może piwo, panie Rafale? – zaproponowała Karolina. – Oblejemy szczęśliwe rozwiązanie.

– Nie, dzięki. Mam jeszcze jedno zlecenie. Otworzyć wam? – Skinął głową w stronę dwóch butelek, które Ada cały czas trzymała w rękach.

– Jeśli możesz... – Adrianna podała mu piwa, które magicznie otworzył o kant stołu stojącego przed wejściem do domu.

– To przyniosę panu chociaż szklankę wody! – zawołała Gruszka i pobiegła do środka.

Nastała cisza. Ada zaczęła się zastanawiać, dlaczego weterynarz do tej pory nie skomplementował chleba, którym go ostatnio obdarowała.

„A jeżeli ten chleb miał zakalec?" – przeszło jej przez głowę. „I dlatego on jest teraz taki milczący?"

Już miała go o to spytać, ale Karolina wróciła właśnie z wodą. Kiedy każdy miał w ręku swój napój, Gruszka wzniosła toast:

– To za byka, co jest całkiem, całkiem!

Ada wytrzeszczyła na nią oczy.

– Bardzo oryginalny toast – skomentował Górski ze śmiechem i z uznaniem pokiwał głową.

Ada napiła się piwa, przypominając sobie dewizę swojej angielskiej psiapsióły Zoe Peacock: „Jak nie wiesz, co powiedzieć, to się napij".

– Superdzieciaki. Mają dobrze poukładane w głowach – stwierdził Rafał, zerkając w stronę obory. – Jutro po pracy wybieram się do stadniny koni. To niedaleko. Jeśli pozwolicie, zabiorę je ze sobą. – Spojrzał na Adę. – Kinga wspominała ostatnio, że w Anglii dużo jeździła. W każdym razie prosili, żebym zapytał was o zgodę.

– Mamo, zgódź się, proszę! – Nagle, nie wiadomo skąd, pojawił się za nimi Dorian. Kinga z Emilką właśnie do niego dobiegały.

– Nie wiem, od kiedy tak się liczysz z moim zdaniem, ale ja nie mam nic przeciwko. Emiś, leć do mamy się spytać – poinstruowała Karolina, po czym zwróciła się do Rafała: – Dziękujemy. Aktywna rozrywka na świeżym powietrzu z pewnością im nie zaszkodzi.

Kinga tymczasem wpatrywała się w swoją matkę błagającym wzrokiem.

Adrianna Dziurska doskonale wiedziała, jak ważne dla córki były konie. Jednak miała pewne obawy co do jej zamiarów względem weterynarza.

– Zgódź się, Ada. – Karolina szturchnęła ją lekko. – Niech mają trochę frajdy. My możemy w tym czasie zrobić leczo.

– Wydaje mi się, że Kinga i Emilka ostatnio tej frajdy miały całkiem sporo. – Spojrzała przekornie na swoją córkę, po czym zwróciła się do Rafała: – Bardzo miło z twojej strony. Mogę ich podwieźć, jeśli dasz mi adres.

– Dzięki, mamo! – Uradowana Kinga rzuciła się matce w ramiona.

– Mam auto, Aduś. Tam stoi. – Górski uśmiechnął się do niej z pobłażaniem i wskazał na jeepa stojącego przy domu Karoli. – Jest tutaj tylko jedna stadnina, w środku lasu, skręca się przed wjazdem do Łopiatyna.

Adrianna na chwilę zaniemówiła. I to wcale nie dlatego, że nazwał ją zdrobnieniem jej imienia.

– Znam tę stadninę – odrzekła niepewnie, czując, jak mimowolnie ogarnia ją napięcie. – Sama nie wiem, czy to dobry pomysł. Stadnina w Łopiatynie lata świetności ma już za sobą. Nawet nie wiedziałam, że nadal funkcjonuje. Planowałam pojeździć po nowocześniejszych obiektach w powiecie i zapisać Kingę do któregoś z nich.

– Ciekawe tylko kiedy? – Córka spojrzała na nią butnie. – Cały czas marudzisz, że boisz się usiąść za kierownicą, bo dawno nie jeździłaś po Polsce.

– Łukasz, to znaczy ten gość, który tam zarządza, to mój dobry kumpel. Jeszcze ze studiów. – Rafał zwrócił się do Ady tonem pełnym szczególnej powagi. – Zna się na rzeczy. Mówił mi, że właściciel cały czas wprowadza jakieś ulepszenia i dużo inwestuje. Ma też na koncie kilka sukcesów jako hodowca koni. Ale jeśli Kinga uzna, że to nadal nie są jej standardy, z przyjemnością potowarzyszę wam w poszukiwaniu właściwej stajni. Może przy okazji nawiążę kilka biznesowych znajomości.

– Naprawdę mógłbyś z nami pojeździć po stadninach? – Kinga wpatrywała się w niego z uwielbieniem.

– Kinia! – Adrianna zrozumiała, że znalazła się na przegranej pozycji. – Może Rafał ma rację i wcale nie będzie trzeba nigdzie jeździć. Dziękuję – zwróciła się do niego, czując, jak ze wstydu palą ją policzki.

– Ile kosztuje godzina takiej przyjemności? – wtrąciła się nagle Gruszka, o której istnieniu Ada na chwilę całkiem zapomniała.

– Proszę się tym nie przejmować. – Rafał uśmiechnął się szarmancko. – Kolega wisi mi przysługę. Zresztą niejedną.

Sporo mu pomogłem w przyswajaniu wiedzy. – Mrugnął do dzieciaków, po czym spojrzał zadziornie na Adę. – Jeżeli jednak, drogie panie, koniecznie chciałybyście się odwdzięczyć, to lubię leczo i dobre kino. Chyba grają teraz jakiś sensacyjny ze Scarlett Johansson.

– O! Mamo, ty też lubisz tę aktorkę! – Kinga była wyraźnie uradowana takim obrotem sprawy.

– Randka się szykuje! – Dorian zaczął gwizdać.

Karolina natychmiast trzepnęła go po głowie.

– Zachowuj się, synu, bo zamiast jechać jutro na konie, będziesz kaczkę skubał na niedzielny obiad! – zagroziła swojemu pierworodnemu.

Ada była już tak zażenowana całą tą sytuacją, że nie pozostało jej nic innego jak tylko odwzajemnić uśmiech weterynarza. Postanowiła, że z Kingą i jej kolegą policzy się później.

ROZDZIAŁ 6

Wizyta u sąsiadki nieco się przeciągnęła. Okazało się, że Karolina Gruszka miała w lodówce całkiem spory zapas piwa, które tylko czekało na odpowiednich konsumentów. Tak się zagadały, że nie zauważyły nawet, jak z osiemnastej zrobiła się dwudziesta. Wcześniej wysłały swoje pociechy do domów, nakładając na nie karę przeczytania jakiejś książki przed snem. Najlepiej szkolnej lektury. Siedząc przed domem i odganiając się od komarów, rozmawiały o sprawach z pozoru nieistotnych, jak diety oczyszczające i kremy odmładzające. Większość kobiet dobrze wie, że nawet kilka minut dziennie spędzone na babskich pogaduchach potrafi oczyścić umysł i odmłodzić ciało lepiej niż niejedna dieta i najlepsze kosmetyki.

Po dwudziestej pierwszej Adrianna w bardzo dobrym humorze wracała do domu, ale nie zdążyła wejść do środka, bo zatrzymał ją kobiecy głos dobiegający spod altany.

– Ada...

Adrianna podeszła bliżej i przetarła oczy, nie mogąc uwierzyć w to, co zobaczyła. Jej matka nalewała sobie właśnie wujkową nalewkę do kieliszka. Domyśliła się, że nie był to jej pierwszy, gdyż oczy Reginy błyszczały jaśniej niż gwiazdy na niebie.

– Od kiedy pijesz sama? – Ada usiadła naprzeciwko niej.

– Lepiej powiedz, czego chciał Marek Koszycki.

Adzie, która przez cały wieczór starała się zapomnieć o telefonie od byłego, natychmiast zrzedła mina.

– Zaproponował mi pracę. Dlaczego nikt mi nie powiedział, że on jest tu wójtem? – spytała poirytowana.

– Zarzekałaś się, że nie chcesz nigdy o nim słyszeć – odpowiedziała matka spokojnie. – Poza tym... Wróciłabyś, gdybyś się dowiedziała?

– Nie wiem.

– No właśnie. A może najwyższa pora zamknąć ten rozdział? – Matka patrzyła na nią wyczekująco.

– To nie takie proste – rzekła Ada po cichu i spuściła wzrok. Przez kilka minut z udawanym zaciekawieniem przyglądała się swoim butom.

– Co to za praca? – Regina zmieniła temat.

– W straży granicznej. Administracja. On, to znaczy Marek, zna komendanta. Stąd wie, że kogoś szukają.

– Przyjmiesz ją?

– Wysłałam CV. Idziemy do domu? – zapytała błagalnie w obawie, że to nie koniec wywiadu.

– Ojciec chce przyjechać – rzuciła chłodno matka. – Dzwonił godzinę temu.

– Aha...

Ada znała już powód rozpijania się Reginy Dziurskiej w altanie. Nie do końca miała ochotę na spotkanie z ojcem, którego nie widziała od ponad roku. Wiedziała jednak, że Kinga bardzo chciałaby zobaczyć dziadka. O ile ojcostwo niespecjalnie Waldkowi Dziurskiemu wychodziło, o tyle jako dziadek sprawdzał się całkiem nieźle. Tym bardziej że od ładnych kilku lat był już na zasłużonej emeryturze. Nie musiał zatem bezgranicznie poświęcać się pracy, jak wtedy, kiedy Adrianna była dzieckiem.

– Kiedy przyjeżdża? – spytała niechętnie Ada.

– Prosił, żebyś się najpierw odezwała.

– W porządku. Napiszę do niego jutro.

Pomyślała, że ma już dość wrażeń jak na jeden dzień. Zadarła głowę do góry i wpatrywała się w rozpostarte nad nimi roziskrzone niebo.

Regina zaczęła jej opowiadać o dziwnościach, jakie wygadywała babcia Marysia, zanim poszła spać. Jednak Ada Dziurska już jej nie słyszała. Całkowicie pogrążyła się we wspomnieniach.

Sierpień 2004

To były wakacje między pierwszą a drugą klasą liceum. Ada całe lato spędziła u dziadków w Starogrodzie. Bardzo zżyła się ze swoją starszą o rok kuzynką Magdą.

Któregoś dnia, już pod koniec wakacji, przejeżdżały rowerami przez centrum Starogrodu, w drodze nad rzekę w Łopiatynie. Miały ochotę popływać i poopalać się nad wodą, choć właściwie obie zdążyły się bardzo ładnie opalić. U Magdy tym bardziej rzucało się to w oczy, że była jasną blondynką. Z wyglądu wdała się w rodzinę swojej matki, w której wszyscy byli wysokimi blondynami o dużych, niebieskich oczach. Ada zastanawiała się, dlaczego jej kuzynka do tej pory nie miała żadnego chłopaka. Była przecież bardzo atrakcyjna, a do tego całkiem mądra. I ta mądra, atrakcyjna dziewczyna, w momencie gdy przejeżdżały przez centrum Starogrodu, zatrzymała się nagle. Okazało się, że wśród grupki chłopców, siedzących na ławce w parku przy poczcie, zauważyła swoich dobrych znajomych. Powiedziała Adzie, że chwilę z nimi pogada i ruszą dalej. Podjechała do nich, zamienili kilka słów, po czym wróciła z dwoma kolegami.

– To Ada. Kuzynka z Zamościa – przedstawiła im nieco onieśmieloną Adriannę, która miała wrażenie, że gdzieś już tych chłopców widziała. Jednego na pewno. To właśnie on przedstawił się jako pierwszy.

– Marek. – Wyciągnął rękę na przywitanie.

Wpatrywała się w niego oszołomiona. Był idealnie w jej typie. Wysoki brunet o śniadej cerze i dużych, brązowych oczach.

– Cześć – odpowiedziała, podając mu dłoń.

Uścisnął ją, patrząc Adzie w oczy.

– Damian – przedstawił się ten drugi chłopak.

Jednak Ada nie wyciągnęła do niego ręki. Całkowicie go wtedy zignorowała.

– Gdzie śmigacie? – zapytał Damian.

– Szwendamy się tu i tam. – Magda wzruszyła ramionami.

– Niedaleko jakiś gość założył stadninę koni. Chcecie się tam z nami przejechać? – zagadnął Marek, cały czas wpatrując się w Adę.

Lubiła konie. To znaczy, tak jej się wydawało, bo widziała je głównie na zdjęciach lub w telewizji. Spojrzała pytająco na Magdę, która wzruszyła ramionami na znak, że wszystko jej jedno.

– Czemu nie. – Ada uśmiechnęła się zalotnie do Marka. Zbyt zalotnie jak na pierwsze spotkanie. No cóż. W końcu zakochała się wtedy od pierwszego wejrzenia.

Chłopaki poszli po rowery, a ona, z wypiekami na twarzy, zaczęła wypytywać Magdę o Marka. Kuzynka z uśmiechem zdradziła jej kilka szczegółów z jego życia. Chodzili razem do podstawówki, a teraz Marek Koszycki uczęszczał do najlepszego liceum w Sosnówce. Magda i Damian uczyli się w tym samym ogólniaku, ale w innych klasach. Marek był na profilu humanistycznym, Magda na biologiczno-chemicznym, a Damian na matematyczno-fizycznym. Marek zawsze był bardzo ambitny, mimo że jego starsi bracia ledwo zdali maturę. Magda zdziwiła się, że Ada nigdy nie słyszała od swojej babci o bliźniakach Koszyckich, którzy już w podstawówce sprawiali duże problemy. Ich ojciec, bardzo dobry mechanik samochodowy, kilka lat wcześniej nagle zmarł na zawał serca, pozostawiając trzech synów pod opieką matki. Po jego śmierci bliźniacy już na dobre się rozwydrzyli. Kilka razy groził im poprawczak. Policja nigdy nie zdołała zebrać wystarczających dowodów na ich winę, bo poszkodowani zawsze wycofywali się z zeznań. Wszystkim było żal Ewy Koszyckiej. Nie dość, że dopiero co straciła męża, to jeszcze musiała świecić oczami za synów. Ledwo wiązała koniec z końcem, dopóki bliźniacy nie wyjechali do Niemiec. Podobno znajomy ojca załatwił im fuchę w fabryce BMW pod Monachium. Wszyscy młodzi mężczyźni ze wsi im zazdrościli. Nie dość, że zarabiali duże pieniądze, to jeszcze na własne oczy mogli zobaczyć, jak powstają jedne z najlepszych samochodów na świecie. Na sam koniec Magdalena wspomniała, że Marek nie ma dziewczyny, chociaż gdyby chciał, mógłby mieć każdą, bo jest przecież taki fajny i przystojny. Chyba po prostu wolał się skupić na nauce.

Adzie to wystarczyło. Z tych kilku skrawków informacji wywnioskowała, że Marek Koszycki musi być bardzo interesującą i wartościową osobą. I z całą pewnością był przystojny. Nieziemsko. Chciała go poznać jak najlepiej. Po raz pierwszy wolała z kimś porozmawiać, niż poczytać książkę.

Droga do stadniny wiodła przez las, w który trzeba było skręcić z głównej szosy łączącej Starogród z Łopiatynem. Ada z przyjemnością wdychała zapach świerków i sosen przemieszany z wonią ziemi wilgotnej od deszczów, które padały coraz częściej, zapowiadając nadejście jesieni. Nagle wjechali na całkiem sporą polanę. Na znacznej jej części znajdował się wybieg dla koni, a na nim kilka gorącokrwistych wierzchowców różnej maści. Oczarowana, zeszła z roweru i podeszła do ogrodzenia. Niemal od razu przygalopowała do niej ciemnogniada klacz z czarną grzywą. Lekko spłoszona Adrianna już miała się odsunąć, gdy stojący za nią Marek Koszycki chwycił jej dłoń i położył na szyi zwierzęcia. Przeszył ją dreszcz. Patrzyła w oczy wierzchowca, czując przyjemne mrowienie w dole brzucha. Wewnętrzna strona jej dłoni odbierała ciepło końskiej szyi, na zewnętrznej czuła dużą rękę Marka.

– One uwielbiają, jak się do nich mówi – wyszeptał. Już wtedy zwróciła uwagę na kojący spokój, którym emanował. – Powiedz jej coś o sobie.

– Nie wiem co – zmieszała się.

– Może... mam na imię Ada. Lubię czytać książki i jeździć na rowerze polnymi ścieżkami – zaproponował z przyjacielskim uśmiechem.

Spojrzała na niego pytająco. Zastanawiała się, kiedy miał sposobność porozmawiać na jej temat z Magdą. Przecież w drodze do lasu kuzynka cały czas jechała obok niej. To niemożliwe, żeby sam tak trafnie ją rozgryzł, zamieniając z nią raptem kilka słów.

Odwzajemniła jego uśmiech. Stali tak dłuższą chwilę, uśmiechając się do siebie niczym dwoje przyjaciół, którzy od dawna się nie widzieli.

Przez kilka kolejnych ostatnich dni, jakie zostały do rozpoczęcia roku szkolnego, spotykali się we czwórkę codziennie. Ada miała prawie siedemnaście lat, Marek osiemnaście.

Po wakacjach nie widywali się zbyt często. Dużo dzwonili. Pisali SMS-y. Ada przyjeżdżała czasami do Sosnówki i odwiedzała całą ich trójkę w internacie. Marek wpadał do Zamościa trochę rzadziej. Większość czasu siedział w książkach i zakuwał. Jednak kiedy już się spotykali, nie mogli się na siebie napatrzeć. Byli sobą zafascynowani. Zarówno fizycznie, jak i duchowo. Ada mogła przysiąc, że chociaż uwielbiali ze sobą rozmawiać, równie dobrze mogliby czytać sobie w myślach... Godzinami patrząc sobie w oczy.

***

Poczuła, jak jej ciało przeszedł dreszcz, chociaż noc była wyjątkowo ciepła.

– A jak już przejrzał na oczy, to było za późno – podsumowała Regina, która właśnie skończyła rozwodzić się nad pracoholizmem i apodyktycznością własnego męża. Dolała sobie do kieliszka nalewki z prawie już pustej butelki i wypiła go jednym haustem.

– Nigdy nie jest za późno, żeby przejrzeć na oczy – stwierdziła Ada, zabierając ze stołu butelkę i kieliszek. – Chodź, mamuś, idziemy do domu.

ROZDZIAŁ 7

Następnego dnia Ada od rana zbierała w ogrodzie warzywa na leczo. Mimo że na zewnątrz znowu prażyło słońce, zrobiła delikatny make-up, powtarzając w myślach, że maluje się przede wszystkim dla siebie, aby poczuć się lepiej w swoim ciele. To, że weterynarz miał wpaść po południu i zabrać dzieci do stadniny, nie miało najmniejszego znaczenia. Wcale nie dlatego spędziła więcej czasu niż zwykle, przeglądając ciuchy w szafie i zastanawiając się, co włożyć. W ostateczności wybrała wygodną, zapinaną sukienkę na ramiączkach, o prostym kroju i długości za kolano, w ulubionym kolorze khaki. Włosy jak zwykle się jej nie układały, więc je wyprostowała i związała w koński ogon. Odkąd zaczęła je farbować na ciemny blond, były w coraz gorszej kondycji. Przez chwilę zastanawiała się, czy nie lepiej byłoby wrócić do naturalnego, ciemnego brązu.

Rafał przyjechał po młodzież po piętnastej. Przywitał się z Adą bardzo oględnie. Wymieniła się z nim numerami telefonu na wszelki wypadek. Kinga i jej przyjaciele byli tak podekscytowani, że nawet się nie pożegnali. Gdy odjeżdżali, Ada zaczęła ganić się w myślach, że zamiast skupić się na poważnych sprawach, zachciało jej się bawić w naiwne zaloty. Przecież wiadomo było, że te wszystkie, całkiem zresztą miłe, zaczepki Rafała to tylko frywolne żarty. W dzisiejszych czasach nikt takich rzeczy nie mówi na serio. Świat coraz bardziej przypomina jedną, wielką aplikację randkową, gdzie ludzie, zamiast być sobą, odgrywają role, powtarzając oklepane frazesy.

Z zawiedzioną miną wzięła drewnianą skrzynkę z warzywami i poszła do Karoliny. Kama też przyszła z pełnym garem papryki, pomidorów i cebuli. Rocznego Michasia zostawiła na ten czas pod opieką swojej mamy.

Dziewczyny przestawiły ławkę i stół spod domu Karoli w bardziej zacienione miejsce. Z kuchni poprzynosiły potrzebne przybory oraz drugi stół, na którym ustawiły palniki. Następnie usiadły przy stole i powykładały warzywa. Czekała je faza krojenia, a potem pitraszenia.

Karola, szatkując cebulę, opowiedziała Kamili, jak poprzedniego dnia weterynarz podrywał Adę pod jej domem.

– No to chyba musisz go zabrać na ten film. – Kama wyjęła telefon. – W Sosnówce niedawno odnowili stare kino. Zobaczmy, kiedy jest najbliższy seans... No proszę. Jutro o dwudziestej. Zarezerwuję wam bilety.

– Nie wiem, czy on będzie miał jutro czas. – Ada próbowała się wykręcić.

– Masz jego numer. Zapytaj. – Kama nie dawała za wygraną.

Adrianna z niepewną miną wyjęła smartfon z kieszeni spodni.

– Sama nie wiem... – wahała się jeszcze. – Ja właściwie nie zakończyłam mojego poprzedniego związku. – Przypomniała sobie swoje ostatnie spotkanie z Willem, gdy po dwóch kieliszkach szampana nieco ich poniosło.

– Nikt nie każe wam się od razu wiązać – zaśmiała się Karola. – No chyba że lubicie...

Kama wybuchła śmiechem, a Ada stwierdziła, że dla świętego spokoju do niego napisze. Inaczej dziewczyny nie przestaną się z niej nabijać. Westchnęła z rezygnacją i zaczęła wybijać litery w telefonie:

Kino jutro o 20:00? Jeżeli nie masz czasu, po prostu napisz. Nie obrażę się.

Poczuła miłe podekscytowanie, jednak wolała tego nie okazywać. Odłożyła smartfona i z nad wyraz wielkim zaangażowaniem zaczęła obierać cukinię. Dziewczyny obserwowały ją przez dłuższą chwilę.

– Przyznaj się, wzięło cię – zaśmiała się Karola. – Mnie by wzięło. Bycie mężatką ma czasem swoje wady.

– Przynajmniej ta nieznana zwierzęca epidemia cię ominęła – zażartowała Adrianna.

– W urzędzie gminy też teraz pełno młodych dziewczyn i rozwódek – zdradziła im Kamila. – Wójt zorganizował Godziny dla Gminy. Każdy może przyjść z jakimiś problemem prawnym, urzędowym. Tylko że jak ostatnio poszłam, to byłam chyba jedenasta. Kiedy dwie godziny później kolejka skróciła się raptem o cztery osoby, zwątpiłam i wyszłam.

– Nie rozumiem, jak to się w ogóle stało, że Koszycki został wójtem – stwierdziła Ada z wyraźną dezaprobatą.

– A dlaczego miałby nim nie zostać? – Karolina przyjrzała jej się z zaciekawieniem.

– No... – Mimo że Ada mogłaby teraz wymienić kilka dość logicznych powodów, odpowiedziała jedynie: – On nie ma jeszcze czterdziestki.

– Właśnie. Startowały z nim same stare urzędasy, co wszystkim się już dawno przejadły – skwitowała Karola. – Starogród już od dłuższego czasu potrzebował zmian. Marek Koszycki był doskonałym kandydatem, pełnym energii i świeżych pomysłów. I na dodatek niepartyjnym. Nie zdążył przesiąknąć całą tą biurokracją, spychologią i hipokryzją.

– Zaczął się udzielać jeszcze na studiach – dodała Kama. – Pokazał ludziom, że działając wspólnie, osiągną więcej. Organizował różne akcje i zbiórki. Dzięki niemu kilkoro dzieci z gminy miało zabiegi, na które ich rodzice nigdy by sobie sami nie mogli pozwolić. Nasza starogrodzka społeczność na nowo się zjednoczyła. A w gminie jeszcze nigdy nie było tyle inwestycji co teraz.

Cóż, Ada nie mogła się z nimi nie zgodzić. Sama zauważyła, że w ciągu tych czternastu lat Starogród rzeczywiście bardzo się rozwinął. Ścieżki rowerowe, odnowione drogi i chodniki oraz odrestaurowane zabytki. Wszystko to wyglądało, jakby zostało zrobione całkiem niedawno. Pojawiły się też dwa nowe bary, lodziarnia, a także trzy supermarkety. A co najważniejsze, w jednym z tych supermarketów można było dostać burratę, jej ulubiony ser. Nawet kilka razy zażartowała w rozmowach z córką, że Starogród to teraz metropolia. Kiedy już się dowiedziała, kto odpowiadał za ten cały progres, odechciało jej się żartów.

– Prawdziwy społecznik – powtórzyła słowa weterynarza z nutą sarkazmu, której jednak nie dosłyszał nikt poza nią.

– To prawda – zgodziła się z nią Kamila. – Całkowicie poświęcił się pracy. Możliwe, że w ten sposób odreagowuje całą tę sytuację związaną z jego matką.

– Coś się stało jego mamie? – Ada się wyraźnie zaniepokoiła.

– Rak z przerzutami – wyjaśniła Kamila. – Odeszła w lutym. Długo chorowała, tylko że mało kto o tym wiedział. Nie obnosiła się z tym. Spotkałam ostatnio na cmentarzu jego ciotkę, Grażynę Koszycką, i trochę pogadałyśmy, stąd wiem.

Ada posmutniała. Teraz już wiedziała, dlaczego Marek tak mizernie wygląda. Pomyślała o swoim byłym szefie i jednocześnie najlepszym przyjacielu Paulu Jeffersonie. Od jego śmierci upłynęło już pół roku, a ona nadal nie mogła się pozbierać. Wyglądało na to, że Ada i Marek już po raz drugi stracili bliskie im osoby niemal w tym samym czasie. Jego ojciec zmarł wkrótce po śmierci jej ukochanego dziadka. Odkryli to kiedyś zupełnie przypadkowo.

Przypomniała sobie mamę Marka, Ewę Koszycką. Poznała ją i Grażynę, siostrę jego ojca, kiedy jechali we dwójkę rowerami do stadniny, a one wracały pieszo z grzybów. Spotkali się na leśnej ścieżce. Kobiety zaprosiły ich na kawę z termosu, ale Ada wiedziała, że to tylko pretekst. Obydwie były jej ciekawe, zwłaszcza ciotka Grażyna, która zadawała naprawdę dużo pytań. Tymczasem jego mama po prostu ją obserwowała, a na końcu powiedziała, że bardzo miło jej było ją poznać. Adrianna czuła, że mówiła szczerze. Mimo że zamieniły wtedy ze sobą raptem kilka słów, polubiła jego mamę. Chyba z wzajemnością, bo po tym spotkaniu Marek często jej coś od niej przywoził. Jak nie domowe ciastka, to haftowane serwetki, bo Ewa Koszycka, poza tym, że była krawcową, potrafiła wydziergać prawdziwe cuda. Później Ada włożyła te serwetki w drewniane ramki i zrobiła z nich obrazy na ścianę. Do dzisiaj miała je w mieszkaniu w Londynie. Kindze powiedziała, że dostała je od osoby z naprawdę piękną duszą.

Poczuła się nieswojo. Może po prostu zaczęło ją gryźć sumienie?

Z rozważań wyrwał ją dźwięk odebranego SMS-a od Rafała. Przeczytała go na głos:

Na pewno znajdę czas.

– No to załatwione! – zawołała Kama triumfalnie.

– Zawieziesz mu przy okazji moje sery – powiedziała Gruszka. – I tak jutro z rana muszę zrobić świeże, bo po południu jadę z dostawą do Sosnówki. Dorian wspomniał, że nasz doktor jest wegetarianinem. Już nie mogę się doczekać, kiedy sam mi nagle obwieści, że nie będzie jadł mięsa.

– I pewnie na zdrowie by mu to wyszło. – Ada się zamyśliła. – Może my też powinnyśmy przejść na wegetarianizm?

– Równie dobrze mogłabym już teraz kłaść się do trumny. – Karolina się skrzywiła.

Adrianna z Kamilą głośno się zaśmiały.

– Dawno nie byłam na prawdziwej randce – rozmarzyła się Kama. Jej mąż, tak samo jak mąż Karoliny, pracował za granicą i przyjeżdżał do domu kilka razy do roku.

– Will, mój były partner, nieustannie mnie gdzieś zabierał – pochwaliła się Ada. – Rajcowało go pokazywanie, jaki jest szarmancki. Poza tym w Anglii, a zwłaszcza w Londynie, nie ma czegoś takiego jak weekend w domu. Wierzcie mi, po kilku latach ciągłego łażenia po pubach, klubach i restauracjach zaczęłam doceniać wieczory z dobrym winem w domowym zaciszu.

Karolina pokiwała głową ze zrozumieniem.

– Dużo bym dała, żeby Piotrek po prostu tu ze mną teraz był. A jak to w ogóle jest być z obcokrajowcem? Anglicy to przecież inna kultura, styl bycia. Dogadywaliście się bez problemów?

– Dogadywaliśmy się... idealnie. – Ada się wymownie uśmiechnęła na wspomnienie chwil spędzonych z Willem. Zwłaszcza tych w jej sypialni. – William pół życia mieszkał w Stanach. Urodził się w Kalifornii. Dopiero po studiach przeniósł się do Wielkiej Brytanii. Dlatego różni się nieco od przeciętnych Anglików. Jest wprawdzie powściągliwy i lubi, kiedy wszystko dzieje się zgodnie z planem, ale to najbardziej ekscentryczny człowiek, jakiego znam. No i Kinia go uwielbia. To właśnie dzięki niemu zaczęła interesować się końmi. Jego wuj miał stadninę pod Londynem. Jeździli tam niemal w każdy weekend.

– Dlaczego zerwaliście?

– Ciężko powiedzieć... W maju przeszliśmy koronawirusa. Na szczęście mieliśmy łagodne symptomy. Podczas wspólnej kwarantanny zaczęliśmy rozmawiać i okazało się, że pragniemy w życiu zupełnie czego innego. On marzył o dzieciach. A ja... Nie byłam na to gotowa.

– Po raz pierwszy słyszę, że to laska nie chce stabilizacji – podsumowała Kamila.

– Kiedy mama powiedziała, że z babcią jest coraz gorzej – ciągnęła Ada – oświadczyłam mu, że chcę wracać do kraju. Bez niego.

– Co zrobił?

– William Newman to dżentelmen. Wyprowadził się, nie robiąc mi kompletnie żadnych wyrzutów.

I tak oto reszta wieczoru minęła dziewczynom na obgadywaniu facetów. Oczywiście miało to swój wpływ na czas, jaki zajęło im pokrojenie warzyw na leczo. Dopiero po osiemnastej włączyły palniki gazowe. Karola stwierdziła, że musi iść robić obrządki i że będzie w tym czasie doglądała garów, i mieszała warzywa. Zaproponowała, aby Ada do niej wpadła ponownie o dwudziestej pierwszej, żeby przełożyć leczo do słoików. Kamę, która nie miała z kim zostawić małego Michasia, zwolniły z tego obowiązku.

Ada w bardzo dobrym humorze wracała właśnie do siebie na małą przerwę, kiedy pod dom podjechał Rafał z dzieciakami.

– Mamo, zgadnij co?! – wykrzyczała Kinga, wybiegając z auta. Adrianna dawno nie widziała jej tak podekscytowanej. – Pan wójt powiedział, że świetnie jeżdżę i że w Sosnówce co sierpień urządzają konne wyścigi powiatowe. Mogłabym reprezentować Starogród! Mamo, proszę, zgódź się!

„Wójt"– pomyślała Ada, a w jej oczach pojawiło się przerażenie.

Kinga to zauważyła i trochę mniej pewnie ciągnęła:

– Przecież wiesz, że mogę. Brałam już udział w wyścigach w Anglii.

– Kinia, porozmawiamy o tym w domu, OK? – odpowiedziała tonem nieznoszącym sprzeciwu.

– Zawsze, jak tak mówisz, to znaczy, że się nie zgadzasz! Przysięgam, że nie będę już nigdy więcej cię z nikim swatać. Tylko powiedz „tak". – Dziewczyna miała łzy w oczach. – Obiecałaś mi, że w Polsce będę jeździć konno!

– Kinga, przestań robić aferę! – Ada była wyraźnie zdenerwowana. – Nie powiedziałam, że się nie zgodzę. Muszę to wszystko na spokojnie przemyśleć.

– Super! Już wiem, że nic z tego nie będzie! – Kinga, obrażona, weszła do domu, trzaskając drzwiami.

Dorian i Emilka pobiegli za nią.

Rafał przyglądał się wszystkiemu oparty o swoje auto. Odezwał się dopiero po dłuższej chwili:

– Martwisz się, że coś jej się stanie, tak? Ale ona naprawdę świetnie jeździ. Marek z Łukaszem mówili, że mogłaby spokojnie brać udział w profesjonalnych wyścigach. Te w Sosnówce to tylko amatorskie.

– A co Marek w ogóle tam robił? – spytała niby od niechcenia.

– To jego stadnina. Kupił ją trzy lata temu. Łukasz mi kiedyś nawet coś wspominał, że pracuje u wójta. Całkiem wyleciało mi to z głowy.

– Aha – skwitowała Ada.

– Dałem Markowi twój numer, żeby zadzwonił w sprawie wyścigów. Nie mógł uwierzyć, że Kinga to twoja córka. Myślałem, że się dobrze znacie. Takie odniosłem wrażenie, kiedy spotkaliśmy się we trójkę po raz pierwszy. – Spojrzał na nią wyczekująco.

Ada poczuła, jak powoli zaczyna ją paraliżować strach. Chciała mu wykrzyczeć, że nie życzy sobie, aby rozdawał jej numer telefonu, komu popadnie, ale w ostatniej chwili ugryzła się w język.

– Nie – zaprzeczyła drżącym głosem. – To znaczy, kiedyś się znaliśmy... Przelotnie. – Chcąc ukryć zmieszanie, szybko zmieniła temat: – Jutro przywiozę ci leczo. Przyjadę o siódmej wieczorem. Wyślesz mi adres SMS-em?

– Podobno nie czujesz się pewnie za kierownicą. – Uśmiechnął się w taki sposób, że napięcie, które jeszcze sekundę wcześniej ogarniało jej ciało, zdążyło się gdzieś ulotnić.

– Tak – przyznała, odwzajemniając uśmiech. – Ale ktoś ostatnio mi przypomniał, że lubię wyzwania.

– To zupełnie tak jak ja. – Górski popatrzył na nią, mrużąc oczy.

Już mu miała powiedzieć, żeby przestał sobie z niej żartować, jednak Kinga też miała coś do powiedzenia:

– Rafał, przekonałeś ją?! – wykrzyczała przez otwarte okno. Oczywiście chodziło jej o udział w wyścigach.

Adrianna się odwróciła. Zauważyła wtedy, że mieli całkiem sporą widownię. Troje trzynastolatków i jej mama. Po dwie osoby w każdym oknie. Z rozpaczą wzniosła oczy ku górze.

– Daj mi czas do jutra! – odkrzyknął tymczasem Górski. A kiedy Kinga już zamknęła okno i czworo podglądaczy zniknęło, dodał: – Chciałbym z samego rana zabrać ich w plener. Potrzebuję pomocników, a oni dzięki temu mogliby się czegoś nauczyć. Co o tym myślisz?

– Powiesz mi coś więcej?

– Sadzimy kwietne łąki z Łukaszem ze stadniny. Gmina udostępniła mu spis nieużytków. Nawet jakieś fundusze znalazły się na ten cel. Teraz akurat zasiewamy kawałek ziemi przy lesie. Jest tam wilgotno, nawet przy tych upałach.

Przez chwilę wpatrywała się w niego z konsternacją. Pierwszy raz spotkała się z przypadkiem, żeby młody mężczyzna w ramach hobby sadził kwiaty.

– OK. – Pokiwała głową. – Porozmawiam z mamami Emilki i Doriana. Fajnie. Dzieciaki zobaczą w praktyce, że walka o lepszą przyszłość nie polega tylko na segregacji śmieci. – Stwierdziła, że znowu zaczyna pleść piąte przez dziesiąte i że lepiej nie podejmować tematu ochrony środowiska, bo wyjdzie na totalną ignorantkę.

– Oni o tym bardzo dobrze wiedzą, wierz mi. Trochę pogadaliśmy. Jeszcze chwila i będą jeździć na te wszystkie pikiety i manifestacje. Tylko nie ze mną. Ja nie lubię tłumów. Jestem raczej samotnym wojownikiem.

– Mam prośbę... – Ada próbowała przegonić z głowy niedorzeczne fantazje, w których Rafał Górski występował w roli samotnego wojownika. – Czy mógłbyś jakoś ich przekonać, że koszenie trawy pod swoim domem, co jakiś czas, mimo że mija się z celem tworzenia kwietnych łąk, bardzo dobrze wpływa na poprawę stosunków rodzinnych? I przy okazji można w ten sposób pomóc rodzicom, którzy ciężko pracują, żeby te domy i rodziny utrzymać.

Spojrzał na nią rozbawiony.

– Sam bym dla ciebie skosił ten trawnik, ale rozumiem, że chodzi tu bardziej o działanie dydaktyczne. Nie ma sprawy. Pogadam z nimi. Będę jutro o siódmej rano. Do zobaczenia.

– Do zobaczenia. I dziękuję.

– Podziękujesz jutro – odparł z zalotnym uśmiechem i wsiadł do samochodu. Zanim jednak zamknął drzwi, dodał: – Ślicznie dziś wyglądasz.

Z wypiekami na twarzy pomachała mu na pożegnanie i szybko weszła do domu. Zostawiając uchylone drzwi do łazienki, przyjrzała się w lustrze. Na twarzy była czerwona jak burak. Myślała, że sztukę ukrywania emocji opanowała już do perfekcji. Najwyraźniej jednak na niektóre sytuacje wszystkie kobiety niezmiennie reagują tak samo. Wiek i zdobyte wraz z nim doświadczenie w sprawach sercowych nie mają tu żadnego znaczenia. To matka natura zaprogramowała nas tak, żebyśmy pod wpływem męskich spojrzeń oblewały się rumieńcem.

– Głupia baba. – Adrianna zaśmiała się do swojego odbicia.

– Mamuś, pozwól mi wziąć udział w tych wyścigach! – Kinga bezpardonowo wtargnęła do środka.

Ada oprzytomniała. Tym razem już nie zeszła, ale spadła na ziemię. I to z hukiem.

ROZDZIAŁ 8

Tej nocy Adrianna Dziurska nie spała prawie wcale. Od Karoli wróciła dopiero o północy. Samo przełożenie leczo do słoików zajęłoby im o wiele mniej czasu, ale Karolina dostała poprzedniego dnia kilka domowych nalewek od swojego kuzyna i po prostu żal im było ich nie popróbować. Ada miała nadzieję, że jeśli się napije, szybciej znajdzie rozwiązanie problemu o nazwie Marek Koszycki. Jednak stało się zupełnie odwrotnie. Zlana potem przewracała się w łóżku z boku na bok, rozmyślając o tym, co się stanie, jeśli jej tajemnica wyjdzie na jaw.

Zasnęła dopiero nad ranem i obudziła się przed jedenastą. Była o to na siebie wkurzona, bo nie widziała się z Rafałem, który w tym czasie zdążył przyjechać po dzieciaki i odwieźć je z powrotem.

Wstała półprzytomna i poszła posiedzieć u babci. Zjadła z nią śniadanie i obiecała, że zabierze ją na spacer, z tym że dopiero pod wieczór, bo na zewnątrz zaczął się robić prawdziwy skwar. Potem z pomocą niezwykle uczynnej tego dnia Kingi trochę ogarnęła dom i ugotowała krem z cukinii na obiad. Chciała choć trochę wyręczyć matkę, którą powoli pokonywały koszmarnie wysokie temperatury.

Po obiedzie Kinia oświadczyła, że idzie do sąsiadów na basen. Ada zaczęła przeglądać na laptopie strony z ofertami pracy. Niestety przez pandemię rynek znacznie spowolnił i nic ciekawego nie znalazła. Postanowiła, że pojedzie do kościoła. Musiała sobie przemyśleć kilka spraw, a w domu nie mogła się skupić. Poza tym była osobą wierzącą. Wierzyła bardzo mocno, że Pan Bóg po raz kolejny wesprze ją w trudnej sytuacji.

Mimo że na zewnątrz panował upał, zdecydowała się na rower. Zawsze dużo lepiej się czuła po dobrym spinningu. W Londynie często chodzili z Willem na siłownię. Przejażdżka rowerem w takim upale to prawie to samo.

Włożyła przetarte jeansy, w których podwinęła nogawki, i biały T-shirt, czyli zestaw uniwersalny niemal na każdą okazję, a już na pewno na przejażdżkę rowerem do kościoła w piątkowe popołudnie.

Niedawno zaczęły się żniwa. Zapach skoszonych łanów pszenicy połączony z unoszącym się w powietrzu pyłem lekko drażnił jej nos. Z daleka słychać było szum kombajnów, warkot traktorów i szczekanie psów. Adę, w odróżnieniu od rozsierdzonych czworonogów, te żniwiarskie dźwięki wręcz relaksowały. Przynajmniej na początku. Gdy po dziesięciu minutach pedałowania po jej ciele zaczęły spływać strugi potu, przeklinała w myślach swoją głupotę niemal z takim samym zaangażowaniem, z jakim psy dawały wyraz swojemu rozdrażnieniu.

Gdy w końcu dotarła pod kościelną bramę, natychmiast wyjęła z plecaka półlitrową butelkę wody. Upiła kilka dużych łyków i przypięła rower do ogrodzenia. Drzwi świątyni były otwarte. Orzeźwiający chłód zachęcał do wejścia. Przekroczyła próg i usiadła w jednym z tylnych rzędów. Poza nią w kościele nie było nikogo. Poczuła znajomy zapach starego drewna, z którego wykonany był ołtarz oraz ławki. Próbowała ogarnąć wzrokiem ciemne wnętrze. Całkiem dobrze pamiętała je z dzieciństwa. Z ulgą stwierdziła, że prawie nic się w nim nie zmieniło. Wystarczyło, że w jej życiu zaszło wiele zmian.

„Boże, proszę, spraw, żeby wszystko się jakoś ułożyło..." – zaczęła modlić się w myślach.

I właśnie wtedy usłyszała czyjeś kroki. Bezwiednie odwróciła głowę i... Szlag by to trafił, spotkała się spojrzeniem z Markiem Koszyckim. Wyglądał na tak samo zaskoczonego jak ona. Patrząc jej w oczy, usiadł w ostatniej ławce. Odwróciła się z powrotem do ołtarza. Miała wrażenie, że Pan Bóg właśnie sobie z niej zadrwił.

Odczekała chwilę, po czym ruszyła do drzwi. Próbowała nie zerkać w jego stronę, jednak nie potrafiła go tak zwyczajnie zignorować. Gdy ponownie spotkali się wzrokiem, przywitał się z nią z dużo większym entuzjazmem niż za pierwszym razem w sadzie:

– Cześć.

– Cześć – odpowiedziała, wysilając się na lekki uśmiech.

Minęła go i z westchnieniem ulgi wyszła na zewnątrz.

– Ada! Poczekaj! – Marek wyszedł za nią.

Zatrzymała się zrezygnowana. Chcąc nie chcąc musiała mu się przyjrzeć. Wyglądał dużo lepiej niż ostatnio. Miał na sobie jasnoszary, dopasowany garnitur. Na twarzy wręcz promieniał, co mogło być po części zasługą maszynki do golenia. Jego nieskazitelna prezencja kontrastowała z jej przetartymi jeansami i roztrzepanymi po rowerowej przejażdżce włosami.

– Od kiedy chodzisz do kościoła? – Nie była w stanie ukryć swojej irytacji.

– Funkcja zobowiązuje – odparł krótko, wzruszając ramionami.

Spojrzała na niego pytająco.

– Najwyraźniej nie zauważyłaś, ale w Polsce nadal, choć może nieformalnie, mamy państwo kościelne. Naszemu proboszczowi wydaje się, że skoro rządzi parafią, to rządzi i gminą. Co niedzielę muszę posłuchać, co gada z ambony do ludzi, żeby potem w razie czego wiedzieć, jak to prostować – westchnął głęboko. – Teraz też się z nim umówiłem, żeby coś przedyskutować.

To, co mówił, miało sens. Wystarczyło posłuchać jakichkolwiek wiadomości, by się zorientować, że w Polsce działy się naprawdę dziwne rzeczy, zupełnie nieadekwatne do czasów.

– Twoja córka dzwoniła do mnie przed godziną – oświadczył jakby nigdy nic.

Pod nią natomiast ugięły się nogi.

– Podobno nie chcesz, żeby startowała w wyścigach?

– Skąd miała twój numer? – Adzie aż zadrżał głos.

– Zadzwoniła do pracy i podała się za ciebie. Kazałem sekretarce połączyć.

Adrianna wpatrywała się w niego szeroko otwartymi z przerażenia oczami. Zastanawiała się, do czego jeszcze jest zdolna jej własna córka.

– Słuchaj... – zaczął spokojnie. – Pozwól jej startować. Ma spore szanse. Obiecuję, że nic jej się nie stanie. Łukasz to świetny trener. Ma naprawdę duże doświadczenie. A ona ma talent. I widać, że to kocha. Ty też kiedyś lubiłaś konie.

– OK. Niech będzie – zgodziła się. Powiedziałaby wszystko, żeby tylko się już odczepił.

Pierwszy raz od czternastu lat znowu zobaczyła jego uśmiech.

– Muszę iść – powiedziała beznamiętnie, chociaż czuła, że gdyby tylko mogła, wzniosłaby się w niebo i odleciała. Najlepiej z powrotem do Anglii.

– Wiesz już, kiedy będziesz miała rozmowę?

– Jaką rozmowę?

– No w straży. Jednak zdecydowałaś się złożyć aplikację? Żeby było jasne, nie wtrącam się w to. Nie interesuje mnie nepotyzm ani kumoterstwo. Rozmawiałem o tobie z Marcinem, komendantem. Masz naprawdę imponujące CV.

– Najwidoczniej RODO też cię nie interesuje – podsumowała dosadnie.

Roześmiał się.

– Zapomniałem już, jak rozbrajające potrafią być twoje docinki. – Pokręcił głową z niedowierzaniem.

Ada zmierzyła go wzrokiem pełnym nieukrywanej złości. Nie była to jednak złość skierowana w jego stronę. Była zła na siebie. O to, że ona też zapomniała, jak rozbrajający może być jego uśmiech. Powinna o tym pamiętać. Pamiętać na tyle dobrze, aby znowu nie dać się na niego złapać.

– To nie tak – wyjaśnił poważniejszym tonem. – Gmina czasem współpracuje ze strażą. Marcin poprosił mnie o radę. Twoje dokonania robią wrażenie. Był zdziwiony, że ktoś taki stara się o pozycję zwykłego administratora.

– A skąd komendant straży w ogóle wiedział, że się znamy? – spytała zaintrygowana.

– Powiedziałem mu, że zaproponowałem tę robotę przyjaciółce, która wróciła z Anglii. Chyba po prostu się domyślił. Z takim CV mogłabyś spokojnie zostać menedżerem jakiejś większej firmy w Sosnówce. Nie wolałabyś tam czegoś poszukać?

Wpatrywała się w niego gniewnie, zastanawiając się, jakim prawem on rozmawia z kimkolwiek na jej temat. I do tego nazywa ją swoją przyjaciółką! Ona nie uważała go za przyjaciela. Przyjaciele się nie okłamują. A on ją okłamał. I to nie raz.

– Pan wójt! – Usłyszeli za sobą głos proboszcza, który całkiem żwawo, jak na posiwiałego sześćdziesięciolatka, zmierzał w ich stronę. – Mieliśmy się dzisiaj spotkać w sprawie uroczystości na odpust. Dobrze, że pan jest. Planowałem właśnie jechać do gminy.

– Umawialiśmy się w kościele – odpowiedział spokojnie Marek, jakby trochę już przyzwyczajony do kłopotów księdza z pamięcią.

Proboszcz przemilczał jego słowa i ze szczerym uśmiechem spojrzał na Adriannę.

– A to pewnie narzeczona.

– Nie! – odpowiedziała Ada pośpiesznie. Zaraz potem zrzedła jej mina. Dotarło do niej, że ich zaręczyny nigdy nie zostały oficjalnie zerwane. Czy to możliwe, że po czternastu latach nadal formalnie była narzeczoną Marka Koszyckiego? Spojrzała na niego zakłopotana.

On tymczasem patrzył na nią rozbawiony. Jakby doskonale zdawał sobie sprawę z tego, co w tym momencie działo się w jej głowie.

– To na co pan czeka? Oświadczać się! Piękna z was para! A ty, kochana – zwrócił się do Ady – jesteś wnuczką Marii Staszewskiej, prawda? Aleś ty do niej podobna! Twoja babcia mi wspominała, że wróciłaś z Anglii. Pamiętam, jak przychodziłaś z nią do kościoła.

Ada uśmiechnęła się z przymusem.

– Szczęść Boże – przywitała się. – Jejku, to było tak dawno. Aż dziw, że ksiądz jeszcze to pamięta. – Dopiero po chwili zdała sobie sprawę, jak bardzo nietaktowna była jej wypowiedź. No cóż. Taka prawda. Ona sama nie pamiętała, kiedy ostatnio była w kościele.

Marek Koszycki wyglądał, jakby zaraz miał wybuchnąć śmiechem.

– Tak. To było dawno – powtórzył proboszcz z poważną miną. – Ale jak całkiem niedawno byłem u was w domu i chciałem cię zapytać, czemu od twojego powrotu ani razu nie widziałem cię na mszy, to gdzieś zniknęłaś.

Adrianna przypomniała sobie, że rzeczywiście ostatnio, w południe, przyjechał do babci Marysi na namaszczenie chorych. Ukryła się wtedy w łazience, bo była nieubrana i zbyt rozczochrana, by się z nim przywitać. Zrobiła sobie z kibla stolik na laptop.

Proboszcz westchnął z dezaprobatą i przyjrzał się im obojgu raz jeszcze. Tym razem uważniej.

– Za rok was widzę przed ołtarzem. Pamiętajcie, że w prawdziwej miłości nie ma drogi na skróty – pouczył ich jeszcze, po czym ruszył z powrotem do kościoła.

– Mówiłem ci – szepnął do niej Marek. – Naszemu drogiemu proboszczowi wydaje się, że może tu wszystkich ustawiać. Cały czas próbuje mi na siłę znaleźć żonę. Twierdzi, że jako przywódca narodu powinienem dawać dobry przykład, co w jego mniemaniu oznacza założenie rodziny – westchnął ciężko. – Co roku mamy z nim ten sam problem. Uparł się, żeby stragany odpustowe stały na terenie kościoła, oczywiście za odpowiednią opłatą do jego skarbonki. Gmina tymczasem udostępnia straganiarzom teren za darmo. W ten sposób chcemy ich zachęcić, aby się u nas rozkładali. Z roku na rok jest ich coraz mniej. A na tę uroczystość przyjeżdża sporo ludzi z sąsiednich miejscowości. Zresztą mieszkańcy też oczekują fety. Odpust w Starogrodzie zawsze wszystkim kojarzył się z wielką pompą. Pamiętam czasy, jak zjeżdżało się tu pół powiatu.

Ada przyglądała mu się już bardziej przychylnie. Zaciekawiło ją to, co mówił.

– Powinieneś szczerze porozmawiać z proboszczem... – zagadnęła – ...i uświadomić mu, że jak odpust w Starogrodzie straci swoją renomę, to opłaty ściągane od handlarzy będą jego najmniejszym zmartwieniem. Zawita tu o połowę mniej ludzi, a on zbierze o połowę mniej na tacę.

– To nasz główny argument. Niestety dla niego niewystarczający. – Wzruszył bezradnie ramionami.

– Tak? – Ada uniosła lekko brwi. – A to, że biskup raczej nie będzie chciał uświetnić drugorzędnej uroczystości odpustowej swoją obecnością? Z tego, co wiem od babci, do tej pory przyjeżdża tu co rok.

Marek pokiwał z uznaniem głową.

– A jak się czuje babcia? – zapytał nagle.

– Słabo. Mało co pamięta.

– Przykro mi.

– Słyszałam o śmierci twojej mamy. – Spojrzała na niego ze współczuciem. Nie pomyślałaby, że mimo wydarzeń z przeszłości stać ją jeszcze na ludzkie odruchy względem tego człowieka. – Też jest mi przykro.

Nic nie odpowiedział. Zamiast tego spojrzał jej w oczy. Widziała w nich dużo żalu, ale i błysk nadziei. Miała wrażenie, że czas cofnął się ponownie. Tylko że ona nie miała ochoty nigdzie się cofać. A już na pewno nie do okresu, który przez tyle lat starała się wymazać z pamięci.

– OK. Naprawdę muszę lecieć. – Ruszyła w stronę roweru zaparkowanego pod bramą kościoła. Jednak w połowie drogi odwróciła się i spytała: – Witek i Kuba cały czas mieszkają w Austrii?

– Tak – potwierdził beznamiętnie, a ona poczuła, jak kamień spada jej z serca.

– Żegnaj. – Celowo wybrała ten wyraz na pożegnanie, bo to miało być pożegnanie. Takie bez możliwości spotkania w przyszłości. Ani razu.

Ruszyła pośpiesznie do kościelnej bramy.

– Do zobaczenia! – krzyknął do niej przekornie.

Wsiadła na rower i, nie przejmując się palącym słońcem, co sił w nogach popedałowała do domu. Łzy spływały jej po policzkach, mieszając się z kroplami potu zalewającego jej twarz. W domu od razu weszła pod prysznic. Gdy nieco się uspokoiła, poszła do babci i z głębokim westchnieniem usiadła na jej łóżku.

– Adusiu, możesz przeszukać kieszenie w płaszczach? Tam powinny być pieniądze.

Na oczach Marii Ada przeszukała wszystkie wierzchnie okrycia z szafy. Znalazła pięć złotych i dwa opakowania chusteczek higienicznych. Znaleziska położyła na szafce przy łóżku babuni.

– Okradli mnie – szepnęła staruszka.

– Babciu, chodź, wezmę cię na wózek i pojedziemy pod altanę. – Ada przyprowadziła wózek pod babcine łóżko. Chciała jak najszybciej zakończyć dyskusję o pieniądzach, które nie istniały.

Gdy piły w altanie mrożoną herbatę, do Ady zadzwonił komendant straży granicznej. Podziękował jej za CV i zaprosił na rozmowę. Umówili się za dwa dni, w piątek, na jedenastą.

Kinga wróciła od sąsiadów i Ada powiedziała jej, że zgadza się, aby startowała w wyścigach. Dziewczyna skakała ze szczęścia. Postanowiła, że uczci to lodami i wieczorem, razem z Emilką i Dorianem, wybiorą się na wieś. Zanim jednak wyszła, żeby im to przekazać, rzuciła w stronę Ady:

– Mamo, pan wójt to też niezłe ciacho, nie?

Adrianna Dziurska w pierwszej chwili pomyślała, że tylko się przesłyszała. Kiedy jednak spojrzała na cwaną minę swojej jedynej córki, ogarnęła ją fala niepohamowanej złości.

– Słucham?!

Kinga chyba zrozumiała, że przesadziła. Zaczęła szybko szykować się do wyjścia.

– Pani Karola mówiła pani Kamie, że się przyjaźniliście, jak byliście nastolatkami – mruknęła potulnie.

Adrianna zrobiła pięć głębokich wdechów. Wyobraziła sobie, że jest na Bali i pływa w turkusowym morzu. W oddali widzi złotą plażę i palmy. Niestety techniki relaksacyjne znowu zawiodły.

– Przestań się wtrącać w moje sprawy, Kinga! Nie podoba mi się to!

– OK – odparła nastolatka niechętnie i przewróciła oczami.

Adrianna stwierdziła, że najwyższy czas posunąć się do ostateczności i przemówić jej do rozumu za pomocą bardziej odpowiednich argumentów.

– Wiem, że dzwoniłaś dzisiaj do gminy, podając się za mnie – zwróciła się do córki, grożąc jej palcem. – Jak jeszcze raz wykręcisz taki numer, to obiecuję, że nie wsiądziesz na konia, dopóki nie staniesz się pełnoletnia! – Ada wiedziała, że tylko taki szantaż uchroni ją od intryg jej dorastającego dziecka. – Proszę, nie rozmawiaj na mój temat ani z panią Karolą, ani z panią Kamą, a już na pewno nie z panem Rafałem lub z panem Markiem. Ani z jednym, ani z drugim nic mnie nie łączy!

Adrianna Dziurska przez ostatnie czternaście lat nauczyła się kłamać jak mało kto, choć brzydziła się kłamstwem i hipokryzją. Właśnie dlatego przez ostatnie czternaście lat brzydziła się samą sobą.

ROZDZIAŁ 9

Po rozmowie z córką Ada doszła do wniosku, że przez jakiś czas może czuć się bezpieczna. Tym bardziej że niedługo skończą się wakacje i Kinga będzie musiała większość czasu poświęcić nauce. Może wtedy jej nastoletnie hormony przestaną aż tak buzować, a swoją niespożytą energię, zamiast na organizację życia matce, skupi na przyswajaniu wiedzy.

W nieco lepszym humorze Adrianna zaczęła przygotowania do spotkania z doktorem Górskim. Wyprostowała włosy i zrobiła mocniejszy makijaż. Później zaczęła wyciągać z szafy wieszaki z sukienkami i przykładać je do siebie. Cieszyła się, że miała w końcu okazję włożyć coś innego niż zwykle. Nie pamiętała, kiedy ostatnio tak się stroiła. Will dość pieczołowicie dbał o intensywność ich wspólnego życia towarzyskiego. Jednak nawet on nie mógł za dużo zdziałać podczas pandemii.

Chciałbym Ci coś pokazać. Ubierz się ciepło i wygodnie.

Skrzywiła się na widok SMS-a, który właśnie pojawił się na ekranie jej smartfona. Wyobraziła sobie, jak Rafał ciąga ją po lesie w poszukiwaniu jakiejś dzikiej jaszczurki czy węża. Ada wiedziała, że Kindze i jej towarzystwu takie podchody z pewnością sprawiłyby ogromną frajdę. Niestety jej te botaniczno-zoologiczne tematy w ogóle nie kręciły.

Zrezygnowana wyjęła z szafy drugi biały T-shirt (aby być jak najbardziej widoczną w ciemnym lesie) i ciemniejsze jeansy, z długimi nogawkami (przynajmniej nic jej w nogi nie ukąsi). Popatrzyła z żalem na stojące na dole szafy czarne szpilki, które planowała założyć, i z głębokim westchnieniem sięgnęła po granatowe adidasy. Na ramiona zarzuciła zamszową, brązową ramoneskę.

Pożyczyła od matki srebrnego citroena, który pamiętał czasy jej dzieciństwa. Cieszyła się, że ze Starogrodu do Sosnówki jest w miarę prosta droga. W Anglii nie miała własnego samochodu, dlatego wyszła z wprawy w prowadzeniu auta. Wsiadając teraz za kierownicę, miała nogi jak z waty. Liczyła po cichu, że Rafał nie będzie jej przesadnie zagadywał podczas podróży.

Mieszkanie weterynarza znajdowało się na dobrze jej znanym, popegeerowskim osiedlu. Równo o dziewiętnastej podjechała pod jego blok. Chylące się ku zachodowi słońce rzucało na bladoróżowy budynek ciepłą, pomarańczową poświatę. Wiele razy obserwowała ten blok z okna pokoju Marka. Teraz, czternaście lat starsza, stała naprzeciw tego okna i próbowała zapanować nad obrazami z tamtych czasów, które niczym urywki filmu przelatywały przez jej głowę. Długo trenowała metody na okiełznanie niechcianych wspomnień, a mimo to dalej nie potrafiła z nimi wygrać. Nie umiała zapomnieć. Poczuła nagły przypływ złości i łzy napływające do oczu. Miała ochotę rzucić w to okno kamieniem i patrzeć, jak szkło rozpryskuje się na tysiąc kawałków, tak jak czternaście lat temu rozsypał się jej cały świat.

Podenerwowana przetarła mokre oczy rękawem kurtki i zaczęła wypakowywać z bagażnika torbę ze słoikami z leczo oraz z serami podpuszczkowymi made by Gruszka.

W drzwiach klatki schodowej pojawił się uśmiechnięty Górski.

– Proszę, leczo i sery od Karoliny Gruszki. – Z wymuszonym uśmiechem podała mu bawełnianą torbę.

– No tak. Twoja zabawna sąsiadka coś ostatnio wspominała o swoim intratnym biznesie. Muszę przyznać, że tutejsze kobiety są naprawdę bardzo... proaktywne.

– Podobno masz ręce pełne roboty dzięki tej proaktywności – odparła zaczepnie, przypominając sobie opowieść Kamili i Karoliny o nowej, zwierzęcej epidemii, wymyślonej przez żeńską część Starogrodu.

Spojrzał na nią rozbawiony, ale nie pokwapił się o żaden komentarz.

– Zaprosiłbym cię do środka, ale dopiero co skończyliśmy z Łukaszem remont i nie zdążyłem posprzątać – wytłumaczył się. – Poczekaj tu chwilę.

Zniknął za drzwiami klatki schodowej, żeby po kilku minutach wrócić do niej z dwoma kaskami i czarną, skórzaną kurtką w ręku.

Patrzyła na niego z niedowierzaniem.

– Spotkałem we wsi Kingę z resztą brygady. Podobno zgodziłaś się, żeby starowała w zawodach. Trochę szkoda, że nie muszę już cię przekonywać. – Znów to rozbierające spojrzenie. – Ale cieszę się, że przełamałaś barierę strachu. I tak oto masz okazję przełamać jeszcze jedną. – Rafał podał jej kask i wskazał brodą na swój zaparkowany przed blokiem motor.

– Nie ma opcji – prychnęła. – Nigdy nie jeździłam na motorze.

– I dobrze. Byłabyś wtedy zbyt idealna. Uwierz mi, po tej przejażdżce będziesz o wiele pewniej śmigać po polskich drogach.

– Rafał... Nie obraź się. Ja nie chcę...

– Boisz się? – Uniósł pytająco brwi. – Podobno lubisz wyzwania? No i jesteś chyba proaktywną mieszkanką Starogrodu, nie?

Spojrzała na niego zaintrygowana. Czy on próbował wjechać jej na ambicję? Że niby inna mieszkanka Starogrodu wsiadłaby z nim na ten motor? No cóż. Pewnie by wsiadła, i to bez wahania.

Wzięła od niego kask z lekko naburmuszoną miną. Wyjaśnił jej w skrócie podstawowe zasady i pomógł nałożyć kask.

– Dasz radę. Wierzę w ciebie. – Spojrzał jej głęboko w oczy.

Przekonał ją. Sama nie wiedziała, czy tymi zapewnieniami, czy docinkami, czy może ciałem opiętym w jeansy i skórzaną kurtkę. Poczuła, że nie może się doczekać, by go dotknąć. A na motorze chyba będzie okazja?

Gdy wsiadł na pojazd, usiadła za nim, obejmując go w pasie obiema rękami. Do jej nosa dotarły wyraziste nuty jego wody toaletowej. Poczuła mrowienie na całym ciele. Nie dane jej jednak było delektować się dłużej tym przyjemnym doznaniem. Odpalił motor i zrobiło się nieprzyjemnie. Z przerażenia zamknęła oczy i nie otworzyła ich aż do końca podróży.

Na domiar złego miała dziwne wrażenie, że Rafał podczas jazdy specjalnie przyśpieszał, żeby tylko objęła go mocniej. Pod koniec drogi wtuliła się w niego tak, że dziwiła się, że mógł jeszcze oddychać.

Podróż trwała około dwudziestu minut. Jednych z najdłuższych w jej życiu. Gdy zaparkowali pod kinem, oboje wydawali się nieco onieśmieleni całą tą sytuacją.

– I jak? – Pierwszy odezwał się Rafał, rozładowując napięcie.

– Nie wiem... Muszę ochłonąć – stwierdziła w miarę spokojnie, choć tak naprawdę miała ochotę na niego nawrzeszczeć. Liczyła na miły wieczór, a tymczasem on zafundował jej prawdziwy seans grozy! A przecież nie dotarli nawet jeszcze do kina. Serce waliło jej jak oszalałe. Zbierało jej się na wymioty. Czy nie byłoby to idealne zwieńczenie dzisiejszych wydarzeń?

– Szybkie piwo przed kinem? – zaproponował przyjacielskim tonem. – Mamy jeszcze prawie czterdzieści minut. Niedaleko jest całkiem fajny bar. Znam właściciela. Zostawimy tam kaski. Mają spory wybór bezalkoholowych trunków.

– Ja chyba potrzebuję alkoholu. Małe piwo? Alkoholowe? Czy w ogóle mogę jako pasażer motocyklisty? – zapytała z miną niewiniątka. Zresztą naprawdę nie wiedziała, czy przypadkiem dla pasażera motoru nie ma jakichś specjalnych ograniczeń.

– Myślę, że ci się należy. – Uśmiechnął się.

W barze było trochę ludzi. Wzięli piwo i usiedli przy stoliku na zewnątrz. Ściemniało się, a na niebie rozbłysły pierwsze gwiazdy.

– Patrzyłeś kiedyś na gwiazdy w Starogrodzie? – Ada po kilku łykach piwa trochę się rozluźniła.

– Patrzyłem – przyznał. – Niesamowite. Nigdzie nie widziałem takich gwiazd... – Rafał spojrzał jej w oczy.

Znowu ją onieśmielił, więc spuściła wzrok, żeby się nie zaczerwienić.

Możliwe, że to zauważył, bo dodał już zupełnie obojętnym tonem:

– Mam teleskop, jakbyś kiedyś chciała przyjrzeć się im bliżej.

– Byłam kiedyś w planetarium w Chicago. – Przypomniała sobie, jak Will zabrał ją i Kingę do Stanów, żeby przedstawić je swoim rodzicom. – Najstarszym na świecie.

– Tak? – zainteresował się. – Kinga mówiła, że dużo podróżowałyście. Zazdroszczę. Ja byłem na dwóch Erasmusach i tyle.

– Włochy, Stany, Indonezja... I wiesz, że nigdzie nie znalazłam takiego nieba jak w Starogrodzie? – podsumowała, analizując swoje słowa. Czy nie okazały się one także metaforą do tego, co wydarzyło się w jej życiu? Bo jeśli tak, to pozostawało pytanie, jak blisko nieba może znajdować się piekło... – Chyba jestem pijana – wyznała z przepraszającym uśmiechem. – Prawdopodobnie od nadmiaru wrażeń.

Roześmiał się serdecznie.

– To mamy dwa wyjścia – oświadczył. – Pierwsze: przyniosę ci zaraz mocną kawę i pójdziemy do kina. Drugie: idziemy na spacer. Pokażę ci kilka fajnych miejsc, a ty w zamian opowiesz o tej Indonezji. Azja mnie od dawna fascynuje.

Wolała spacer. Czuła, że on chyba też. Spacerowali po centrum Sosnówki przez następną godzinę. Pokazał jej niedawno odrestaurowany deptak z uroczą fontanną i pięknie oświetlony miejski park z rzędem przecinających go alejek. W międzyczasie opowiedział jej o małej wsi pod Warszawą, w której jego dziadek pracował jako weterynarz. Ona podzieliła się z nim przygodami, jakie miała podczas swoich podróży. Na koniec wstąpili na kawę do małej, przytulnej knajpki na deptaku.

Miejsce wystrojem przypominało Adzie pokój jej babci. Okrągłe drewniane stoliki przykryte były białymi, dzierganymi obrusami, a na ścianie wisiało mnóstwo czarno-białych fotografii, z których większość przedstawiała Sosnówkę sprzed kilkudziesięciu lat. Pomieszczenie oświetlały secesyjne lampy z abażurami zakończonymi frędzlami, rozmieszczone raptem w kilku miejscach. Z racji późnej pory w środku nie było dużo klientów. Trzy młode kobiety popijały wino przy stoliku przy oknie. Para w średnim wieku delektowała się kawą i ciastem. Wybrali stolik w najciemniejszym kącie. Rafał zamówił dwie czarne kawy u wyjątkowo znudzonego, wąsatego baristy, który przez większość czasu wpatrywał się w swój smartfon.

– Czyli to po dziadku odziedziczyłeś zamiłowanie do pracy ze zwierzętami? – dopytała, gdy weterynarz już do niej wrócił.

– Jak byłem dzieckiem, zabierał mnie ze sobą w teren. Uwielbiałem obserwować go podczas pracy. Kilka razy uratował przy mnie jakieś zwierzę. Później, jako nastolatek, trochę odjechałem. Wpadłem w złe towarzystwo. Narkotyki, problemy w szkole. Starzy załamywali ręce. Dopiero po śmierci dziadka nieco się ogarnąłem. Zacząłem żałować, że straciłem tyle czasu na jakieś bzdury, zamiast chłonąć tę całą wiedzę, którą on mógł mi przekazać. Nadrobiłem zaległości w nauce, dostałem się na SGGW i przejąłem jego praktykę.

– A co cię przywiało na ten „dziki wschód"? – Przyjrzała mu się z zaciekawieniem.

– Przypadek. – Wzruszył ramionami. – Choć może i przeznaczenie. – Mrugnął, a potem dodał już dużo poważniej: – Bielawa to teraz zupełnie inne miejsce niż za czasów mojego dzieciństwa. Leczyłem głównie pudle i yorki, czasami jakieś kocięta.

Tu specjalnie zrobił pauzę. Oboje zaśmiali się na wspomnienie ich pierwszego spotkania. Spoważnieli dopiero w momencie gdy barista postawił przed nimi filiżanki z kawą.

– Potrzebowałem zmiany, wyzwań – ciągnął dalej Rafał. – Łukasz, mój kumpel ze stadniny, studiował ze mną na SGGW. Pochodzi z Adamowa pod Zamościem. Odwiedziłem go tam parę razy, spodobało mi się. Łukasz wrócił do siebie zaraz po studiach. Zatrudnił się w przychodni weterynaryjnej w Zamościu jako lekarz ogólny, ale jemu także nie przypadła do gustu praca z domowymi pupilami. Zawsze interesował się końmi. Niecały rok temu, na targach jeździeckich, poznał Koszyckiego, który zaoferował mu współpracę. Zgodził się bez wahania. Od pół roku próbował mnie tu ściągnąć i w końcu mu się udało.

Uśmiechnęła się do niego, popijając swoje americano.

– Ale moim największym marzeniem jest leczenie słoni w tajlandzkich rezerwatach – dodał.

– Cóż. Podobno życie jest jak książka, którą sami piszemy.

– Wiem – przytaknął. – I wiem, że marzenia są po to, aby je spełniać. Na pewno kiedyś tam polecę. Tymczasem leczę zwierzęta hodowlane w małej wsi. Tak jak mój dziadek. Banalne, co?

– Uważam, że to całkiem seksowne – wypaliła bez zastanowienia. Może akurat takie określenie nie było zbyt adekwatne, jednak właśnie to sobie pomyślała, patrząc na niego w tamtej chwili.

Jego oczy pociemniały.

– Tak? – zapytał zmienionym, zachrypniętym głosem, upijając łyk kawy.

– Tak... – odparła niepewnie, zdając sobie sprawę, że wchodzi na coraz bardziej grząski grunt.

– Ja uważam, że są bardziej seksowne rzeczy. – Przyjrzał się jej uważnie.

– Fajna piosenka – mruknęła, przysłuchując się muzyce granej w radiu. Chciała jak najszybciej zmienić temat.

– No fajna – przytaknął. – Jeżeli pandemia im w tym nie przeszkodzi, zagrają koncert w Gdańsku, w przyszłym roku.

– Kto?

– Coldplay. Miałaś ich koszulkę, jak się poznaliśmy. – Rafał spojrzał na nią podejrzliwie.

– Aaa. To Willa, mojego byłego.

– Nosisz koszulki swoich byłych?

– Zabrzmiało to tak, jakby tych byłych było nie wiadomo ilu – obruszyła się.

– A ilu ich było?

– Dwóch.

– Dwóch? – Pokiwał głową z uznaniem. – To się naprawdę rzadko zdarza w tych czasach.

Ponownie oboje się roześmiali.

– W sumie to dobrze, że było ich tylko dwóch – stwierdził Górski wesoło. – Mówi się, że do trzech razy sztuka.

– Przestań się nabijać – upomniała go karcącym spojrzeniem.

– Dlaczego myślisz, że się nabijam?

– Bo takich rzeczy nie mówi się poważnie na pierwszej randce.

– Skąd osoba, która była tylko w dwóch związkach, tak dobrze wie, co się robi na pierwszej randce? – Rafał rozbawiony uniósł pytająco brwi.

Adrianna chcąc nie chcąc musiała mu przyznać trochę racji.

– Mam trzydzieści lat i więcej niż dwa związki za sobą – oznajmił. – Mówię to, co myślę i czuję. Nie będę się bawił w podchody. Podobasz mi się i wiem, że ja też ci się podobam. Zamierzam coś z tym faktem zrobić.

Zatem był od niej trzy lata młodszy. I wyglądało na to, że też o wiele bardziej doświadczony. Zrobiło jej się gorąco. I ten wzrost temperatury nie miał już nic wspólnego z wcześniejszą przejażdżką motorem.

– Dlaczego wyjechałaś z Polski? – zagadnął niespodziewanie.

Przez chwilę wpatrywała się w niego, próbując pozbierać myśli. A może raczej ułożyć sobie w głowie jakąś ciekawą odpowiedź, niekoniecznie prawdziwą.

– Pojechałam do Londynu razem z koleżanką z liceum. Chciałam trochę zarobić przed studiami. Dostałam się na marketing i zarządzanie na UMCS w Lublinie.

– Ale wolałaś łatwą kasę – stwierdził z przekonaniem.

– Nie. Wcale nie było łatwo – wyznała zgodnie z prawdą. – Początki były bardzo trudne. Pokłóciłam się z koleżanką i z jej bratem, u którego mieszkałam. Musiałam się wyprowadzić do nieznajomych ludzi. Od składania kartonów w fabryce, gdzie pracowałam, miałam odciski na wszystkich palcach.

– Ale mimo to nie wróciłaś. – Rafał wpatrywał się w nią z zaciekawieniem. – A może przed czymś uciekałaś? – zażartował.

– Los się do mnie w końcu uśmiechnął – zapewniła, czując, jak z nerwów zaczynają pocić jej się ręce. – Niedaleko mojego nowego miejsca zamieszkania była agencja pracy.

Któregoś dnia zauważyłam w oknie ogłoszenie, że poszukują specjalisty do spraw rekrutacji. Osoby posługującej się biegle językiem polskim i angielskim. Weszłam do środka i... zostałam na kilka lat. Potem zaczepiłam się w firmie, do której wysyłaliśmy ludzi. Najpierw jako recepcjonistka, aż w końcu awansowałam na asystentkę prezesa. – Mówiąc to, dopiła swoją kawę i zaczęła szykować się do wyjścia. Wolała uniknąć następnych pytań. – Zrobiło się późno. Idziemy?

Kiwnął głową z nieco zrezygnowaną miną.

W drodze do motoru zahaczyli o bar przy kinie, żeby odebrać kaski. Kiedy już szli w stronę parkingu, obydwoje milczeli. Gdy dotarli na miejsce, postanowiła przerwać tę niezręczną, według niej, ciszę.

– Miałam cię już wcześniej zapytać... – zawahała się. – Jak smakował ci mój chleb?

Rafał przyjrzał się jej nieco skonsternowany, a potem podszedł bliżej, pogłaskał ją czule po policzku i oznajmił:

– Smakował wyśmienicie. Mam ochotę na więcej.

Pocałował ją! Nienachalnie, choć zupełnie niespodziewanie. A całował genialnie. Zresztą można się było tego spodziewać. Sam przecież przyznał, że ma za sobą więcej niż dwa związki. Możliwe nawet, że zmieniał dziewczyny jak rękawiczki, ale w tamtym momencie Adę mało to interesowało. Całował tak, że właściwie nie obchodziło jej już nic poza jego językiem o smaku mocno palonej kawy oraz przyjemnie chropowatymi ustami. Zaczął delikatnie, jakby trochę leniwie, jednak z każdą sekundą stawał się coraz bardziej zachłanny. Rozbudził jej zmysły do tego stopnia, że zakłuło ją w podbrzuszu. Przyciągnęła go do siebie łapczywie, a ich języki całkowicie zatraciły się w gonitwie. Po minucie zabrakło jej tchu, ale on całował dalej. Chwycił jej głowę w swoje dłonie tak, jakby usiłował przeciągnąć tę niesamowitą chwilę w czasie.

W końcu przestał i oderwał się od niej niechętnie. Wpatrywała się w niego oszołomiona. Nie potrafiła określić, czy endorfiny zalewające jej ciało wydzieliły się pod wpływem niedotlenienia, czy też właśnie przeżyła orgazm językowy.

Podczas drogi powrotnej ponownie się w niego wtuliła, ale tym razem było to bardziej intymne. Dyskomfort jazdy na warczącej maszynie pędzącej sto kilometrów na godzinę po pustej drodze, oświetlonej tylko gdzieniegdzie światłem latarni, już tak nie doskwierał. Skupiła się na cieple, jakie od niego emanowało. W pewnej chwili zrobiło jej się tak błogo, że zachciało jej się spać. Najlepiej w jego łóżku... Dlatego, kiedy dojechali pod jego blok, otworzyła szybko drzwi citroena i zbyt oficjalnym w tych okolicznościach tonem oświadczyła:

– Powinnam już wracać do domu.

Uśmiechnął się ze zrozumieniem.

– Co powiesz, żeby to kino w Sosnówce na drugiej randce zamienić na kolację u mnie? – zaproponował.

Wiedziała, że to dwuznaczna propozycja. Może miał rację, mówiąc, że skoro oboje czują do siebie chemię, to trzeba coś z tym zrobić? Byli dorosłymi ludźmi. Był dwudziesty pierwszy wiek.

– Zależy, czy dobrze gotujesz. – Uniosła lekko kąciki ust.

Zrozumiał aluzję.

– Lepiej już jedź. Zaczynam się robić bardzo głodny.

Do domu dotarła po północy. Kinga spała u Emilki. To był pomysł Kamy.

„Wiesz, tak na wszelki wypadek. Po co małolata ma się potem dopytywać, czemu nie wróciłaś na noc" – Ada przypomniała sobie słowa sąsiadki.

Dobrze wiedziała, że jej nastoletnia córka nie byłaby jedynym powodem, dla którego powinna wrócić do własnego łóżka. Przecież matka nie dałaby jej żyć, gdyby odkryła jej nieobecność. Zrobiłaby jej przesłuchanie na miarę *Procesu* Franza Kafki.

Już w łóżku dostała SMS-a:

Przez Ciebie nie mogę zasnąć. Cały czas mam w głowie te wszystkie potrawy, których spróbujemy. Pojutrze 18:00 u mnie.

Odpowiedziała, żartobliwie cytując frazes z jednego z programów kulinarnych:

Yes, Chief!

Przez kilka następnych minut uśmiechała się do swoich myśli, które nadal były w Sosnówce na parkingu. Z Rafałem. A on dalej ją całował.

Pocałunek ten został przerwany przez dźwięk smartfona i następną wiadomość. Tym razem z nieznanego numeru:

Nie mogę przez Ciebie spać.

Wzdrygnęła się. Domyśliła się, że nadawcą tego komunikatu może być Marek Koszycki. Przecież miał jej numer od Rafała, a ich dzisiejsze spotkanie wyjątkowo go ucieszyło. Nawet nie starał się tego ukryć.

Tej nocy ona sama też mało spała. Próbowała odpowiedzieć sobie na pytanie, jak to możliwe, że mimo całego gniewu, który po tych wszystkich latach dalej w sobie tłamsiła, dziś pod kościołem miała wrażenie, jakby rozmawiała ze starym przyjacielem, a nie z największym zdrajcą.

ROZDZIAŁ 10

– Kontrola sąsiedzka!

Zaspana Ada była jeszcze w łóżku, kiedy do jej pokoju wpadła roześmiana Karola. Najwyraźniej spodobało jej się budzenie nowej sąsiadki.

– Przyszłyśmy sprawdzić, czy trafiłaś do domu. – Kama weszła zaraz za Karoliną i mrugnęła do niej porozumiewawczo.

Obie wyglądały na bardzo podekscytowane.

– Uwielbiam, kiedy wszyscy mogą mnie oglądać taką rozczochraną – mruknęła Ada z przekąsem, przewracając oczami. Tak naprawdę jednak bardzo się ucieszyła z wizyty koleżanek. Czuła, że musi się komuś zwierzyć, bo inaczej eksploduje.

– To czesz się, kobieto, i nastawiaj wodę na kawę! Czekamy w altanie – oznajmiła Kamila i pociągnęła za sobą Karolinę w stronę drzwi.

Ada pomyślała sobie, że przynajmniej jednej z nich nie brakuje ogłady. Kiedy tylko wyszły, podbiegła do lustra znajdującego się w drzwiach szafy. Jej usta do tej pory zdawały się lekko nabrzmiałe, a na twarzy można było dostrzec subtelne rumieńce. Na wspomnienie wczorajszego wieczoru aż zakłuło ją w podbrzuszu. Skoro był w stanie wywołać takie halo jednym pocałunkiem, to ciężko nie zastanowić się, co będzie dalej, a dokładnie jutro po osiemnastej.

No ale to nie był czas na fantazje. Czekała ją przecież bardzo poważna rozmowa z dwiema poważnymi kobietami. Pośpiesznie związała włosy w koński ogon i ubrała pierwsze jeansy, które znalazła w szafie. Narzuciła na siebie biały podkoszulek i rozpromieniona wyszła z pokoju. Z uśmiechem na twarzy przywitała się z mamą i wujkiem, którzy jedli śniadanie przy kuchennym stole.

– Kolejny piękny dzień! – zaszczebiotała, patrząc przez okno na bezchmurne niebo. Nalała wody do czajnika i postawiła go na kuchence. Odkręciła gaz i podeszła do zastawionego stołu. Nucąc usłyszaną wczoraj w radiu piosenkę zespołu, którego nazwy znowu nie mogła sobie przypomnieć, zrobiła sobie małą kanapkę z serem i ogórkiem.

– Wręcz idealny na pracę w polu – odrzekł wujek z nutą ironii w głosie. – Dziś znowu duchota będzie.

– A tobie co się stało? – Regina Dziurska patrzyła na córkę podejrzliwym wzrokiem. Ona, w odróżnieniu od Ady, była raczej w grobowym nastroju. – Napisz lepiej do ojca. Znowu dzwonił wczoraj wieczorem.

– Tak, tak... – rzuciła Ada na odczepne i stwierdziła, że musi się ulotnić, nim reszta domowników zepsuje jej humor.

Kiedy czajnik zagwizdał, zrobiła kawę dla siebie oraz czekających na nią sąsiadek i ruszyła z tacą pod altanę.

– Dziewczyny jeszcze śpią? – zwróciła się do Kamili, która spoglądała na nią wyczekująco.

– Nie będziemy teraz rozmawiać o dzieciach. To znaczy, możemy ewentualnie pogadać o tym, jak się te dzieci robi i czy próbowaliście już z panem doktorem. – Kama wybuchła śmiechem. Karola jej zawtórowała.

– Jesteście szurnięte! – skomentowała Ada, udając urażoną. – Ja takich rzeczy nie robię na pierwszej randce.

– A więc jednak to była randka? – Karolina przyjrzała się jej uważnie. – Całowaliście się?

Adrianna Dziurska oblała się rumieńcem.

– Wiedziałam! – wykrzyczała Gruszka. – I jak było?

– No cóż... – zastanowiła się Ada. – Fantastycznie. Miałyście kiedyś orgazm już przy pocałunku?

– O! To widzę, że nie próżnowaliście! – podsumowała radośnie Gruszka.

– Jejku, zazdroszczę... – westchnęła Kama.

– Krzysiek niedługo przyjeżdża! – Karola trąciła łokciem Kamilę. – Jedźcie do kina w Sosnówce, może też was tak poniesie – zaśmiała się szczerze.

– Koniecznie motorem – dodała rozbawiona Ada.

– Przewiózł cię na motorze? – Kama wytrzeszczyła oczy. – Wow.

– No – przyznała Ada. – Wow. Niemal przez całą drogę do Sosnówki i przez pół drogi powrotnej miałam oczy zamknięte ze strachu. Dlatego nie pytajcie mnie o wrażenia.

W tym momencie odezwał się jej telefon. Chwyciła go pośpiesznie z nadzieję, że to SMS od Górskiego, ale wiadomość przyszła z nieznanego numeru. Jeszcze innego niż ten, którego właściciel pisał do niej wczorajszej nocy.

Przyjedź dzisiaj z Kingą do stadniny po 17:00.
Do zobaczenia, Marek.

– To on? – spytała zaciekawiona Karolina.

– Nie. To Marek Koszycki. Chce, żebym podrzuciła Kingę do stadniny. Będą trenować do wyścigów powiatowych. Zabiorę też Doriana i Emilę, OK?

– No patrz, Starogród taki mały, a ja nawet nie wiedziałam, że Koszycki kupił tę stadninę pod Łopiatynem – zamyśliła się Karola.

– Ty jak ty. Twoja mama nawet nie wiedziała – zaśmiała się Kamila. – Emilka może jechać. Na pewno się ucieszy.

Ada też się ucieszyła. Kamień spadł jej z serca. Zależało jej, żeby Kinga jak najmniej przebywała z Markiem sam na sam. W ten sposób zmniejszały się szanse, że zaczną się czegoś domyślać. W towarzystwie nie będą wdawać się w niepotrzebne dyskusje i skupią się na przygotowaniu do tych głupich zawodów.

– A bierz ich w cholerę! – rzuciła Karola. – Już nie mogę się doczekać, kiedy zacznie się szkoła. Odkąd dałam młodemu bana na komputer, całkiem mu odbija. O tyle dobrze, że weterynarz nakładł mu do głowy, że ma kosić trawę. Więcej pożytku z niego w domu nie ma.

– Zastanawiam się, kiedy Koszycki ma na to wszystko czas. Ja ledwo się ze wszystkim wyrabiam – westchnęła Karolina.

– Kama, a może jak Krzysiek przyjedzie, wezmę Emilę do siebie? – zagadnęła Ada, chcąc zmienić temat. – A wcześniej pojedziemy we trzy do Sosnówki. Widziałam tam wczoraj całkiem fajny butik z bielizną. Kupimy ci jakiś megaseksowny komplet. Mają tam brafitterkę. – Stwierdziła, że Kamila chyba potrzebuje trochę wsparcia, aby nieco odświeżyć swoje małżeństwo. – Czytałaś *Greya*?

– Nie, ale oglądałam dwie części. – Kama popatrzyła na Adę nieco zdekoncentrowana. – On przyjeżdża pojutrze, Ada.

Jutro mam dentystę w Łopiatynie. Już dawno zabukowałam wizytę. Przez koronawirusa już trzy razy mi ją przekładali. Ale jakbyś mogła zabrać Emilkę do siebie na noc, byłoby super.

– OK. W takim wypadku trzeba działać od razu. Do Sosnówki pojedziemy po południu, a wieczorem zapraszam was na seans trzeciej części *Greya*. Książka, moim zdaniem, dużo lepiej nakręca, ale film też powinien wprowadzić cię w namiętny nastrój – zwróciła się do Kamili. – Ja też jeszcze nie oglądałam trzeciej części. Pewnie będzie gorsza niż dwie pozostałe. Na drugiej byłam w kinie z Willem z okazji walentynek. Mało pamiętam z filmu. Za to do końca życia nie zapomnę tego, co się później działo w łóżku. – Uśmiechnęła się do nich figlarnie. – Wcześniej zawiozę dzieciaki do stadniny. Będziemy sobie mogły urządzić prawdziwy babski wieczór z winem i minispa.

Jej towarzyszki nie wyglądały na przekonane.

– Minispa – powtórzyła Karola nieco rozbawiona. – Uważam, że to zajebisty pomysł! – Szybko przeliczyła, ile czasu potrzeba jej, by ogarnąć gospodarstwo. – Może przy okazji, jak będziemy w Sosnówce, pomożecie mi coś znaleźć na wesele mojej kuzynki we wrześniu. To jak, Kama?

– No dobra – zgodziła się niepewnie Kamila. – W sumie... dawno nie byłam sama na zakupach. Zazwyczaj jeździmy do Sosnówki kupić ciuchy dla dzieci. Szybko wyrastają.

– Najwyższy czas zrobić coś dla siebie! – podsumowała Ada i żwawo wstała z miejsca. – Porządny stanik to najlepsza inwestycja, jaką znam.

Proaktywne kobiety ze Starogrodu pożegnały się na kilka godzin, aby potem wyruszyć razem na babskie zakupy. Kama z Karolą przez ten czas miały pozałatwiać swoje codzienne sprawunki, a Ada zabrała babcię wózkiem do altany.

– Adusia, musisz znaleźć te sto tysięcy. Przyda ci się, jak wyjedziesz na studia. – Maria Staszewska popatrzyła na nią z troską w oczach, dopijając herbatę.

– Jakie sto tysięcy?

– Sto tysięcy złotych, które zabrałam z konta dziadka – wytłumaczyła staruszka nerwowo. – Jeszcze zanim zmarł. Pewnie dobrze się stało... Jak ja bym go nie okradła, to bank by to zrobił po jego śmierci!

Ada spojrzała na nią niepewnie. Demencja Marii postępowała za szybko. Zaczęła ją uspokajać, jednak na próżno. Staruszka z poruszeniem opowiadała jej o pieniądzach, które ukryła na strychu. W końcu Ada zawiozła ją z powrotem do jej pokoju, gdzie zjadły obie zupę. Dopiero wtedy babunia się wyciszyła, a kwadrans później zasnęła.

Równo o trzynastej Karola z Kamilą przyjechały po Adę autem Karoliny. Gdy już miała wsiadać do środka, pod dom podjechał samochód dostawczy z szyldem jakiejś kwiaciarni na bocznej karoserii.

– Adrianna Dziurska? – zapytał kierowca, wysiadając pośpiesznie z samochodu.

– To ja – zameldowała się ze śmiechem.

Doręczyciel otworzył tylne drzwi vana i po minucie podszedł do niej z niewyobrażalnie wielkim bukietem czerwonych róż.

– To dla pani. – Wręczył jej kwiaty. – Może pani potwierdzić odbiór? – Podał jej podkładkę z kwitem i pokazał, gdzie ma się podpisać.

Zdezorientowana Ada posłusznie podpisała się pod swoim nazwiskiem.

– Do widzenia! – rzekł dostawca i szybko wrócił do samochodu.

– Dziękuję... Do widzenia – wydukała i natychmiast otworzyła załączony do bukietu, drukowany liścik: – „Twój W" – przeczytała na głos. Spojrzała pytająco na dziewczyny. – W? Nie znam nikogo z imieniem zaczynającym na literę „w".

– To wcale nie musi być imię. – Kamila wzruszyła ramionami. – Czytam teraz książkę o szyfryzacji podczas konfliktów militarnych. Jest tam też rozdział o szyfrach miłosnych.

Karolina z Adrianną patrzyły na koleżankę z powątpiewaniem.

– Kama, a po co ty czytasz książkę o szyfryzacji podczas stosunków militarnych? – zapytała zaintrygowana Gruszka.

– Nie stosunków, tylko konfliktów. Głodny o chlebie, co? – zaśmiała się Kamila. – Wracam na studia, od października – dodała już poważniejszym tonem.

– Naprawdę? To świetnie! – zawołała uradowana Adrianna. – OK. Wstawię te kwiaty do wazonu i jedziemy. Opowiesz nam wszystko po drodze. – Mówiąc to, zaniosła bukiet do domu.

Kiedy wróciła, ruszyły do Sosnówki. Kamila pokrótce wyjaśniła, skąd wziął się pomysł ze studiowaniem. Okazało się, że jak wiele kobiet po urodzeniu dziecka próbowała odnaleźć się w nowej sytuacji. Zawsze marzyła o dwójce dzieci, więc pod tym względem czuła się spełniona. Jednak mimo to dalej nie była w pełni szczęśliwa. Zaczęła się zastanawiać, co jej pozostanie, kiedy jej dwie latorośle wyfruną już z gniazda. Nadal nie wiedziała, co lubi robić w życiu, czym się interesuje ani jak mogłaby wykorzystać nadwyżkę wolnego czasu, która jej wtedy zostanie. Zapragnęła zrobić coś dla siebie i stwierdziła, że zacznie od zaraz. Po liceum studiowała zaocznie w Wyższej Szkole Stosunków

Międzynarodowych i Komunikacji Społecznej w Chełmie. Na trzecim roku była już jednak w ciąży z Emilką i do egzaminów na magisterkę nie przystąpiła. Teraz postanowiła to nadrobić.

– W każdym razie... – ciągnęła Kama – ...może nadawca tych kwiatów nie chciał, żebyś od razu się domyśliła, że to on? Może to ma być taka gra miłosna?

– Zaraz, zaraz... – zaczęła zastanawiać się Karolina Gruszka. – No W jak weterynarz, nie?

Ada popatrzyła na Kamilę, która po chwili zastanowienia skinęła głową i stwierdziła:

– To miałoby sens. On w ten sposób zaczyna jakąś intymną relację między wami. Chce rozbudzić w tobie namiętność.

Ada się lekko zarumieniła.

– Chyba nie musi – skwitowała. Przez resztę drogi uśmiech nie schodził jej z twarzy.

Butik z bielizną w Sosnówce był całkiem dobrze zaopatrzony. Brafitterka pomogła Kamie przy doborze stanika. Kamila zakupiła piękny, bordowy komplet podkreślający jej opaleniznę. Ada z Karolą też wynalazły coś dla siebie. Z racji tego, że kupiły w sumie trzy komplety, udało im się wytargować całkiem spory rabat. Wyszły ze sklepu zrelaksowane i roześmiane, dyskutując o tym, co powie Krzysiek Przetocki, kiedy zobaczy żonę w nieco innym wydaniu.

Zaraz przy sklepie natknęły się na Rafała Górskiego! Spotkanie było tak niespodziewane, że Ada na jego widok zaniemówiła, a dziewczyny wybuchły gromkim śmiechem. Weterynarz też początkowo wyglądał na bardzo zaskoczonego. Jednak już po chwili na jego twarzy pojawił się wyraz zadowolenia.

– Dzień dobry – przywitał się. Zerknął na wystawę sklepu i papierowe torebki z logo o dość sugestywnej nazwie „More", które trzymały w rękach. Potem spojrzał na Adę pytającym wzrokiem.

– Dzień dobry, panie doktorze! – odparła Karola nad wyraz uszczęśliwiona.

– To może przejdziemy na ty? – zaproponował. – W końcu jeździmy do Sosnówki w towarzystwie tych samych osób.

– Cudownych osób – podkreśliła Gruszka, podając mu swoją dłoń. – Karolina.

– Rafał. – Uścisnął jej rękę.

– Kama – przedstawiła się Przetocka.

– Rafał – odpowiedział, ściskając dłoń Kamili. – To dokąd się teraz wybieracie z tą cudowną osobą? – Wskazał głową Adę.

Adrianna dawno nie była tak zażenowana. W innych okolicznościach nie pozwoliłaby, żeby mówiono o niej, przy niej samej, w trzeciej osobie. Jednak to, co zdarzyło się wczoraj, w połączeniu z dzisiejszym przypadkowym spotkaniem całkowicie ją sparaliżowało. W końcu to z myślą o nim i o ich jutrzejszej randce wybierała swoją bieliznę.

– Wracamy do domu oglądać *Pięćdziesiąt twarzy Greya* – odezwała się Karolina.

Ada miała ochotę ją udusić. Bo niby czemu on musi to wiedzieć? Czy w Starogrodzie naprawdę wszystko musi być transparentne? Czy nie można pewnych rzeczy zachować tylko dla siebie?

Rafał uniósł lekko kąciki ust, wpatrując się w Adę przenikliwym wzrokiem i życzył im:

– Miłej zabawy.

– Dziękujemy – odpowiedziały chórem Kama z Karolą.

Ada stwierdziła, że musi w końcu się odezwać. Chociaż czasem naprawdę lepiej jest nic nie mówić. Bez zastanowienia wypaliła:

– Dzięki za róże.

– Dostałaś róże? – zapytał z wyraźnie zaciekawioną miną.

Nastąpiła chwila krępującej ciszy.

– Ojej, Ada! Musimy już iść! Zamkną nam ten sklep z butami. – Karola wybawiła ją z opresji. Zaczęła ją ciągnąć za rękę, jakby naprawdę zależało im na czasie.

– Na razie – zwróciła się do niego z przepraszającym uśmiechem.

Skinął im na pożegnanie.

– Już bardziej schrzanić tego nie mogłaś! – zbeształa ją Karola, jak już odeszły wystarczająco daleko.

– Ale jazda! – śmiała się Kamila.

– Same mówiłyście, że to on – usprawiedliwiała się Ada. Czuła się jak totalna kretynka. Jak mogła palnąć coś takiego? Stwierdziła, że polskie słońce musiało jej przegrzać mózg.

– Był pierwszym, który przyszedł mi do głowy. Skąd mogłam wiedzieć, że masz jeszcze innych W gdzieś w zanadrzu – rzuciła Karola, przyglądając się jej badawczo. – Kto to może być?

– Nie wiem – odrzekła Ada krótko.

– Normalnie jak w filmie! – stwierdziła głośno rozbawiona Kamila. – Wiem! Będziemy teraz jak Aniołki Charliego, rozwiązywać zagadki i ścigać przestępców!

– Chyba ścigać W – odparła Karola. – Naprawdę nie domyślasz się, kto to?

– Nie – zarzekała się niewzruszona Adrianna Dziurska.

Oczywiście kłamała. Dobrze się domyślała.

ROZDZIAŁ 11

Po powrocie do Starogrodu Ada, zgodnie z umową, zabrała Kingę, Doriana i Emilkę do stadniny. Obiecała sobie, że zostawi tam dzieciaki i szybko wróci do domu przygotować sałatkę dla dziewczyn. Umówiły się, że każda przyniesie jakąś zdrową przekąskę. Kama powiedziała, że zrobi sałatkę grecką, a Karola zaproponowała przystawkę z owocami morza. Ada chciała przygotować caprese, ale z burratą zamiast mozzarelli, bo okazało się, że jej koleżanki buratty jeszcze nie próbowały.

Kiedy dojechali na miejsce, Marek Koszycki już na nich czekał. Stał przed stajnią razem z wysokim, około trzydziestoletnim blondynem. Ada domyśliła się, że to Łukasz, kolega Rafała ze studiów. Wójt był ubrany inaczej niż zwykle, w jeansy i granatową koszulkę. Wyglądał prawie tak samo, jak go zapamiętała z młodzieńczych lat. Przez chwilę wpatrywała się w niego jak zahipnotyzowana.

Gdy dzieciaki wysiadły z auta i pobiegły do stajni, pomachała mu na pożegnanie. Już miała zawracać, kiedy ruszył w jej kierunku.

Westchnęła ciężko i zgasiła silnik. Rozejrzała się dookoła. Stadnina znajdowała się w środku lasu, na dużej polanie. Stajnia i wybieg dla koni były tak usytuowane, że przez większość dnia padał na nie cień. Słońce oświetlało tylko skrawek polany przed wybiegiem oraz miejsce, gdzie kończył się las, czyli przy wjeździe z leśnej drogi. Tam właśnie zaparkowała. Opuściła szybę samochodu i zaczęła wdychać rześkie, leśne powietrze. Poczuła zapach igliwia przemieszany z wonią mchu, kory i żywicy.

– Boisz się, że jak wysiądziesz z samochodu, cofniesz się w czasie? – zapytał Koszycki, stając przy jej aucie.

– Zapomniałam już jak tutaj ładnie – rzekła wymijająco. Najchętniej w ogóle by się nie odzywała. Rozmawiała z nim tylko przez grzeczność. Przynajmniej tak to sobie tłumaczyła.

– Prawie niczego nie zmieniłem. Nawet dom wygląda tak samo. – Marek wskazał na schowany za drzewami po drugiej stronie polany drewniany budynek ze spadzistym dachem. – Wiesz, że z okien na piętrze można zobaczyć całą polanę?

Mimowolnie spojrzała na biegające po wybiegu konie i znajdujący się zaraz obok pusty kawałek łąki. To tam pierwszy raz się całowali. Tam pierwszy raz wyznał jej miłość.

Oblała się rumieńcem.

– Zostań – zaproponował. – Sama też mogłabyś pojeździć.

– Umówiłam się z koleżankami. Poza tym nigdy nie jeździłam konno.

– Żartujesz? – Koszycki przyglądał się jej z niedowierzaniem. – Wychowałaś najlepszą dżokejkę, jaką znam, a sama nie jeździsz konno?

– Powiedzmy, że... Mam awersję do koni i wszystkiego, co jest z nimi związane – wypaliła z grobową miną i odpaliła silnik.

Nie mogła jednak odjechać. Stał przy jej samochodzie w taki sposób, że gdyby ruszyła, zrobiłaby mu krzywdę. Widać było, że przeżuwał wypowiedziane przez nią słowa. Słowa, które miały go zaboleć.

Westchnęła głęboko i, rzucając mu błagalne spojrzenie, oznajmiła najspokojniej, jak umiała:

– Marek, ja naprawdę muszę lecieć. Mam jeszcze kupić wino.

Pokiwał głową z powagą.

– Odwiozę dzieciaki po dwudziestej – zakomunikował. – Jakbyś kiedyś chciała pogadać... O czymkolwiek. Na przykład o tym, co się wydarzało czternaście lat temu... to wiesz, gdzie mnie szukać.

– Dlaczego myślisz, że chciałabym z tobą rozmawiać o wydarzeniach sprzed czternastu lat? – Ada zlękła się nieco, zastanawiając się, o co może mu chodzić.

– Nie wiem. Może dlatego, że kiedyś rozmawialiśmy o wszystkim? – odparł z lekką nostalgią, po czym, już weselszym tonem głosu, dodał: – Polecam australijski Shiraz, rocznik dwa tysiące szesnasty.

– Co? – Popatrzyła na niego zbita z tropu.

– Wino. Sprzedają je w tym markecie przy parku. Tam, gdzie się poznaliśmy.

Przez chwilę patrzyli sobie w oczy. Zupełnie tak, jak podczas spotkania w sadzie i pod kościołem. Potem Marek Koszycki ze zwycięskim uśmiechem na twarzy odsunął się od auta.

Ze zdenerwowania zbyt gwałtownie nacisnęła pedał gazu, co spowodowało, że ponad dwudziestoletni citroen jej matki kilka razy się zakrztusił, zanim ruszył z miejsca. W lusterku obserwowała, jak z każdym przejechanym metrem postać Marka stawała się coraz bardziej rozmazana. Dlaczego jej wspomnienia nie mogłyby się rozmazywać?

Tak bardzo pragnęła stamtąd odjechać, że zupełnie zapomniała porozmawiać z nim o bukiecie, który jej przesłał. Stwierdziła, że musi to zrobić innym razem. Jak najszybciej. Musi wyraźnie dać mu do zrozumienia, że nie ma najmniejszej ochoty utrzymywać z nim kontaktu. Ma przestać jej wysyłać dziwne SMS-y i kwiaty. Po wyścigach zapisze Kingę do innej stadniny. Znajdzie jakąś z profesjonalną kadrą, nawet jeżeli miałyby marnować dwie godziny na dojazd. Nie mogła pozwolić, żeby Marek i Kinga za długo ze sobą przebywali. To było w tej sytuacji stanowczo niewskazane.

Podjechała do sklepu po wino. Nie był to market przy parku, w którym się poznali. Ostatnią rzeczą, jakiej teraz pragnęła, to popijać australijski Shiraz z dwa tysiące szesnastego roku i rozmyślać o Marku Koszyckim.

Do domu wróciła roztrzęsiona. Kiedy już siadły z dziewczynami przed telewizorem, nie mogła się skupić na filmie. Jej myśli zaprzątało to, co powiedział Marek. Zaczęła się zastanawiać, jak często obserwował z okna ich wspólne miejsce. I dlaczego, do cholery, wystarczyło kilka chwil, kilka spojrzeń i kilka słów, by dawne uczucia zaczynały odżywać? „Stara miłość nie rdzewieje". To przysłowie nie wzięło się znikąd. Spojrzała na pusty kieliszek, który trzymała w dłoni. Stwierdziła, że jedna lampka dobrego czerwonego wina to dla niej za dużo. Zresztą przecież ostatnio, podczas randki z Rafałem, upiła się jednym, małym piwem.

Popatrzyła na Kamę i Karolę, które z przejęciem wpatrywały się w ekran. Uśmiechnęła się pod nosem. W momencie kiedy para głównych bohaterów zwiedzała Paryż podczas podróży poślubnej, do pokoju weszła Regina. Adrianna pomyślała, że na szczęście nie było akurat sceny erotycznej. Inaczej matka uznałaby, że przyłapała je na oglądaniu pornola.

– Znalazłam to pod drzwiami. – Podała Adzie pudełko zawinięte w szary papier, z jej imieniem na wierzchu. Następnie wyraźnie zainteresowana tym, co działo się na ekranie, przysiadła na kanapie obok Karoli i Kamy. Dziewczyny były tak podekscytowane akcją filmu, że nawet nie zwróciły na to uwagi.

Korzystając z okazji, Ada niepewnie rozdarła szary papier z paczki, odkrywając różowe pudełko z czerwonym logo „More". Otworzyła je z szybszym biciem serca. Znalazła czarny, koronkowy komplet seksownej bielizny i dołączony do niego, napisany ręcznie liścik:

Cięte kwiaty szybko więdną.

Wpatrywała się w te słowa totalnie skołowana. Przypomniały jej się dzisiejsze wywody Kamili o intymnej relacji i rozbudzeniu namiętności. Najwyraźniej Rafał Górski rozpoczął miłosną rozgrywkę. Tylko że ona nie była za dobrym graczem. Próbowała sklecić jakąś błyskotliwą ripostę, żeby mu ją wysłać w ramach podziękowań. Niestety nic kreatywnego nie przychodziło jej do głowy. Napisała mu tylko:

Dziękuję.

Po minucie dostała SMS-a zwrotnego:

Proszę. Bardziej się już nie da.

Nawiązał do nazwy butiku. Zaraz potem dosłał kolejną wiadomość:

Ułatwiłaś mi zadanie. Wystarczyło tylko tam wejść zaraz po Was i powiedzieć miłej pani, żeby pomogła mi coś znaleźć dla tej cudownej osoby w niebieskiej sukience, która przed chwilą wyszła ze sklepu. Wiesz, że miałem ochotę Ci kupić właśnie ten komplet, który sama sobie wcześniej wybrałaś?

Odpowiedziała szybko, czując, że poziom jej ekscytacji sięga zenitu:

Ten, który Ty wybrałeś, też chyba będzie OK?

Nie wątpię. Ale wolę tamten.

Ledwo zdążyła złapać oddech, gdy jej mama sprowadziła ją na ziemię:

– Co to jest? – Popatrzyła badawczo na córkę. Karola z Kamą też przez chwilę się jej przyglądały, ale zaraz potem znów wróciły wzrokiem do telewizora.

Ada pośpiesznie zamknęła pudełko, owijając je ponownie papierem.

– Jakieś papiery z pracy, z Anglii – wyjaśniła, dopiero po chwili zdając sobie sprawę, że to, co mówi, jest całkiem niedorzeczne. Dokumenty z Anglii raczej byłyby zaadresowane trochę inaczej niż tylko imieniem i nazwiskiem. No i na pudełku byłby znaczek. I nie stałyby sobie przed domem, jak gdyby nigdy nic. Kurier z pewnością zażądałby jakiegoś podpisu potwierdzającego ich odbiór.

Na szczęście Reginę tak bardzo wciągnęły poczynania filmowej pary, że już nie dopytywała.

Ada schowała pudełko na dno szafy i postanowiła się przewietrzyć. Oglądające *Greya* kobiety kompletnie ją olały, kiedy im obwieściła, że idzie do toalety.

Wyszła na dwór i popatrzyła na idealnie okrągły księżyc. Czytała kiedyś, że w przyrodzie pełnia księżyca jest jak tykająca bomba zegarowa. Zwiastuje nowy początek. Procesy biologiczne osiągają swój punkt szczytowy. Skumulowana energia dochodzi do swojego ostatecznego poziomu.

– A mnie co przynosisz? – zwróciła się do srebrnego okręgu na niebie.

Jak na zawołanie w żwirową drogę prowadzącą do domu przy Pszenicznej 3 skręcił właśnie samochód. Domyśliła się, że to SUV Marka Koszyckiego. Weszła z powrotem do domu i zgasiła światło na ganku. Obserwowała z okna, jak dzieciaki wysiadały z auta. Przez moment w świetle księżyca mignęła jej jego twarz. Znowu cofnęła się myślami w przeszłość, do ich wyprawy do Sopotu, kiedy pierwszy i jedyny raz się pokłócili. I zaraz potem pierwszy raz się kochali. Na plaży. Przy świetle gwiazd.

ROZDZIAŁ 12

Następnego dnia już od rana doskwierał jej ból głowy. Nie była do końca pewna, czy winą za to ma obarczać stres z powodu rozmowy rekrutacyjnej, która ją czekała, czy też skaczące ciśnienie na zewnątrz. Wzięła dwie tabletki przeciwbólowe na pusty żołądek, bo z nerwów przed interview nie mogła nic przełknąć. W końcu ostatnią tego typu rozmowę odbyła jakieś dziesięć lat temu. Miała prawo być trochę spięta.

Na domiar złego znowu dostała wiadomość z tego samego numeru, którego właściciel nie mógł ostatnio przez nią spać:

Nie mogę przestać o Tobie myśleć.

Rozgoryczona przekroczyła próg urzędu starogrodzkiej Straży Granicznej. Na szczęście komendant okazał się bardzo kulturalnym i życzliwym mężczyzną. Przypominał jej trochę Paula, choć był od niego jakieś dwadzieścia lat młodszy. Cała rozmowa zajęła im mniej niż godzinę, z czego tylko przez pierwsze pół zadawał jej typowo rekrutacyjne pytania. Potem już zwyczajnie sobie gawędzili. Głównie o Starogrodzie i tutejszych ludziach, którzy na ogół byli niezwykle życzliwi.

Ona opowiadała mu, jak wspólnie z sąsiadkami robiły ostatnio leczo. I jak chodzą do siebie do ogrodu bez pytania, kiedy czegoś pilnie potrzebują. Bo jedna ma w tym roku urodzaj pomidorów, druga malin, a trzeciej najlepiej wzeszła sałata.

On zwierzył się jej, że po przyjeździe tutaj relacje w jego rodzinie się poprawiły. Że tutejszy klimat bardzo im służy. Jego dzieci przestały chorować i wspólnie, całą rodziną, zaczęli aktywnie spędzać wolny czas. Jeżdżą rowerami po lasach i uprawiają nordic walking. Pływają też kajakami po przygranicznej rzece. Przebywanie na łonie natury, z bliskimi, to taki zastrzyk endorfin, że nic im więcej do szczęścia nie potrzeba.

Bardzo dobrze go rozumiała.

Po rozmowie wstąpiła na cmentarz. Znajdował się przy drodze z centrum wsi do budynków straży. Obiecała babci, że pozapala znicze na rodzinnych grobach. Tabletki na ból głowy, które wzięła z rana, trochę pomogły, jednak nadal czuła się osłabiona. Teraz miała pewność, że winowajcą było ciśnienie. Zbierało się na burzę. Zerwał się silny wiatr, a niebo pokrywało się purpurowymi chmurami.

Kiedy już Ada uczciła pamięć zmarłych z rodziny Staszewskich, stwierdziła, że musi zapalić znicz na jeszcze jednym grobie i zaczęła go szukać. Jak przez mgłę pamiętała, gdzie był pochowany ojciec Marka, a jednak nagle stanęła na wprost grobu Jarosława i Ewy Koszyckich, dziadków swojej córki.

Długo wpatrywała się w imię i nazwisko matki Marka, wygrawerowane na pomniku. Do oczu napłynęły jej łzy, a po kilku minutach rozpłakała się już na dobre. Stała tam tak zatem, szlochając, aż zorientowała się, że ktoś ją obserwuje. Odwróciła głowę. Ledwo rozpoznała stojącą nieopodal kobietę. Była to ciotka Marka, siostra jego ojca, Grażyna Koszycka. Przez ostatnie czternaście lat sporo przytyła, a czerwonawy kolor włosów, który według Ady idealnie pasował do jej wścibskiego charakteru, zmieniła na ciemny brąz. Tylko jej przenikliwy, srogi wzrok pozostał ten sam i to właśnie po nim Ada ją poznała.

– Dzień dobry – powiedziała, wyjmując chusteczkę z torebki. Szybko przetarła oczy.

– Dzień dobry – odparła Grażyna chłodno.

Ada spuściła głowę. Czuła, że Koszycka także ją pamięta. Zapaliła znicz, po czym pośpiesznie ruszyła do wyjścia.

Wsiadła do samochodu, w ostatniej chwili unikając deszczu. Tego dnia ubrana była w swój niemal codzienny londyński uniform, czyli granatowe cygaretki, czarne szpilki i białą, wizytową bluzkę z jedwabiu. Pierwszy raz od kilku miesięcy Ada zamieniła szmacianą torbę w azteckie wzory na markową, skórzaną torebkę typu shopper w kolorze pustynnego piasku. Mimo że w jej poprzedniej firmie nie było jakiegoś oficjalnego dress code'u, Adrianna w pracy zawsze stawiała na pełen profesjonalizm, także w ubiorze. I dobrze wiedziała, że gdyby bluzka jej przemokła, byłoby widać przez nią stanik. A chciała jeszcze podjechać do Urzędu Gminy.

Tak. Wpadła na pomysł, że odwiedzi Marka w pracy i grzecznie mu podziękuje za to, że powiedział jej o ogłoszeniu na pracownika administracji w straży. Przy okazji poprosi go, a raczej zakomunikuje mu, żeby nie przesyłał jej kwiatów i nie pisał do niej więcej takich dziwnych SMS-ów. Najlepiej, żeby w ogóle się z nią nie kontaktował, chyba że w sprawie tych nieszczęsnych wyścigów. Urząd wydawał się wręcz idealnym miejscem na przeprowadzenie tego typu rozmowy. Tam raczej nie będzie jej wciągał w żadne kłopotliwe dyskusje.

Zanim tam dojechała, tak się rozpadało, że wycieraczki ledwie dawały radę. Zaparkowała zaraz przy budynku i pobiegła do środka. Spojrzała na zawieszony na ścianie korytarza zegar. Była równo trzynasta. Pomyślała, że wszyscy muszą być na przerwie, bo biura świeciły pustkami. Wśród rozlegających się na zewnątrz grzmotów usłyszała dochodzące z pierwszego piętra głosy. Postanowiła, że zapyta, gdzie jest biuro wójta, i po prostu zapuka do niego. Weszła na górę. Drzwi do jednego z gabinetów były uchylone. Ktoś prowadził tam rozmowę. Rozpoznała głos Marka i Marcina, z którym jeszcze godzinę wcześniej sama miała spotkanie.

– Cieszę się, że będziemy mieć ją w zespole. Ada to naprawdę fajna dziewczyna – zachwalał ją komendant. – Jednego tylko nie rozumiem. Znasz kogoś takiego i do tej pory jesteś sam? Na co czekasz?

– Jestem sam właśnie dlatego, że ją znam – odparł krótko Koszycki.

Adzie Dziurskiej zakręciło się w głowie. Poczuła, że musi jak najszybciej usiąść. Zamiast tego oparła się o ścianę. Nie mogła uwierzyć w to, co usłyszała. Czy to możliwe, żeby on, przez nią, nie związał się do tej pory z żadną inną kobietą? I co to niby miało oznaczać? Że po tym wszystkim dalej ją kochał? Po czternastu latach rozłąki? Zaczęło brakować jej powietrza. Bezwiednie osunęła się na ziemię.

Nie miała pojęcia, co się działo wokół niej przez następne kilka minut. W jej głowie natomiast przeleciało wtedy mnóstwo wspomnień.

Styczeń 2006

– Mam pomysł! – oświadczyła nagle Katarzyna Walewska triumfalnym tonem, kiedy wybierały sukienki na studniówkę w jednym z kilku sklepów z ciuchami znajdującym się przy zamojskim Rynku Wielkim. – Moi starzy lecą w przyszły czwartek do Anglii odwiedzić Mikołaja z rodziną. Patryk będzie u mnie nocował przez cały ten czas, kiedy ich nie będzie.

– Fajnie – podsumowała Ada z cieniem zazdrości w głosie. Patryk był chłopakiem Kaśki. Formalnie byli ze sobą od roku, a kilka miesięcy temu zaczęli ze sobą sypiać.

– Słuchaj. Przyjdziecie z Markiem do mnie po studniówce. Twoi rodzice na pewno się zgodzą, żebyś u mnie spała. Nie muszą wiedzieć, że moich starych nie będzie, i nie powiesz im, że nie będziemy spać same. Wypijemy coś we czwórkę, a potem my pójdziemy do mojego pokoju, a wy będziecie mogli spać w pokoju Mikołaja. Właściwie to nie jest już jego pokój. Rodzicie dali mu tyle kasy, że nie powinien rościć sobie praw do niczego.

– Myślałam, że dobrze zarabia w Anglii. Dlaczego twoi rodzice musieli mu dawać pieniądze? – Ada przyglądała się właśnie wyszywanej cekinami czerwonej sukni z asymetryczną górą.

– Kupił dom miesiąc temu. Potrzebował na dziesięć procent depozytu, a z oszczędności miał ledwo na pięć. Starzy sprzedali działkę po dziadkach i dołożyli mu pięćdziesiąt tysięcy. Teraz jadą sprawdzić, w co tak naprawdę poszła ta kasa. Mikołaj zamierza wynajmować dwa pokoje na poddaszu, żeby mu się zwróciło na ratę kredytu.

– Super!

– Super to dopiero będzie. Jadę do niego na wakacje. Dorobię sobie trochę przed studiami. Jedź ze mną. Razem zawsze raźniej.

– A Patryk? Nie wolisz, żeby to on z tobą jechał?

– Jego kumpel nagrał mu zbiór truskawek w Holandii. Podobno zajebiście płacą.

– Może w tym roku na wakacje pojadę do Niemiec – rozmarzyła się Ada. – Z Markiem.

– Na twoim miejscu bym pojechała. Nawet jeżeli sam ci tego nie zaproponuje. On jeździ do tych Niemiec co kilka tygodni. To trochę podejrzane. Może działa na dwa fronty?

– Nie on.

– No tak, zapomniałam. On jest idealny.

– Bo jest. – Ada się uśmiechnęła.

– Dowiemy się, jak już się z nim prześpisz. Tacy przystojni faceci zazwyczaj okazują się bierni w łóżku.

Adrianna przewróciła oczami. Te wszystkie nowiny Kaśki, wyczytane przez nią w internecie albo w prasie kobiecej, nigdy nie robiły na niej większego wrażenia. Czuła, że jej pierwszy raz będzie cudowny, w końcu miała go przeżyć z najfajniejszym i najmądrzejszym chłopakiem na ziemi, który dodatkowo kochał ją nad życie. Z wzajemnością.

Ostatecznie wybrała czarną, połyskującą sukienkę z satyny, na cieniutkich ramiączkach. No, nie ma co ukrywać, moda studniówkowa w dwa tysiące szóstym zalatywała kiczem. Dlatego ponadczasowa czerń, nawet w połączeniu z ciężką, błyszczącą satyną, była najlepszym rozwiązaniem. Kaśka postawiła na złoto i, przeglądając zdjęcia ze studniówki kilka lat później, nie mogła się nadziwić, że choć w kręgu swoich ówczesnych przyjaciółek uchodziła za wyrocznię mody, była aż takim bezguściem.

W piątek, dzień przed balem, zaczął padać śnieg. Rano Ada podniosła żaluzje i nie mogła uwierzyć, ile się go nazbierało przez noc. Osiedle pokryte było białym puchem tak dokładnie, że na parkingu ledwo można było dostrzec auta. Adrianna podgrzała sobie kanapkę z serem w opiekaczu i poszła ją zjeść w salonie, gdzie ojciec, paląc papierosa, oglądał właśnie prognozę pogody.

– Cholera jasna – zaklął. – Zaraz się okaże, że mają za mało ludzi do odśnieżania i będę musiał wysłać im swoich. Ada, idź do szkoły wcześniej. Ruch jest sparaliżowany. Wątpię, żeby autobusy jeździły normalnie.

Adrianna, wykorzystując fakt, że ojciec cały czas wpatruje się w telewizor, spojrzała na niego gniewnie. Nie mogła pojąć, dlaczego każe jej iść w śnieżycy taki kawał na piechotę, zamiast po prostu podrzucić ją do szkoły.

Od rozmyślań nad swoją niedolą oderwała ją informacja o warunkach pogodowych w Niemczech. Tam ruch drogowy był całkowicie sparaliżowany i, podobnie jak w Polsce, zapowiadali, że będzie padało przez kolejną dobę. W obu krajach ogłoszony został alert pogodowy.

Marek wyjechał do Niemiec na kilka dni w związku z nowymi inwestycjami swojego szefa, Gerarda. Miał ruszyć w powrotną drogę w sobotę z samego rana i być u niej koło osiemnastej. Zadzwoniła do niego z prośbą, aby tam został, dopóki pogoda się nie poprawi. Ale on całkowicie zignorował jej obawy.

– Skarbie, prześpię się trochę i wyjadę o czwartej rano. Będę jechał powoli, obiecuję.

– Nie, zostań tam. Zapowiadają dalsze opady.

– Miałoby mnie nie być na twojej studniówce? Poza tym media zawsze wszystko wyolbrzymiają.

– Nie chcę, żeby coś ci się stało. Umrę tu ze strachu, jeśli się dowiem, że podróżujesz w nocy w takich warunkach.

Ada nalegała, prosiła go i błagała, ale nie dał się przekonać. Tej nocy nie zmrużyła oka. Co godzinę wyglądała przez okno i sprawdzała, czy przestało padać. I za każdym razem zawiedziona wracała do łóżka. Zadzwoniła do niego po czwartej, modląc się, aby nie odbierał. Znaczyłoby to, że zdecydował się zostać w Niemczech i smacznie śpi.

Odebrał.

– Przestało padać. Zaraz odpalam auto – rzucił jej wesoło na przywitanie.

– Tutaj nadal jest niezła zawierucha – westchnęła zrezygnowana.

– Prawdopodobnie kiedy dojadę, to wszystko przesunie się na Ukrainę – pocieszał ją.

– Marek, proszę, nie przyjeżdżaj.

– Nie daruję sobie, jak nie zobaczę cię w tej zjawiskowej kreacji, o której tyle mówiłaś. Szykuj się.

– Wolę zostać w domu, ale wiedzieć, że jesteś bezpieczny. Poczytam jakąś książkę. Przyjedziesz za kilka dni, jak pogoda się unormuje. Założę tę kieckę i zabierzesz mnie na romantyczną kolację. Na rynku otworzyli niedawno gruzińską restaurację.

– Dobrze. Jak masz się tak zamartwiać przez cały dzień, to umówmy się, że zostanę.

Kamień spadł jej z serca. Było jej smutno, owszem, ale jednocześnie była też szczęśliwa, że on jest cały i zdrowy, że nic mu nie zagraża.

Kaśka i parę innych koleżanek próbowało ją nakłonić, żeby przyszła sama. Ona jednak nie dawała za wygraną i kiedy o dwudziestej jej klasa przystępowała do poloneza, Ada Dziurska, ubrana w różową piżamkę w białe gwiazdki, zaznajamiała się z powieścią Jane Austin o dwóch siostrach, z których jedna była rozważna, a druga romantyczna. Kilka razy wybrała jego numer w telefonie, a gdy nie odbierał, stwierdziła, że pewnie był zmęczony i poszedł spać. W końcu tego dnia wstał przed świtem. Po dwóch godzinach sama też zasnęła, śniąc romantyczny sen o swoim rozważnym chłopaku. Obudził ją dzwonek telefonu informujący o odebranej wiadomości. Chwyciła za leżącą na biurku komórkę i z niedowierzaniem przeczytała:

Jeżeli zdążysz się przyszykować w dziesięć minut, to
mamy jeszcze jakieś dwie godziny zabawy.
Czekam pod drzwiami.

Spojrzała w górny róg ekranu telefonu, aby odczytać godzinę. Za piętnaście minut dochodziła dwudziesta trzecia.

Nie zważając na nic, podbiegła szybko do wyjściowych drzwi. Otworzyła je po cichu. Wpatrywała się w niego ze złością, próbując ukryć niewyobrażalną radość z tego nieoczekiwanego, lecz jakże wyczekiwanego spotkania.

Uśmiechał się przepraszająco.

– Sorry. Byłbym na czas, ale przez ten śnieg ugrzązłem w kilku korkach – wyszeptał.

– Zabiję cię! – zagroziła mu na cały głos. Dopiero po chwili przypominała sobie, że jej rodzice śpią w pokoju obok. – Chodź – dodała już ciszej i pociągnęła go za rękę do swojego pokoju. Zamknęła drzwi.

Marek Koszycki miał właśnie coś powiedzieć, ale nie dała mu dojść do słowa. Pocałowała go namiętnie, w międzyczasie pomagając mu zdjąć kurtkę. Następnie lekko popchnęła go na kanapę. Pociągnął ją ze sobą. Przez chwilę leżała na nim, co wprawiło ją w lekkie zakłopotanie. Nigdy jeszcze nie byli ze sobą tak blisko. I pomimo że pragnęła tej bliskości od dawna, musiała sobie najpierw z nim coś wyjaśnić. Położyła się obok i pogłaskała go po ogolonych policzkach.

– Jak mogłeś mnie tak oszukać? – Rozżalona spojrzała mu w oczy.

– Nie chciałem, żebyś cały dzień się zamartwiała. Naprawdę bez problemu bym zdążył, gdyby nie te korki. Planowałem stanąć pod twoimi drzwiami o osiemnastej, w garniturze, który mam w aucie, i z bukietem czerwonych róż. Jednak kiedy w południe wylądowałem na zakorkowanej autostradzie za Wrocławiem, wiedziałem już, że nic z tego. Przykro mi. Ale mamy jeszcze dwie godziny. – Marek przyjrzał się jej z zadziornym uśmiechem. – Zawsze możesz zamienić tę gwiezdną piżamkę na balową suknię, kopciuszku. – Mrugnął.

– Nigdzie nie idę – oświadczyła z pełną powagą. – To tutaj mam mojego księcia.

Przyglądał jej się przez chwilę z czułością, a potem pocałował ją zmysłowo i powoli. Gdy delikatnie kąsał zębami jej wargi, poczuła przyjemne łaskotanie w kroczu. I wtedy on zrobił rzecz zupełnie niespodziewaną, a mianowicie położył swoją dłoń na jej, przykrytej cienkim, piżamowym materiałem, piersi. W pierwszej chwili zesztywniała, totalnie nieprzygotowana na tego typu dotyk. A potem bezgranicznie zatraciła się w przyjemności, jaka w ułamku sekundy ogarnęła jej umysł i ciało. Zamruczała z rozkoszy, a on w odpowiedzi zaczął pieścić palcami jej sterczące sutki. Sięgnęła do rozporka jego jeansów, głaszcząc wyraźne uwypuklenie wytworzone w tym miejscu.

No ale... Nie zapominajmy, że w pokoju obok spał Komendant Straży Miejskiej w Zamościu, który, jak na dobrego strażnika przystało, był bardzo czujny. Ada z Markiem najpierw usłyszeli, jak ktoś zapala światło w przedpokoju, a potem doszło ich lekkie pukanie do drzwi. Oboje w mig zerwali się z kanapy. Zaraz potem, zza uchylonych drzwi, ukazała im się twarz wyraźnie skonsternowanego Waldka Dziurskiego.

– Marek? Ada mówiła, że zostałeś w Berlinie.

– Dobry wieczór. Chciałem jej zrobić niespodziankę, ale niestety, ugrzązłem w korkach po drodze i przyjechałem dopiero teraz.

– Pewnie jesteś zmęczony. – Ojciec pokiwał głową ze zrozumieniem, po czym zwrócił się do swojej niezadowolonej córki: – Ada, pościel Markowi w pokoju gościnnym i zrób mu kanapki. Na pewno jest głodny.

– Nie trzeba – odparł Marek z półuśmiechem. – Jadłem po drodze, jak stałem w korkach. Dziękuję.

– To zrób mu herbatę – rozkazał Waldek, przyglądając mu się uważnie. – Biedak pewnie zmarzł.

– Włączyłem ogrzewanie w samochodzie – wyjaśnił Koszycki.

– No tak. Zapomniałem. Masz lepsze auto niż mój przełożony – stwierdził Waldek z posępną miną, po czym zainsynuował tak stanowczym tonem głosu, że tylko debil mógłby z nim teraz wchodzić w polemikę: – Na pewno jesteś zmęczony po podróży.

– Pościelę ci. – Ada uśmiechnęła się pobłażliwie. Wiedziała, że ani ona, ani jej książę nie są debilami. – I zrobię ci herbatę.

Kiedy razem ścielili kanapę w małym, znajdującym się przy salonie, pokoiku, Ada zaczęła się żalić:

– Nie mogę się doczekać, aż zacznę studia i w końcu wyprowadzę się z tego więzienia do akademika.

– Do akademika? – Marek patrzył na nią przez chwilę rozbawiony. Potem wyjął z kieszeni spodni małe pudełko i oświadczył: – Jak już minąłem te korki za Wrocławiem i wiedziałem, że nie zdążę, pomyślałem sobie, że dam ci coś, co poprawi ci trochę humor. – Podał jej tajemnicze pudełeczko.

Z niepewną miną przyjęła od niego podarunek i niemal od razu podniosła wieczko. W środku znajdowała się bransoletka z dwoma gwiazdami, idealnie pasująca do łańcuszka, który podarował jej na osiemnaste urodziny.

– Nie musiałeś. – Uśmiechnęła się do niego z wdzięcznością i wyjęła bransoletkę, żeby ją przymierzyć.

W tej samej chwili z pudełka wypadł klucz. Marek podniósł go z podłogi i wyjaśnił:

– Bransoletkę kupiłem w Niemczech. Do kompletu. A to klucz do mieszkania w Starogrodzie. Chciałem, żebyś wiedziała, że możesz tam zaglądać, kiedy tylko chcesz. Na przykład jak będziesz miała dosyć zrzędzenia ojca. Witek i Kuba nie mają nic przeciwko. Mieszkanie i tak większość czasu stoi puste, bo jak ja jestem w Lublinie, to oni zazwyczaj balują w Berlinie.

– Zdecydowanie wolałabym zaglądać tam razem z tobą. – Ada zmrużyła oczy.

– Wiem, kochanie – zaśmiał się. – I gwarantuję ci, że tak będzie. A jak tylko zaczniesz studia, zamieszkamy razem i obiecuję, że nie odstąpię cię na krok. Jeszcze będziesz mnie miała dość.

– Jak to zamieszkamy razem? – Spojrzała na niego zaintrygowana.

– Wynajmę dla nas mieszkanie – odparł jakby nigdy nic. – Jeżeli będziesz chciała, oczywiście.

Wpatrywała się w niego z niedowierzaniem. Miała uczucie, że śni. Przecież to wszystko było zbyt piękne, aby mogło być prawdziwe.

– Ojciec się na to nigdy nie zgodzi. – Pokręciła głową, żałując, że musi przerwać ten błogi sen i „obudzić" i Marka, i siebie.

– Zobaczymy. – Uśmiechnął się zadziornie. – A teraz wracaj do swojego pokoju, bo on siedzi w kuchni chyba tylko po to, żebyś na pewno spała dzisiaj w swoim łóżku. Sama. Skoro mam niedługo z nim rozmawiać o naszym wspólnym życiu pod jednym dachem, nie mogę dawać mu teraz powodów do gniewu. – Mrugnął do niej.

Przytaknęła mu z żalem i grzecznie poszła do siebie. Nie omieszkała go przedtem wycałować na dobranoc.

Zasypiając, nie mogła przestać myśleć o tym, co działo się na jej kanapie pół godziny wcześniej. Do tej pory była rozpalona od jego dotyku. Centymetr po centymetrze próbowała odtworzyć szlak wędrówki, jaką jego dłonie przemierzały po jej ciele. Idealnie pamiętała sposób, w jaki pieścił jej piersi. To było tak przyjemne, że nie można było tego porównać z niczym innym.

Chwyciła stojące na biurku przy jej łóżku pudełko z bransoletką, którą jej podarował, i właśnie wtedy zdała sobie sprawę, że nawet mu za nią nie podziękowała. Wzięła do ręki swoją Nokię i wystukała wiadomość:

Dziękuję za niebiańską bransoletkę. Jest cudowna.
Słodkich snów.

Na odpowiedź czekała raptem dwie minuty:

Pasuje do Ciebie idealnie. Nikomu w gwiazdach nie
jest piękniej. Twoja piżamka dodatkowo to potwierdza.
Zastanawiam się, jak wyglądasz bez tych gwiazd.
Sny będą słodkie.

ROZDZIAŁ 13

Czuła ucisk w tyle głowy. Ktoś dotykał jej twarzy, krzyczał coś, ale nie mogła zrozumieć co. Z trudem tworzyła oczy. Zobaczyła pochylającego się nad nią Marka Koszyckiego. Wyglądał na mocno wystraszonego.

– Obudziła się! Ada, jak się czujesz? Czy ktoś już dzwonił po pogotowie?!

Zrozumiała, że straciła przytomność. Rozejrzała się dookoła. Spostrzegła zdezorientowane twarze ludzi pod drzwiami jego biura.

– Dzwoniłem na pogotowie! Są już w drodze! – Marcin wyszedł z biura Marka ze smartfonem w ręku.

– Nie! – zaprotestowała, unosząc rękę. Czuła, że dochodzi do siebie. Nie miała ochoty robić scen, choć wiedziała, że jest już na to trochę za późno. – Proszę odwołać. Już mi lepiej. – Podniosła głowę i usiadła pod ścianą z wyprostowanymi nogami.

– Nie ma mowy! Jedziesz do szpitala! – zaoponował Marek.

– Nigdzie nie jadę! – Odwróciła się do komendanta straży. – Panie Marcinie, proszę zadzwonić na pogotowie i przeprosić za zamieszanie. Ktoś inny może teraz o wiele bardziej potrzebować pomocy. Na chwilę straciłam przytomność. To pewnie przez dzisiejsze ciśnienie. Od rana bolała mnie głowa.

Z czerwonymi ze wstydu policzkami popatrzyła po wszystkich zebranych, modląc się w duchu, aby ktoś jak najszybciej przerwał ten nieszczęsny spektakl.

Marcin spojrzał niepewnie na Marka.

– Niech będzie – odparł Koszycki niechętnie. – W takim razie zawiozę cię do domu – dodał tonem nieznoszącym sprzeciwu. – Pani Klaudio, proszę mnie zastąpić na zebraniu. – Dał znak głową jakiejś kobiecie. – Niezły powód do plotek im dałaś – podsumował z lekkim uśmiechem, gdy zaczęli schodzić po schodach. – Usłyszeliśmy z Marcinem hałas, więc wyjrzeliśmy z biura i zobaczyliśmy, jak leżysz na podłodze. Gdy próbowałem cię ocucić, cały personel właśnie wrócił z przerwy – wyjaśnił. – Na pewno już dobrze się czujesz?

– Tak. Nie musisz mnie odwozić. Wszystko jest OK – wymamrotała, spoglądając na niego prosząco. – Muszę się tylko napić wody.

– Mam w aucie. Zaraz ci dam – odpowiedział spokojnie.

Gdy zeszli na dół, zatrzymali się w wyjściowych drzwiach budynku. Dalej lało. Na szczęście jego auto było zaparkowane dość blisko. Ada była przekonana, że spacer w deszczu pomoże jej oprzytomnieć i ruszyła przed siebie. Marek podbiegł do samochodu i otworzył przed nią drzwi. Pośpiesznie wsiadła do środka. Niczym struś, który chowa głowę w piasek.

Tyle że samochód to nie piasek i do Ady zaraz dołączył jego właściciel, podając jej półlitrową butelkę wody.

– Stało się coś? Domyślam się, że miałaś naprawdę dobry powód, aby mnie odwiedzić. Czy może jednak zdecydowałaś się powspominać dawne czasy? – Uśmiechnął się, unosząc pytająco brwi.

Wypiła kilka łyków wody, próbując przypomnieć sobie, o czym chciała z nim porozmawiać. Wtedy też z przerażeniem odkryła, że jej bluzka zdążyła niestety trochę przemoknąć, ukazując koronkowy biustonosz. Popatrzyła na Koszyckiego, który, jak się spodziewała, też w tym momencie zerkał na jej piersi. Spotkali się wzrokiem. I choć przed chwilą napiła się wody, znowu zaschło jej w gardle. Mimowolnie zaczęła się zastanawiać, jak wyglądałby ich pocałunek po czternastu latach. Czy byłby nieśmiały i delikatny, czy gwałtowny i pełen namiętności?

– Torebka. – Przypomniało jej się nagle, kiedy próbowała odgonić niechciane myśli. – Zostawiłam torebkę na górze. Mam tam telefon, wszystkie dokumenty.

– Spokojnie. Zostań tutaj – odparł zachrypniętym głosem i ruszył z powrotem do budynku.

Ada w tym czasie rozejrzała się po aucie, szukając czegoś, czym mogłaby wysuszyć bluzkę. Znalazła chusteczki higieniczne i zaczęła pośpiesznie się wycierać. Niestety prawie nic to nie dało.

Marek wrócił po kilku minutach i podał jej torebkę. Uśmiechnął się przy tym ciepło.

– Dzięki. – Odwzajemniła uśmiech.

Wsiadł do samochodu, włączył radio i odpalił silnik.

Czuła się dziwnie. Przede wszystkim dlatego, że zauważyła, iż jego obecność jej już tak nie przeszkadza.

– Jak się trzymasz po śmierci mamy? – Chciała mu się odwzajemnić za jego troskę.

– Za dużo mam na głowie, żeby o tym myśleć – odpowiedział zdawkowo.

– To chyba dobrze – bardziej stwierdziła, niż zapytała.

– Sam nie wiem... – zaczął niepewnie. – Mam wokół siebie tylu ludzi, spełniam się w kwestiach pracy, realizuję swoje plany i marzenia. A mimo to... Czasem czuję się tak, jakbym walczył z wiatrakami. W tym kraju dalej trzeba się porządnie nakombinować, aby cokolwiek zdziałać. Na wszystko brakuje funduszy. Bez znaczenia, czy są to duże sumy potrzebne na przykład na renowacje zabytków, czy przysłowiowe grosze na dofinansowanie do obiadów dla najbiedniejszych uczniów.

Ada wsłuchiwała się w jego słowa niczym w piękną melodię. Oto w mężczyźnie, który przed nią siedział, znowu zobaczyła swoją pierwszą, wielką miłość. Gdyby zamknęła oczy, mogłaby z powodzeniem udawać, że dalej mają po naście lat, a on właśnie opowiada jej o czymś, co jest dla niego ważne. Z takim samym zaangażowaniem. Przypomniała sobie, jak Rafał mówił, że wójt „haruje po nocach, żeby pozyskać z Unii jak najwięcej środków". Wiedziała, że nie było w tym krzty przesady. Kiedy Marek Koszycki się czegoś podjął, to robił to do końca, choćby miał temu poświęcić swój cały wolny czas.

– Jestem już tym wszystkim zwyczajnie zmęczony – westchnął z rozbrajającą szczerością.

Adę to ujęło. I przejęło. Postanowiła go jakoś pocieszyć.

– Starogród ma szczęście, że wolałeś tu zostać, niż stać się najlepszym prawnikiem w województwie. Jestem pewna, że nikt by sobie z tym wszystkim tak nie poradził jak ty. – Wiedziała, że się trochę zagalopowała, ale chciała dodać mu trochę otuchy.

– Muszę jakoś odkupić swoje winy z przeszłości – stwierdził z pełną powagą.

Zaskoczył ją tym wyznaniem. Przez chwilę przyglądała mu się zmieszana. Na szczęście Marek szybko zmienił temat i uniknęli krępującej ciszy, jaka mogłaby właśnie nastać.

– Kinga opowiadała mi, że całkiem nieźle urządziłyście się w tej Anglii. Podobno masz mieszkanie w Covent Garden. Fajnie.

– Dostałam od rodziców zastrzyk gotówki. Z pomocą mojego byłego szefa poobstawiałam trochę na giełdzie i piętnaście tysięcy funtów zamieniłam na sto pięćdziesiąt.

– Nieźle. – Pokiwał głową z uznaniem.

– Przez czternaście lat nie zdołałam poznać prawdy, skąd starzy mieli tyle kasy. Ale chyba się domyślam. Babcia Marysia ostatnio cały czas wspomina o jakichś zaginionych pieniądzach. Podejrzewam, że moja matka ją okradła. – Nie miała pojęcia, dlaczego akurat jemu opowiadała o swoich domniemaniach.

– Ada... – Marek spojrzał na nią z pobłażaniem.

– Wiem, że Regina Dziurska jest w stanie posunąć się naprawdę daleko, kiedy jej na czymś zależy. – Adrianna była już niemal pewna swojej wersji wydarzeń.

– Zawsze myślałem, że nieobliczalny charakter masz po ojcu.

Uśmiechnęła się lekko. Droczył się z nią tak jak czternaście lat temu.

– Zastanawiam się, po co w takim razie twój wujek prosił mnie o poradę – zamyślił się Koszycki. – Mówił, że przychodzi w sprawie znajomej z zagranicy, która ma poważne długi. Po naszym spotkaniu pomyślałem, że chodzi o ciebie. To dlatego zadzwoniłem później z ofertą tej pracy w straży.

– Kiedy u ciebie był? – zapytała, marszcząc z zaciekawieniem czoło.

– Dzień przed tym, jak wpadłaś w moje ramiona w sadzie – odparł, przyglądając się jej uważnie, jakby chciał wychwycić jej reakcję.

Jej odpowiedzią na ten komentarz był oczywiście rumieniec. Bo jaka kobieta pozostałaby niewzruszoną na wspomnienie lądowania w silnych ramionach przystojnego byłego faceta, który nigdy nie stał się jej obojętny?

– Przyjechałem wtedy do niego, bo miałem masę interesantów poprzedniego dnia i nie mogliśmy na spokojnie porozmawiać – wyjaśnił. – Chciałem go o wszystko dokładnie wypytać, bo wydawał się bardzo przejęty całą tą sprawą.

Spojrzała na niego z niepokojem.

– Możliwe, że miałem tylko takie wrażenie – dodał szybko i zaczął z zupełnie innej beczki: – Nasz proboszcz w końcu skapitulował w wojnie odpustowej. Argument z biskupem był strzałem w dziesiątkę.

– Serio?

– Musiałaś być naprawdę dobrą asystentką. Twój szef chyba nie był zadowolony, kiedy mu zakomunikowałaś, że wracasz do Polski?

– Mój nowy, zresztą były już, szef zupełnie przypadkowo otrzymał kiedyś imię po wielkim geniuszu. Rodzice nazwali go Wolfgang, nie przewidując, że spłodzili idiotę.

Marek się szczerze roześmiał, a ona ponownie posmutniała. Oto bowiem skręcili we wjazdową uliczkę prowadzącą do domu na Pszenicznej 3. Gdy zajechali pod budynek, nie wysiadła z auta. Przez dłuższą chwilę oboje milczeli, patrząc przed siebie i obserwując spływające po szybach krople deszczu.

– Obiecaj mi, że pójdziesz do lekarza – zwrócił się do niej nagle poważnym tonem.

– To na pewno ciśnienie. Angielski klimat jest łagodniejszy. Praktycznie wcale nie ma tam burz. Niestety mimo to częściej pada, no i latem jest o wiele zimniej.

– Więc w poszukiwaniu słońca zjechałaś do kraju?

– Nie – zaśmiała się. – Ciężko powiedzieć, co było głównym powodem. Pandemia. Z babcią jest coraz gorzej. No i ja sama, mimo że byłam z kimś związana, zaczęłam się czuć coraz bardziej... samotna. W centrum metropolii zamieszkanej przez dziesięć milionów innych ludzi.

– Pewnie dziwnie jest wrócić po czternastu latach emigracji?

Pierwszy raz od powrotu ktoś jej zadał takie pytanie. Do tej pory jakoś nikt nie zainteresował się jej odczuciami jako byłej emigrantki. Owszem, matka już kilka razy próbowała jej wmówić depresję poprzyjazdową, ale nie do końca o to chodziło. Nikomu nie przyszło do głowy spytać ją tak po prostu, jak to jest powrócić po tylu latach do ojczyzny, jednocześnie opuszczając swój drugi dom. Jak to jest zostawić za sobą tyle pięknych chwil, tyle wspomnień, tylu cudownych ludzi, których miała okazję tam poznać. Przecież przeżyła w Anglii niemal połowę swojego życia. Wyjechała z Polski, mając lat dziewiętnaście, a mieszkała na Wyspach lat czternaście.

W pytaniu Marka usłyszała cień zrozumienia, chociaż dobrze wiedziała, że tylko ktoś będący w podobnej sytuacji byłby w stanie w pełni pojąć to, co ona teraz przeżywała.

– To jest takie rozdarcie, którego nie da się opisać słowami – podsumowała przygaszona, a następnie, wykorzystując sytuację, zagadnęła: – A twoi bracia? Jak sobie radzą za granicą? – Musiała jeszcze raz potwierdzić, że nic jej nie zagraża.

– Chyba dobrze. Mieszkają w Austrii. Kuba prowadzi własny warsztat samochodowy. Witek u niego pracuje. Mamy sporadyczny kontakt – odrzekł całkowicie beznamiętnie.

Za to ją aż przeszły dreszcze, kiedy wspomniał o Witoldzie.

– Nie planują wracać?

– Raczej nie. Chociaż ciotka ostatnio coś wspominała, że Witek myśli o powrocie. Niedawno się rozwiódł i chce na nowo ułożyć sobie życie.

– Aha. – Ada czuła, jak oblewa ją zimny pot.

– Wszystko w porządku? Strasznie zbladłaś. – Wpatrywał się w nią zaniepokojony.

– Tak. – Pokiwała głową i otworzyła drzwi samochodu. – Marek... – zamrugała kilka razy oczami, próbując powstrzymać napływające łzy – ...dziękuję, że mnie odwiozłeś. Wolałabym jednak, żeby nasze kontakty ograniczały się tylko do spraw związanych z zawodami Kingi. Proszę, nie wysyłaj mi więcej kwiatów ani tych dwuznacznych wiadomości.

Zaskoczony zmarszczył brwi.

– Nie wysyłałem ci kwiatów ani żadnych dwuznacznych wiadomości – odparł z lekką irytacją.

Nie takiej odpowiedzi się spodziewała.

– To dobrze – mruknęła, unikając jego wzroku. – Żegnaj – dodała i, nie czekając na jego odpowiedź, pośpiesznie wysiadła z samochodu. Zamknęła za sobą drzwi i, nie odwracając się za siebie, ruszyła do domu truchtem, żeby znowu nie zmoknąć.

Gdy całkiem rozbita i nieco zmoczona wpadła do środka, panował tam istny chaos. Babcia maniakalnie krzyczała coś o ukradzionych pieniądzach, a Kinga z przyjaciółmi, pochłonięci rozmową o jakimś wciągającym serialu na jednej z platform cyfrowych, przygotowywali coś do jedzenia.

– Mamuś, zjesz z nami? – Córka była dla niej wyjątkowo miła od czasu, kiedy dostała zgodę na udział w wyścigach.

– Nie, dzięki. Trochę źle się czuję – odparła zgodnie z prawdą. – A gdzie wujek i babcia?

– Wujek na żniwach, a babcia pojechała na zakupy. Miała wrócić za piętnaście minut, a nie ma jej już z pół godziny.

Ada wzniosła oczy ku górze. Zdawała sobie sprawę, że w słowniku jej matki nie istniało coś takiego jak szybkie zakupy. Regina znała połowę Starogrodu, jeszcze z czasów swojej młodości. Niemal zawsze podczas sprawunków przypadkowo wpadała na jakąś swoją daleką kuzynkę albo szkolną koleżankę, z którą trzeba było zamienić „kilka słów". Pilne do załatwienia sprawy schodziły wtedy na drugi plan.

– Siedzieliśmy trochę z babcią Marysią, ale potem jej coś odbiło. Mamuś – Kinga spojrzała na nią z niepokojem – w porządku wszystko?

– Tak. Po prostu boli mnie głowa – odpowiedziała wymijająco.

Zrobiła dla siebie i babci Marysi po kromce bułki z masłem i żółtym serem. Tę przeznaczoną dla babuni pokroiła w malutkie kwadraciki. Podniosła oparcie łóżka, podała jej talerz i usiadła obok. Jedzenie szło im dzisiaj prawie identycznie. Babcia ostatnio wcale nie miała apetytu, a Ada z nerwów nie mogła nic przełknąć. Kiedy już jakoś wpakowały w siebie kolację, Ada pomogła staruszce przy wieczornej toalecie. Na koniec założyła jej koszulę nocną i podała leki.

– Zaświecić ci lampkę? – zapytała Adrianna zmęczonym głosem. Zabrała stojącą na stole miedniczkę z wodą, aby odnieść ją do łazienki.

– Tak, poczytam jeszcze – odrzekła staruszka, chwytając jedną z książek z nocnej szafki.

– Co teraz czytasz? – Ada się nieco ożywiła. Odstawiła miedniczkę z powrotem na stół i zaciekawiona usiadła na babcinym łóżku. Niegdyś godzinami mogły rozmawiać o książkach.

– O. Mam tu jakąś nowość. O miłości – rzekła Maria Staszewska trochę patetycznie.

– Ty zawsze czytasz o miłości. – Ada uśmiechnęła się przekornie.

– Bo to najpiękniejsza rzecz na świecie. I najbardziej nieprzewidywalna – odparła zamyślona babunia.

– A sądzisz, że to możliwe, żeby kochać kilku mężczyzn równocześnie?

– Nie wiem... Ja, niestety, kochałam tylko jednego.

– Dlaczego niestety?

– Bo okazał się podłym zdrajcą.

– Co ty mówisz, babciu? – Ada spojrzała na nią pobłażliwie. Najwyraźniej pamięć staruszki znowu zaczynała płatać jej figle.

Maria spojrzała zrezygnowana na wnuczkę i wyznała z westchnieniem:

– Najgorsze było to, że po tym wszystkim dalej go kochałam. Nie potrafiłam tak po prostu wymazać go z pamięci.

Ada wpatrywała się w nią zmieszana. Nie mogła oprzeć się wrażeniu, że babunia wcale nie zmyśla. Wydawała się nad wyraz świadoma swoich uczuć. Uczuć, które jej także były znane. Staruszka tymczasem pogrążyła się w czytaniu. Nie chcąc jej przerywać, Ada po cichu wyszła z pokoju.

Już leżąc w łóżku, dostała dwie wiadomości od Rafała. Najpierw wysłał jej zdjęcie ostryg. Z rozpaczą uzmysłowiła sobie, że całkiem zapomniała o kolacji, na którą ją zaprosił dwa dni wcześniej. Spojrzała na zegarek. Było dobrze po dziewiętnastej. Już zaczęła mu wystukiwać odpowiedź z wylewnymi przeprosinami, gdy przysłał następną wiadomość:

Albo nie byłaś głodna, albo stchórzyłaś.

Odpowiedziała tylko:

Źle się poczułam. Przepraszam.

Totalnie rozbita przyłożyła głowę do poduszki. Czuła, że życie ponownie wymyka jej się spod kontroli.

20 października 2006

– To dziewczynka – oznajmiła Ada swojej matce przez telefon. Zadzwoniła do niej, jak tylko wyszła ze szpitala.

Miała USG, które wypadło akurat w dzień jej dziewiętnastych urodzin. Na zewnątrz padał deszcz. Nałożyła kaptur czarnej, przeciwdeszczowej kurtki i żwawym krokiem zaczęła iść w kierunku przystanku autobusowego. Cieszyła się, że tego dnia nie musiała już wracać do pracy. Była godzina szesnasta i zanim by tam dojechała, jej agencja i tak byłaby już zamknięta. Zresztą jej menedżerka wręcz nalegała, aby po wizycie ze szpitala pojechała od razu do domu. Adzie co prawda nie za bardzo śpieszyło się do śmierdzącego stęchlizną pokoju, jaki wynajmowała u starszego, angielskiego małżeństwa, jednak była niezmiernie wdzięczna, że dane jej będzie nieco odpocząć po tym pełnym wrażeń dniu.

– Już wiadomo? – zdziwiła się Regina. – A który to tydzień?

– Nieważne – ucięła szybko. – Jeszcze wcześnie, ale według położnej wyraźnie było widać, że to nie chłopak. Dziecko ułożone było w idealnej pozycji, aby móc rozpoznać płeć.

Regina, która właśnie zbliżała się do swojego domu po całym dniu pracy, przysiadła na jednej z osiedlowych ławek i zwróciła twarz w stronę zachodzącego już słońca. W Polce właśnie mijała godzina siedemnasta.

– Ada, wróć – odezwała się w końcu. – Jak ty to sobie wyobrażasz? Sama z dzieckiem w obcym kraju? Bez studiów, bez perspektyw?

– Obiecałaś, że przyjedziesz – wydukała niepewnie Ada.

– Wiem, ale tutaj byłoby ci o wiele łatwiej. Mi zresztą też... Jak mam ci tam pomóc, skoro nawet nie znam angielskiego?

– Nie wrócę – zarzekała się Adrianna. Już jakiś czas temu podjęła tę decyzję. Stwierdziła, że nie ma w Polce czego szukać. To, co było dla niej najważniejsze, przepadło. Pozostał jedynie strach, wstyd i ... rozczarowanie. – Nie będę paradować z wózkiem po osiedlu, skazując się na karcące spojrzenia każdej jednej sąsiadki. Obcymi się nie przejmuję, ale cała rodzina będzie w szoku. Ojciec musiałby wszystkim dookoła powiedzieć, że jego córka wpadła. Dla niego to by oznaczało, że przyznał się do błędu wychowawczego. Czy on już wie o tej ciąży?

– Tak.

– I co? Chce, żebym wróciła?

– Mówi, że – Regina się zawahała – lepiej, żebyś się tu na razie nie pokazywała.

Adzie do oczu napłynęły łzy. Nie jest miło usłyszeć, że własny ojciec nie chce cię widzieć, chociażby nie wiem jak bardzo się go nie lubiło.

– No widzisz... Zostaję. Koniec, kropka. W Anglii mogę zacząć wszystko od nowa. Na moich warunkach.

– Ojciec powiedział, że spotka się z Markiem i wszystko sobie z nim wyjaśni.

– Nie ma mowy! – Ada stanęła na środku ulicy i zaczęła się drzeć do telefonu. – Ile razy mam powtarzać, że nie Marek Koszycki jest ojcem? Proszę, przekaż tacie, że jeżeli będzie się wtrącał, to nigdy nie zobaczy swojej wnuczki!

– Adrianna, uspokój się! Nawet jeżeli Marek cię zdradził lub z tobą zerwał, powinien wiedzieć, że będzie miał córkę.

– Nie!

– Co on ci takiego zrobił? Dlaczego kilka miesięcy temu wujek odebrał cię całą roztrzęsioną z jego osiedla?

– To nie miało nic wspólnego z Markiem! I to nie jest jego córka!

– Kto w takim razie jest ojcem? Musimy jakoś rozwiązać tę kwestię.

– Rozwiązanie jest proste. Sama wychowam moją córkę. A jeżeli spróbujecie mi w tym przeszkodzić, to urwę z wami kontakt i wyjadę tam, gdzie nigdy mnie nie znajdziecie – zakomunikowała, stając pod zadaszeniem przystanku autobusowego.

– Co ty wygadujesz?! Nie możesz tego zrobić.

– A to niby dlaczego? Już dawno osiągnęłam pełnoletność. Mam prawo do własnych decyzji. Najwyższy czas, aby kochany tatuś to zaakceptował! – wykrzyczała do telefonu rozpaczliwie i tak głośno, że kilka znajdujących się obok osób spojrzało na nią z dezaprobatą. – Wychowam moją córkę sama i koniec! Tak będzie najlepiej dla wszystkich!

Rozłączyła się.

Ze łzami spływającymi po policzkach obserwowała, jak krople deszczu rozpryskują się o chodnik. Pragnęła stać się jedną z nich… Rozprysnąć się na milion części, a zaraz potem niepostrzeżenie zniknąć.

ROZDZIAŁ 14

Następnego dnia Adriannę Dziurską obudził dzwonek smartfona. Zanim odebrała, zerknęła przelotnie na zegarek. Było już dobrze po dziesiątej, a dzwonił Marcin ze straży. Zapytał o samopoczucie i przekazał, że jeżeli dalej jest zainteresowana współpracą, to może zacząć już teraz. Poprosił ją o dostarczenie oryginałów potrzebnych dokumentów i zaproponował, że wyśle jej na maila kopię umowy o pracę do przeczytania. Ada próbowała się ucieszyć, jednak była tak rozbita przez wczorajsze wydarzenia, że stać ją było jedynie na suche podziękowania. Gdy skończyli rozmawiać, ponownie przytuliła głowę do poduszki. Nie miała ochoty wstawać. Czuła się osłabiona, zupełnie jakby brała ją jakaś grypa.

Przyjrzała się wiadomości od Marka, która właśnie wyskoczyła na ekranie jej telefonu.

Chciałbym jutro po mojej pracy zabrać Kingę na tor
w Sosnówce. Mogę też wziąć jej znajomych.
Będę około 15:00.

– To nasz wójt! – Karolina Gruszka bez pardonu wparowała do jej pokoju.

– Że co? – Ada popatrzyła na sąsiadkę całkiem skołowana.

– W jak wójt! – rzekła Karola z pełnym przekonaniem. – Wiedziałam, że coś was kiedyś łączyło. Mama mi przypomniała, że kilkanaście lat temu łaziliście po wsi, trzymając się za ręce.

– Twoja mama wróciła do domu?

Karola spojrzała na nią podejrzliwie i, całkowicie ignorując jej pytanie, zapytała:

– A jeżeli on dalej coś do ciebie czuje?

– To nie on – zaprzeczyła Ada z posępną miną.

– Skąd wiesz, że to nie on?

– Spytałam go. A raczej oskarżyłam. – Dopiero teraz sobie uzmysłowiła, że nawet go nie przeprosiła. Zrobiło jej się wstyd. On się o nią zatroszczył, a ona w zamian odpłaciła mu chłodem i pretensjami. Rozmasowała sobie skronie dłońmi. Czuła, że zaraz dostanie migreny.

– No nieźle – westchnęła Gruszka i przysiadła na jej łóżku. – To dalej mamy zagadkę. Skoro to nie żaden z nich, to kto to może być? A jeżeli to ktoś, kto ukradkiem się w tobie podkochuje, i nawet byś nie pomyślała, że to ta osoba? Na przykład... Sprzedawca z któregoś sklepu? Albo ktoś z twojej przeszłości, kto dowiedział się, że wróciłaś i chce ci w końcu wyznać swoją miłość? – Karola się zamyśliła.

– Przestań! Teraz mi wmówisz, że mam stalkera i ze strachu nie będę mogła spać po nocach! A zresztą... – Ada machnęła ręką. – I tak nie mogę.

– Zaraz, zaraz... – Karola wyglądała, jakby za chwilę miała obwieścić światu, że to ona odkryła Amerykę. – W jak Will!

– William? – Adrianna spojrzała na nią bez przekonania. – To niemożliwe. On nie zna polskiego. Liścik był przecież po polsku.

Adrianna nie wspomniała koleżance o SMS-ach niewiadomego pochodzenia, jednak miała niemal całkowitą pewność, że dostała je od tej samej osoby, która przesłała jej kwiaty. Zatem nie mógł to być Will. Skąd miałby polski numer?

Zaczęła się zastanawiać, czy te wiadomości to przypadkiem nie następny spisek jej pomysłowej córki.

– Twój W.? Rzeczywiście trzeba językowego mistrza, aby coś takiego przetłumaczyć. – Gruszka spojrzała na nią z powątpiewaniem. – Prawdopodobnie kwiaty zamawiał mailowo lub telefonicznie, więc i tak ktoś to musiał napisać za niego, nie?

– Karola, zaufaj mi. William Newman nie daje kobiecie kwiatów. On jest bardzo powściągliwy w wyrażaniu uczuć.

– No dobra. W takim razie, jeżeli to nie Will przysłał ci róże, nie weterynarz i nie wójt, to kto? – Karolina „Holmes" wróciła do swojego małego śledztwa.

– To wszystko się kupy nie trzyma – obwieściła Ada, kręcąc głową.

– Żebyś wiedziała.

Ada przyjrzała się sąsiadce z rozbawieniem. Nieco poprawił jej się humor. Poczuła, że przecież nie jest sama. Ma wokół siebie ludzi, na których może liczyć. Karolina Gruszka może nie do końca jest normalna i nie wie, co to znaczy osobista przestrzeń oraz pukanie do drzwi, jednak bije od niej taka życzliwość, że trudno jej tego nie wybaczyć.

– Muszę się ogarnąć – stwierdziła Ada, podnosząc się z łóżka. – Nie widziałaś po drodze Kini?

– Dwie godziny temu wsiedli z moim pierworodnym na rowery i pojechali do lasu przy Łopiatynie. Podobno sadzą tam kwiatki z Rafałem i tym jego kumplem ze stadniny. Mają wrócić po jedenastej. Zastanawiam się tylko, dlaczego mój synek nigdy nie wpadł na to, żeby posadzić coś w ogrodzie przy domu.

Zaśmiały się obie.

Gdy Karolina wróciła do siebie, Ada ponownie sięgnęła po telefon. Zadzwoniła pod obcy numer, z którego dostała SMS-y. Po kilku sygnałach kobiecy głos poinformował ją, że abonent jest czasowo niedostępny. Była już niemal pewna, że te wiadomości są tylko mistyfikacją, za którą stała jej córka.

Godzinę później spacerowała z babcią na wózku wzdłuż szosy. Tego dnia na zewnątrz było dużo chłodniej i Maria Staszewska czuła się o wiele lepiej. Mijały pola skoszonej już pszenicy. Ada pomyślała, że w życiu, tak jak na żniwach, wszystko się kończy i zaczyna. Jej problemy też się kiedyś skończą.

– Dawno Waldka u nas nie było – zaczęła babcia. Adrianna domyśliła się, że chodzi o jej ojca. Najwyraźniej miała w tym momencie przebłysk świadomości. Nawet jej głos brzmiał poważniej. – Pamiętam, jak pierwszy raz nas odwiedził. Przyniósł twojej matce bukiet kwiatów, mnie zresztą też.

„No właśnie! W jak Waldemar!" – krzyknęła Ada do siebie w myślach. – „Czemu wcześniej na to nie wpadłam? Próbuje udobruchać mnie kwiatami. Tylko dlaczego nie podpisał się po prostu »tato«? W sumie... Zawsze zachowywał się bardziej jak kolega niż jak ojciec. I to taki nielubiany kolega".

– Jak oni się kochali... – Babcia wytrąciła ją z zamyślenia.

– Kto? Moi rodzice? – Ada spojrzała na nią z powątpiewaniem. – Taa, jasne – dodała ironicznie.

– Możesz nie wierzyć.

– Wierzę... w to, że teraz się nienawidzą.

– No cóż, miłość od nienawiści dzieli niekiedy bardzo cienka linia. Tylko od nas zależy, czy ją przekroczymy. A jak tak się stanie, to już potem bardzo trudno przejść przez nią z powrotem. Nienawiść niszczy. Miłość buduje. Twoi rodzice mieli szansę zbudować coś pięknego, a zamiast tego wpadli w czarną otchłań.

Ada słuchała w milczeniu. Na moment nawet przystanęła, żeby przeanalizować te słowa. Babcia Maria mówiła metaforami, jakby chciała jej coś przekazać. Coś musiało się kiedyś wydarzyć między jej rodzicami. Tylko co? I czy to z tego powodu ojciec tak zamknął się w sobie i zatracił w pracy? Przecież nie było tak zawsze. Ada pamiętała, że kiedy była mniejsza, uwielbiali spędzać czas we trójkę. Mieli bardzo dużo wspólnych zdjęć właśnie z tamtego okresu.

Z przemyśleń wyrwał ją dźwięk klaksonu. Zorientowała się, że stoi za nimi auto, które nie ma jak przejechać, bo zatrzymały się na środku szosy. Machnęła przepraszająco ręką do kierowcy i zeszła na pobocze, a potem szybszym krokiem ruszyła do domu.

– Daj sobie na wszystko czas. Nie podejmuj pochopnych decyzji – powiedziała staruszka, kiedy skręcały już w drogę wjazdową na posesję. – Czasami wystarczy pozwolić, żeby życie wybrało za nas.

Adrianna przez chwilę miała wrażenie, że babcia przekazuje jej właśnie jakieś mistyczne prawdy życiowe, a ona jest zbyt rozkojarzona, aby się w nie wsłuchać i je w pełni zrozumieć.

– Pójdziesz na górę i przeszukasz stare płaszcze – obwieściła w końcu, swoim normalnym, mniej oświeconym tonem, Maria.

Ada odetchnęła z ulgą. Nie miała teraz ani czasu, ani siły na jakieś górnolotne rozważania. Jej głowa była wystarczająco ciężka od spraw przyziemnych.

Marek przyjechał po dzieciaki o piętnastej. Pomachał do niej, nie wysiadając z auta. Ona też pomachała do niego z uśmiechem, którego nie odwzajemnił. Westchnęła głęboko. Wiedziała, że sobie na to zasłużyła.

„Miłość od nienawiści dzieli cienka linia" – przypomniały jej się słowa babci.

Poszła sprawdzić, jak ona się czuje. Musiała zająć czymś głowę, wzięła szmatkę i zaczęła wycierać kurz z mebli w jej pokoju.

– Adusiu, powiedz mi, jak tam na cmentarzu? – Staruszka nawiązała do wizyty Ady na cmentarzu sprzed kilku dni. Już któryś dzień z rzędu pytała o to samo. – Poubierane groby? Dużo ludzi było?

– Nie było nikogo – odpowiedziała Adrianna krótko.

„Poza Grażyną Koszycką..." – dopowiedziała sobie w myślach.

– A pójdziesz na strych przeszukać te stare płaszcze? – Kwestia zaginionych pieniędzy znowu powróciła.

– A może przejedziemy się do altany? – Ada ratowała się zmianą tematu. Przysunęła wózek do łóżka i pomogła babci włożyć buty i sweter. Przed samym wyjściem nastawiła wodę na herbatę.

Kiedy tylko rozsiadły się w altanie, pod dom podjechał jeep Rafała. Serce zabiło Adzie mocniej, a na twarzy pojawił się uśmiech.

Problemy Adrianny Dziurskiej w kilka sekund gdzieś się ulotniły.

– Dzień dobry – przywitał się, wysiadając z samochodu.

– Dzień dobry! – odparła wesoło Ada.

– O! Marianek! – wykrzyknęła uszczęśliwiona babcia.

– Jestem Rafał! – zwrócił się do Marii Staszewskiej trochę głośniej. – Jak się pani czuje?!

Staruszka spojrzała na niego nieobecnym wzrokiem. Widać było, że albo nie dosłyszała pytania, albo myślami była już gdzieś daleko. Po chwili dopytała:

– Marianek, a ty sam przyjechałeś czy z Bożenką?

Rafał spojrzał pytająco na wyraźnie rozbawioną Adę.

– Nie pytaj – odparła. – Ostatnio z rana byłam Alą, potem w południe Elą, a na wieczór Olą.

Roześmiali się obydwoje.

– Fajnie, że się tak opiekujesz swoją babcią – powiedział szczerze.

– Łatwo nie jest – westchnęła. – Zwłaszcza kiedy ona płacze, a ja nie wiem, z jakiego powodu. Mówi coś do mnie, a ja nie rozumiem, o co jej chodzi. Myślę, że wspomnienia jej się mieszają i dlatego czasami opowiada historie, które wcale się nie wydarzyły. W takich chwilach dociera do mnie, jak cenne jest życie. Trzeba je chwytać garściami. Korzystać z każdej chwili, żeby potem nie żałować, że coś nas ominęło. I wszystko jest tak samo ważne. To, co przykre, i to, co radosne. Musimy uszanować to, co nas spotyka. Bo za każdym razem mamy okazję doświadczyć czegoś nowego. Tu i teraz.

– Tu i teraz. – Uśmiechnął się.

– Na Bali miałam okazję wziąć udział w kilku spotkaniach z zakresu mindfulness – wytłumaczyła.

– Dla mnie mindfulness to jazda motorem. Może ciężko uwierzyć, ale to mnie naprawdę wycisza.

„Rzeczywiście ciężko uwierzyć" – skwitowała w myślach Ada, której na wspomnienie ich ostatniej przejażdżki żołądek znowu podszedł do gardła.

– Napijesz się herbaty? – zwróciła się do niego.

– Mam jeszcze wizytę u młodego byka, który mieszka po sąsiedzku – odpowiedział, nawiązując do cielaka, który niedawno urodził się w stadzie Karoli. – Wpadłem tylko sprawdzić, co u was i... Poczekaj. – Rafał wstał i wrócił na chwilę do samochodu. – Przywiozłem ci coś. – Postawił przed nią wiadro z dwoma zabitymi szczupakami. – Świeżo złowione.

Spojrzała na niego niepewnie. Nie była przyzwyczajona do takich wyszukanych prezentów.

– Bardzo... proaktywnie – podsumowała z konsternacją wypisaną na twarzy.

– Powiedzmy, że prozdrowotnie – zaśmiał się. – Mięso szczupaka jest bogate w białko i witaminy, zwłaszcza B12. Podobnie zresztą jak ostrygi. – Wpatrywał się w nią wyczekująco.

Domyśliła się, że oczekuje od niej przeprosin albo przynajmniej jakiegoś treściwszego wytłumaczenia odnośnie do wczorajszego wieczoru.

– Rafał... Nie wiem, jak mam cię przeprosić. Wczoraj wieczorem źle się poczułam i nie miałam na nic siły. Zupełnie wyleciało mi z głowy, że mieliśmy się spotkać. Jeśli chcesz, możemy wybrać się na ten film, który ostatnio przegapiliśmy. Może w ten sposób chociaż trochę ci to wynagrodzę.

– Jestem pewien, że znajdziesz lepszy sposób. – Mrugnął do niej zadziornie i dodał już poważniej: – Przyjechałem się pożegnać. Jadę na tydzień do Warszawy. Mam kilka spraw do załatwienia. Muszę zobaczyć, co się dzieje w domu dziadków. Cały czas stoi pusty. Przy okazji odwiedzę rodziców. Pogadamy, jak wrócę, OK?

– OK. – Ada poczuła niedosyt. Być może i tęsknotę. A przecież on jeszcze nawet nie wyjechał.

– To mamy deal. – Popatrzył jej w oczy, po czym już głośniej zwrócił się do babci Marii: – Do widzenia pani!

Babunia jednak go nie usłyszała. Zamyślona wpatrywała się przed siebie.

– Pa. – Kiwnął do Ady na pożegnanie i wsiadł do auta.

Adrianna zabrała babcię do domu. Staruszka wydawała się zmęczona. Zrobiła jej kolację i dała znać matce, że idzie do Karoliny Gruszki patroszyć ryby. Regina, która właśnie oglądała w telewizji powtórkę swojego ulubionego serialu, stwierdziła tylko, że jak tak dalej pójdzie, to Ada z Kingą niedługo na stałe przeniosą się do sąsiadów.

Karolina nie znała się na rybach, ale poprosiła mamę, aby im pomogła. Pani Danusia wróciła poprzedniego dnia ze szpitala i czuła się już dużo lepiej. Adę mdliło od zapachu świeżych ryb. Przypomniały jej się czasy, jak podczas ciąży z Kingą pracowała w przetwórni krewetek. Jednak zależało jej na tym, żeby obrobić szczupaki. W końcu Rafał sam je dla niej złowił.

Gruszka opowiadała o Kamili i Krzyśku, który kilka godzin wcześniej przyjechał z Anglii. Kama, na przywitanie męża, założyła nową sukienkę. Miała też inną fryzurę, bo wczoraj, wracając od dentysty, udało jej się jeszcze zahaczyć o fryzjera. Karola postanowiła, że przed powrotem Piotrka, swojego męża, jeszcze raz musi obejrzeć *Greya*. Jej mama obwieściła, że też chętnie zobaczy ten film.

– Mamo... – Karola spojrzała na matkę pobłażliwym wzrokiem.

– No co? Myślisz, że nie wiem, o czym to jest? Jakieś sado-maso i tyle.

Karolina z Adrianną popatrzyły po sobie, powstrzymując się od wybuchu śmiechu.

– To przykre, jak w dzisiejszych czasach młodzi ludzie postrzegają seks. – Danuta Gruszka była wyraźnie zdegustowana. – Wynieśliście go na piedestał i nadaliście mu wręcz religijne znaczenie. Nic dziwnego, że tyle związków się rozpada, jeśli zamiast o relacje, dbacie tylko o to, żeby było wam dobrze w łóżku!

– No ale przecież seks to część tych relacji – wtrąciła Adrianna niepewnie.

– No właśnie. Część. Jest jeszcze miłość, przyjaźń, wspólne zainteresowanie, poczucie bezpieczeństwa, jakie daje druga osoba, zwyczajna troska, którą okazujecie sobie na co dzień. Uważam, że jeżeli tych rzeczy w związku nie brakuje, to i seks, taki nawet najbardziej waniliowy, będzie o wiele bardziej satysfakcjonujący niż ten wyszukany, ale przypadkowy.

– Skąd ty wiesz, co to jest waniliowy seks? – Młodsza Gruszka wpatrywała się w matkę lekko skonsternowana.

– Jak byłam teraz w szpitalu, to trochę poczytałam. Miałam dużo czasu, a tam założyli teraz ten szybki internet, 5D czy jakoś tak. W końcu ktoś musi być na bieżąco. Dorian dorasta. Wolałabym, żeby miał z kim pogadać na pewne tematy, niż jakby miał szukać odpowiedzi w sieci. Piotrka cały czas nie ma w domu, a ciebie interesują tylko twoje krowy i ten serowy biznes. – Danuta popatrzyła na córkę karcącym wzrokiem, po czym zwróciła się do nich obu: – Dziewczyny, wiem, że nie jesteście głupie i nie bierzecie tego całego *Greya* na serio. Rozumiem, że tego typu filmy powstają głównie po to, by pobudzić wyobraźnię. I dobrze. Nuda w łóżku z pewnością nie pomaga. Ale posłuchajcie doświadczonej matki, żony i kochanki. Byłam wprawdzie tylko z jednym mężczyzną, ze świętej pamięci Gruszką Tadeuszem, ale tworzyliśmy naprawdę udane małżeństwo. W dobrym związku sprawy cielesne to zawsze tylko dodatek, choćby nie wiem jak był słodki. Prawdziwa miłość powinna opierać się na tym, co tu. – Matka Karoli wskazała na swoje czoło palcem. – I tu. – Przesunęła palec na klatkę piersiową. – W partnerach powinno was najbardziej pociągać to, co dzieje się w ich głowie i w sercu. Zobaczycie, że jeżeli ten warunek zostanie spełniony, to i seks będzie się udawał.

Adrianna i Karolina patrzyły na Danutę Gruszkę kompletnie skołowane. Matka Karoli dała im właśnie wykład na temat seksu i partnerstwa. I to bardzo dobry wykład. To, co powiedziała, było starą, życiową mądrością, choć trochę zakurzoną. Odkurzaną co jakiś czas głównie dzięki natchnionym dziełom wielkich poetów i pisarzy.

– Do której u was jest czynna biblioteka? – zapytała nagle Ada, która ciągle nie mogła się otrząsnąć z szoku po słowach Danuty Gruszki.

– Nie wiem, do osiemnastej. Albo osiemnastej trzydzieści – zaczęła się zastanawiać Karolina. – A co?

Ada popatrzyła na zegarek.

– Mamy dziesięć minut. Muszę wypożyczyć jedną książkę. Zawieziesz mnie? – Adrianna zaczęła myć ręce w zlewie, jednocześnie patrząc na Karolę błagalnym wzrokiem.

– Zwariowałaś?! Jedzie od ciebie rybą na kilometr – odmówiła bezpardonowo Gruszka.

– Proszę... – Ada była bliska łez. – Muszę sprawdzić, czy w ogóle ją tam mają.

– Co to za książka? – Danuta Gruszka przyglądała się bacznie szurniętej koleżance swojej jeszcze bardziej szurniętej córki.

– Książka, którą kiedyś komuś pożyczyłam, a teraz pilnie potrzebuję.

– To poproś, żeby ci ten ktoś ją oddał. – Karola wzruszyła ramionami. – Masz. – Podała Adzie kluczyki do swojego auta. – Ja już narobiłam wystarczająco przypałów na wsi. Nie będę ganiać po bibliotece, cuchnąc jak stary żul.

– Dzięki! – Uradowana Ada chwyciła szybko za kluczyki i podekscytowana wybiegła na zewnątrz.

Wróciła po dwudziestu minutach.

– Na szczęście nie było nikogo poza bibliotekarką – oznajmiła im wesoło, kiedy zdyszana weszła z powrotem do domu.

– I chwała Bogu! – Karola przewróciła oczami.

– A książka była? – zapytała pani Gruszka ze śmiechem.

– Była, pani Danusiu. Musi pani przeczytać, zamiast *Greya*. Tylko jeszcze chwilę, znajdę jeden cytat.

Ada zaczęła wertować książkę. Dobre pięć minut trwało, nim odszukała jeden ze swoich ulubionych fragmentów.

– „Najważniejsze spotkania odbywają się w duszy, na długo przed tym, nim spotkają się ciała"[1] – przeczytała na głos. Zamyśliła się. Nie na długo, zbliżała się bowiem pora kolacji.

Po tak refleksyjnej wymianie zdań ciężko było jej wrócić do obowiązków codzienności i wziąć prysznic, ale babcia zwróciła jej uwagę, że powinna się umyć, zanim przeszuka płaszcze wiszące w szafie. Susząc włosy w swoim pokoju, zobaczyła przez okno podjeżdżający pod dom samochód Marka. Szybko zaciągnęła zasłonkę.

---

[1] P. Coelho, *Jedenaście minut*, Wydawnictwo Drzewo Babel, Warszawa 2015.

Emilka wcześniej zostawiła u Kingi swoje rzeczy, więc nie musiała już wracać do siebie. „Dobrze się złożyło – pomyślała Ada – bo Kama prawdopodobnie właśnie w tym momencie pokazywała Krzyśkowi swoją nową bieliznę".

Tego wieczoru Adrianna Dziurska pierwszy raz w życiu upiekła szczupaka. Smakował wybornie. Tak przynajmniej twierdziły dziewczyny i mama Ady. Sama kucharka nie miała jakoś ochoty na rybę.

Wujka znowu gdzieś wywiało. Ada przypomniała sobie, co mówił Marek, kiedy odwoził ją do domu wczorajszego dnia, o jakichś problemach finansowych znajomego wujka Mirka z zagranicy. Wydało jej się to trochę podejrzane i stwierdziła, że przy najbliższej okazji musi z nim o tym porozmawiać.

Podczas kolacji Kindze nie zamykała się buzia. Była zauroczona torem wyścigowym w Sosnówce i... panem wójtem. Mieli wiele wspólnych tematów. Ona też chciałaby studiować prawo, jeśli nie dostanie się na weterynarię. Imponowało jej, że pan Marek tyle wie o koniach i że do tak wielu rzeczy doszedł zupełnie sam, swoją ciężką pracą.

Ada przysłuchiwała się tym wywodom z przymrużeniem oka. Jako jedna z nielicznych miała okazję poznać trochę ciemniejsze fakty z życia Marka Koszyckiego.

– A kiedy już pojeździliśmy, razem z Łukaszem nakarmiliśmy konie i poszliśmy na pączki i herbatę do domu pana Marka – odezwała się Emilka. – Te pączki to była rewelacja. Dorian wsunął chyba z sześć.

– Pan Marek sam smaży pączki? – zapytała ożywiona Regina. – A z czym były? Z różą czy wiśniami? Muszę wziąć od niego przepis. Może ma jakiś sprawdzony.

„Jeszcze tego brakuje – pomyślała Ada – żeby matka wymieniała się przepisami z moim eks. Może zacznie niedługo jeździć do niego na kawkę i pogaduchy?".

– Nie smażył sam – wyjaśniła szybko Kinga. – Jego ciocia mu nasmażyła i podała tego samego dnia. Stwierdził, że musimy pomóc mu je zjeść, bo jutro już nie będą tak dobre.

– Aha. – Regina zmarkotniała, a Adrianna odetchnęła z ulgą. „Jednak nici z ploteczek przy kawie" – pomyślała ironicznie.

– A właśnie, mamo! Nie uwierzysz! – zwróciła się do niej Kinga jeszcze bardziej podekscytowana. – Wójt ma w domu takie same obrazy jak my w Londynie! Z tych haftowanych serwetek. I te serwetki są identyczne! Jakby robiła je ta sama osoba.

Ada zamarła. Przez chwilę była jak sparaliżowana. Kompletnie nie wiedziała, co powinna teraz zrobić, co powiedzieć.

I wtedy z odsieczą przybyła jej Regina Dziurska:

– Kinia, takich serwetek kiedyś haftowało się miliony. Kobiety uczyły się z tych samych wzorników – zaczęła tłumaczyć, spoglądając na córkę z wyrzutem.

Od tego momentu Adrianna już nie brała udziału w rozmowie. Do końca kolacji nie odezwała się już słowem do nikogo, przyjmując na ten wieczór śluby milczenia. Milczenia, które już niejednokrotnie okazywało się jedynym sprzymierzeńcem w podobnych sytuacjach. Tylko jak długo można tak bezkarnie milczeć?

Około dwudziestej poszła do łóżka, tłumacząc się bólem głowy. Była to, rzecz jasna, wymówka wymyślona głównie po to, by mogła uniknąć wyrzutów, jakie z pewnością czyniłaby matka, gdyby zostały sam na sam.

Kinga z koleżanką oglądały jakąś komedię dla nastolatków w pokoju jadalnym. Słysząc dochodzące z niego salwy śmiechu i komentarze rzucane przez dziewczyny, Ada próbowała przestać myśleć o haftowanych serwetkach. Postanowiła, że musi skupić swoją uwagę na czymś innym. Na kimś innym.

Całkiem, całkiem te ryby. Jak się ma nasz młody byk?

Napisała do Rafała, przypominając sobie ich drugie spotkanie u Karoliny, kiedy weterynarz słyszał z łazienki, jak go opisała. Na odpowiedź czekała raptem minutę:

Ma się dobrze, dziękuję.

Uśmiechnęła się do telefonu. Znowu pomyślała o ich pierwszej randce. Na wspomnienie tamtego pocałunku po raz kolejny załaskotało ją w podbrzuszu. Odpisała:

A ja nauczyłam się dzisiaj patroszyć szczupaki.

Koniecznie chciała mu się pochwalić swoją nową umiejętnością. Była z siebie naprawdę dumna.

Wiedziałem, że będziesz dobrą żoną,
jak tylko Cię zobaczyłem.

Przed oczyma mimowolnie przebiegła jej scena spod kościoła, kiedy proboszcz nakazał jej i Markowi stawić się za rok przed ołtarzem. Powiedział im wtedy coś, co utkwiło jej w pamięci: „W prawdziwej miłości nie ma drogi na skróty”.

ROZDZIAŁ 15

Październik 2005

Dwa tygodnie przed jej osiemnastymi urodzinami, przypadającymi dwudziestego października, Marek przyjechał po nią do szkoły. Pojechali na spacer do parku miejskiego znajdującego się zaraz przy zamojskiej starówce. Jesiennie słońce rzucało swoje promienie na żółtopomarańczowe liście drzew, nadając im wręcz złoty odcień. Wtuleni w siebie przystanęli na jednej z kładek i przyglądali się pływającym po stawie kaczkom. W pewnej chwili Marek zapytał, co chciałaby dostać od niego na urodziny.

– Chciałabym pobyć z tobą trochę dłużej niż kilka godzin. – Przecież nie mogła mu wprost powiedzieć, że chce stracić z nim dziewictwo. – Mógłbyś mnie gdzieś zabrać na dwa dni.

– OK. Jakieś konkretnie miejsce? – Uniósł pytająco brwi.

– Obojętne. – Ada wzruszyła ramionami. – Może być nawet Majdan Sopocki[2].

– Chcesz spędzić osiemnaste urodziny w Majdanie Sopockim? – Marek wpatrywał się w nią lekko skołowany.

– Chyba lepsze to niż zrobić domówkę, na której wszyscy się upiją i najpierw będą gadać głupoty, a potem zarzygają ci wannę, umywalkę i zlew w kuchni – stwierdziła dosadnie.

Do tej pory pamiętała imprezę urodzinową, którą Marek zorganizował u siebie w mieszkaniu szóstego marca. Sprzątali potem oboje przez cały następny dzień. Jego bracia nie raczyli im pomóc, wykręcając się kacem gigantem. Adzie to było na rękę, bo nie miała ochoty z nimi rozmawiać. Tym bardziej że pod koniec imprezy jeden z nich, Witold, złapał ją za tyłek. Nie wspomniała o tym Markowi, bo i po co? Witek był wtedy tak pijany, że pewnie zaraz o tym zapomniał, a ona wyszłaby na aferzystkę.

– Ciesz się, że poznaliśmy się już po mojej osiemnastce. Tam dopiero się działo. Poza tym nie wszyscy się upili. My byliśmy w miarę trzeźwi – zaśmiał się.

Ada też się uśmiechnęła na wspomnienie ich wspólnych chwil na balkonie jego mieszkania. Dała mu w prezencie atlas nieba. Tak się podekscytował tym podarunkiem, że zamiast imprezować z kolegami, kazał jej założyć kurtkę i zabrał ją na balkon. Była przekonana, że tam ją po raz pierwszy pocałuje, ale Marek Koszycki od zachwycania się miękkością jej warg wolał zachwycać się gwiazdami. Przy sześciostopniowym mrozie.

---

[2] Majdan Sopocki – wieś w województwie lubelskim znana z okazałego zalewu kąpieliskowego.

– Dobrze. – Pokiwał głową. – A może zrobimy tak: za miesiąc muszę skoczyć na Ukrainę i spotkać się tam z pewnymi ludźmi. Chciałabyś pojechać ze mną? Zwiedzimy Lwów, a potem napijemy się szampana. Masz ważny paszport?

Adzie z radości zabłysły oczy.

– Tak! – wykrzyknęła, niemal rzucając mu się na szyję ze szczęścia.

– Będziesz już pełnoletnia... – mruknął z wymownym uśmiechem. – Nikt nie będzie mnie podejrzewał o porwanie nieletniej.

Zarumieniła się. Marzyła, żeby ją porwał. Cieszyła się, że spędzi ten czas tylko z nim. Wiedziała, że rodzice zarezerwowali już salę w jednym z kilku zamojskich klubów, jednak niespecjalnie chciało jej się oglądać pijanych, wymiotujących nastolatków. Do urodzin pozostały jeszcze dwa tygodnie i spokojnie można było odwołać rezerwację. Zresztą, jeżeli nawet zaliczka za salę by przepadła, to Ada gotowa była podjąć się jakiejś pracy lub też zrezygnować z kieszonkowego, żeby oddać rodzicom pieniądze. Wyjazd z ukochanym na Ukrainę był wart każdego poświęcenia. Nie mogła uwierzyć, że będą się kochać po raz pierwszy w hotelu we Lwowie. Pozostał jeden, drobny szczegół.

– Teraz muszę tylko przekonać jakoś ojca.

– Mogę ci w tym pomóc – zaproponował.

– Chcesz poprosić mojego starego, żeby puścił mnie z tobą na noc do Lwowa? Popijać szampana? To chyba nie najlepszy pomysł.

Marek zaśmiał się serdecznie.

Ada poprosiła, aby odwiózł ją do domu. Wiedziała, że następnego dnia miał pierwsze kolokwium z prawoznawstwa i zamierzał się uczyć cały wieczór. Jednak kiedy zaparkowali pod jej blokiem, jego szczere chęci powrotu do akademika i ślęczenia nad książkami gdzieś się ulotniły, a zastąpiło je pragnienie całowania jej ust. Ada czuła, że jeżeli mu nie przerwie, to biedak będzie musiał się uczyć do białego rana. Zależało jej, żeby chociaż trochę pospał tej nocy i poszedł na to kolokwium wypoczęty, więc w końcu odsunęła się od niego niechętnie.

Kiedy weszła do mieszkania, była równo osiemnasta. Z salonu dochodziły dźwięki włączonego telewizora. Wiedziała, że ojciec, jak co wieczór, siedzi w swoim ulubionym fotelu i, paląc papierosa, ogląda Panoramę. Uznała, że to dobry moment, by pogadać z nim o wyjeździe. Możliwe, że pochłonięty tym, co się dzieje na świecie, nie przejmie się aż tak bardzo sprawami wchodzącej w dorosłość córki. Pośpiesznie wyszukała w internecie kilka najważniejszych faktów o Lwowie, a następnie stanęła przed nim, całkowicie zasłaniając mu ekran.

– Tato, chciałabym pojechać z Markiem do Lwowa na osiemnastkę – zakomunikowała z poważną miną.

– Nie rozumiem... – Ojciec spojrzał na nią skonsternowany. – Na jakąś imprezę? – Wychylił się z fotela, próbując dojrzeć, co się dzieje w telewizji. – Przecież zarezerwowaliśmy ci już tę salę.

– Tak, wiem... Ale jakoś nie mam ochoty upijać się z ludźmi z klasy. Marek ma służbowy wyjazd i zaproponował, żebym pojechała razem z nim.

– Służbowy wyjazd? Na Ukrainę? – Komendant Dziurski po raz pierwszy od rozpoczęcia przez nią tej rozmowy wydawał się naprawdę zainteresowany. – W jakiej sprawie?

– Nie wiem. – Ada wzruszyła ramionami. W sumie mogła spytać Marka, po co tam jedzie. – Zawsze marzyłam, żeby zobaczyć Lwów – zmieniła temat. – I może pójdziemy z Markiem do opery.

– Do opery? – Ojciec przyjrzał jej się z pobłażaniem.

– No tak! Do opery! – przytaknęła pewnie. – I na Cmentarz Łyczakowski.

– Czyli zamiast imprezy urodzinowej wolisz iść ze swoim chłopakiem do opery i na cmentarz – podsumował bez przekonania.

– Pochowanych jest tam wielu znanych poetów i pisarzy. Chcę zobaczyć grób Zapolskiej i Konopnickiej. Przecież wiesz, że interesuję się literaturą.

– Dziecko... Ty lepiej idź na grób dziadków. – Spojrzał na nią karcącym wzrokiem. Miał na myśli swoich rodziców, których Ada prawie w ogóle nie pamiętała, bo zmarli oboje, zanim skończyła cztery lata.

– Pójdę... Tak. Też o tym myślałam. Wybieram się tam jutro.

– Przy okazji kupisz mi na Ukrainie pięć kartonów papierosów L&M niebieskich i dwie litrowe wódki.

– To znaczy, że mogę jechać? – Ada z niedowierzania otworzyła szeroko oczy. Poszło łatwiej, niż się spodziewała.

– Marek to mądry chłopak. Wiem, że jemu, w odróżnieniu od ciebie, można zaufać – obwieścił mentorskim tonem jej apodyktyczny ojciec i przy okazji największy szowinista, jakiego znała. – Wy, kobiety, to tylko fiu-bździu w głowie. Cały czas powinnyście być pod nadzorem – dodał, jakby chciał potwierdzić, że jej zdanie o nim jest jak najbardziej słuszne.

Adrianna, która istotnie miała w głowie fiu-bździu, jak każda nastolatka, nie posiadała się ze szczęścia. Tym bardziej że dobrotliwy tatuś na wyjazd dał jej tysiąc złotych. Miała za to zrobić dla niego zakupy, a resztę mogła zatrzymać dla siebie. Babcia Maria też dała jej tysiaka oraz powieść *Rozważna i romantyczna* autorstwa Jane Austin. Ta książka wtedy nie przypadła Adzie do gustu, bo od klasyki zdecydowanie wolała współczesne powieści romantyczne. Jednak za pieniądze była niesamowicie wdzięczna. Wiedziała, że bardzo się przydadzą na przedwyjazdowe zakupy. Ma przecież przeżyć swój pierwszy raz. Musi wyglądać obłędnie.

Wyprawa na Ukrainę w dwa tysiące piątym roku była prawdziwym wyzwaniem. I to wcale nie przez tamtejszych strażników granicznych, którzy już przy wjeździe do swojego kraju wystawiali mu wizytówkę jednego z najbardziej skorumpowanych państw na świecie. Marek Koszycki poradził sobie z nimi całkiem sprawnie. Gorzej sprawy się miały z ukraińskimi drogami, które z pewnością nie były przeznaczone dla samochodów na niemieckich rejestracjach. Po kilkudziesięciu radiowych przebojach i kilkuset drogowych wybojach jakoś zajechali do hotelu.

I wtedy stała się rzecz straszna! Marek Koszycki poprosił w recepcji o dwa klucze. Do dwóch oddzielnych pokoi!

– Jeden w zupełności wystarczy – zwróciła się do niego Ada, uśmiechając się promiennie.

– Sorry, skarbie. Obiecałem twojemu ojcu, że będziemy spać oddzielnie.

– Obiecałeś mojemu ojcu?! Nie rozumiem. – Spojrzała na niego gniewnie.

– Ada, nie wściekaj się. Zadzwonił do mnie i zapytał o ten wyjazd. Żeby go uspokoić, powiedziałem, że wynająłem już dwa pokoje.

– Ale... Skąd on w ogóle miał twój numer telefonu?

– Dałem mu kiedyś. Pamiętasz, jak go poznałem, kiedy zaprosiłaś mnie do domu? Zapytał wtedy, czy może do mnie dzwonić, gdybyś nie odbierała jego telefonów. Podobno ci się to kilka razy zdarzyło. Nieładnie.

– To nie jest śmieszne! – rozzłościła się.

– Nie. Nie jest. – Marek spojrzał jej w oczy. – Na wszystko jest czas. I na to też jeszcze będzie. Nie musimy się śpieszyć.

– Na wszystko jest czas?! – Ada wpatrywała się w niego wściekła do granic możliwości.

O nie, nie, nie, nie, nie i jeszcze raz nie! Nie pozwoli, żeby ojciec znowu pokrzyżował jej plany! Nie będzie w dniu swoich osiemnastych urodzin spała sama w łóżku, w hotelu, we Lwowie!

– OK. – Uśmiechnęła się. – To zarządzam czas na szampana! Kupimy jakiegoś najdroższego w sklepie i upijemy się w moim pokoju. Albo w twoim. Obojętne.

– Wykluczone. To twoja osiemnastka. Pójdziemy na kolację do restauracji. Tak jak planowaliśmy od początku. Przecież właśnie po to zabrałaś całą walizkę ciuchów na te dwa dni.

– Dobra, ale ja stawiam! – odparła tonem nieznoszącym sprzeciwu. – I nie waż się ze mną o to kłócić, bo za tę akcję z Waldkiem i dwoma pokojami równie dobrze mogłabym ci teraz kazać się odwieźć z powrotem do domu. Nie taki był cel tej wyprawy i dobrze o tym wiesz! – Spojrzała na niego z wyrzutem.

Marek w odpowiedzi zaproponował tylko, żeby poszli się w takim razie przebrać. Każde do swojego pokoju, oczywiście.

Adrianna Dziurska wiedziała, że nie wszystko stracone. Wystarczy, że Marek zobaczy ją w sukience, którą wybrała na tę okazję z Kaśką Walewską, a zapomni drogi do swojego pokoju. Założyła czarną, nieco przykrótką i przesadnie wydekoltowaną satynową kieckę, która aż zanadto opinała jej ciało, i czarne, pożyczone od Kaśki, futerko. W przeddzień wyjazdu wygrzebała w szafie mamy skórzaną kopertówkę na złotym łańcuszku i długie kozaki na szpilce, w których nigdy Reginy nie widziała. Zrobiła sobie profesjonalny make-up, który postarzył ją tylko o pięć lat, i natapirowała włosy. Przyglądając się w lustrze, nie mogła się nadziwić, że wygląda tak... Wulgarnie. Natychmiast zmieniła sukienkę na czerwoną, z zabudowaną górą i lekko rozkloszowanym dołem do połowy uda. Zmyła też trochę tapety, którą miała na sobie. Chciała związać włosy, ale właśnie wtedy do drzwi zapukał Marek. Po jego minie Ada wywnioskowała, że zmiana stylizacji była dobrą decyzją. Patrzył na nią oszołomiony.

Sam też ubrał się elegancko, w garnitur ze swojej studniówki, w którym bardzo się Adzie podobał. Zresztą czego by nie włożył, dla niej zawsze wyglądał wspaniale. Nie mogła się doczekać, kiedy zobaczy go nago. Szczególnie interesowała ją jedna część jego ciała. I nie był to mózg. Mózg już poznała i to on był winowajcą jej pragnienia, aby poznać całą resztę.

Poszli do jakiejś drogiej knajpy przy deptaku. Wypili szampana. Adrianna nie miała ochoty na clubbing. Wracając do hotelu, przysiedli na ławce. I wtedy Marek z wewnętrznej kieszeni marynarki wyjął malutkie pudełeczko, owinięte połyskującym, czerwonym papierem.

– Na przeprosiny. Mimo wszystko chciałbym, żebyś swoją osiemnastkę zapamiętała nie tylko jako dzień, w którym nie osiągnęłaś... celu. Jak już to wszystko się uspokoi, zabiorę cię do tego Majdanu Sopockiego.

– Jak już co się uspokoi? – Ada popatrzyła na niego zaintrygowana. Zaczęła zdzierać błyszczący papier z pudełka.

– Nieważne. Słuchaj... Muszę się jutro spotkać z tymi znajomymi Gerarda... – Miał coś jeszcze powiedzieć, ale mu przerwała.

– Ojej, jest śliczny! – Spojrzała na niego rozanielona, wyciągając z pudełka złoty łańcuszek z zawieszką w kształcie gwiazdy. – Dziękuję! – Zdążyła już zapomnieć o czekających na nich w hotelu dwóch pokojach. – Zapniesz mi? – zapytała, podając mu łańcuszek.

– Ada... – zaczął mówić, zakładając jej łańcuszek na szyję. – Chcę, żebyś wiedziała, że jesteś czymś najlepszym, co mnie w życiu spotkało. To ty jesteś moim niebem. Stąd właśnie ta zawieszka. Przy tobie czuję się jak w niebie. Czuję, że mogę wszystko. Wiem, że to brzmi banalnie, ale dajesz mi taką siłę i motywację do działania jak nikt inny.

– To masz fajnie... – westchnęła głęboko. – Ja przy tobie nie mogę się na niczym skupić. Zresztą, kiedy cię nie ma, też tak jest. Wystarczy, że pozwolę sobie na chwilę słabości i zacznę o tobie myśleć. I nagle z godziny siedemnastej robi się dziewiętnasta. Okazuje się, że przez dwie godziny, zamiast uczyć się na klasówkę, wspominałam nasze randki. To tak, jakbyś wkradał się do mojego mózgu za pomocą jakichś tajnych mocy i robił w nim totalną rozróbę.

– Wydaje mi się, że może po prostu nie dojrzałaś jeszcze do tak wzniosłych uczuć.

Spojrzała na niego wyraźnie rozgniewana. Czy on i Waldek naprawdę uważają ją za trzynastolatkę? We dwóch próbowali z niej zrobić naiwną kretynkę, która powinna mieć ograniczone prawo do podejmowania samodzielnych decyzji, bo jest za głupia, aby wiedzieć, co jest dla niej najlepsze. Nie może nawet stracić dziewictwa wtedy, kiedy czuje, że jest na to gotowa. Co za szowinistyczne, patriarchalne podejście!

– A mnie się wydaje, Marku Koszycki, że ty dojrzałeś aż za bardzo! – stwierdziła ironicznie. – Zabierasz dziewczynę do Lwowa na dwa dni i wynajmujesz dwa pokoje. Co za dojrzałość! Co za poświęcenie! Brawo!

– Wiesz, strata ojca w dzieciństwie i przyglądanie się, jak bracia non stop imprezują, podczas gdy matka wypruwa sobie fraki przy maszynie do szycia, zmusza do dojrzałości. Do poświęceń też. – Chyba chciał się jej odgryźć za ten sarkastyczny ton.

Ada przyjrzała mu się ze współczuciem. Współczuła mu nie tylko przykrej młodości, ale też faktu, że na dziewczynę wybrał sobie taką zołzę. Może jednak za ostro go oceniła? Przecież wiedziała, że chciał jej dobra. A ona, zamiast to docenić, robiła mu wyrzuty.

– Właśnie... – zaczęła zmartwionym tonem. – Miałam zamiar cię zapytać, jak twoje wspomnienia o tacie. Pisałeś, że zaczynają blaknąć.

– W tym momencie widzę go już tylko jak przez mgłę – odpowiedział smutno.

– Powiedz mi o nim coś jeszcze. Jaki on był?

– Był wiecznie zajęty, jak to mechanik – zaśmiał się Marek i dodał poważniej: – Ale spędzaliśmy z nim dużo czasu, zwłaszcza chłopaki. Często zabierał ich ze sobą do warsztatu. Witek z Kubą chcieli iść do technikum mechanicznego w Sosnówce. To nieuki, ale na autach znają się jak mało kto. A potem ojciec nagle zmarł. Zawał. Matka nieraz wysyłała go do lekarza. Palił papieros za papierosem, a w międzyczasie kaszlał, jakby miał gruźlicę. Tylko że on nigdy nie miał na nic czasu. Miał tyle zleceń, że się z niczym nie wyrabiał. Przyjeżdżali do niego ludzie z odległych miast i wsi, licząc, że zdziała cuda i naprawi ich ledwo co dyszące auta i ciągniki. I on tych cudów dokonywał, na moich oczach.

– Czarodziej – podsumowała z uśmiechem.

– Też chciałbym tak czarować. W sensie pomagać ludziom, rozwiązywać ich problemy, robić coś, co ma jakiś głębszy sens. Dlatego, między innymi, zdecydowałem się zdawać na prawo.

– Musiało wam być naprawdę ciężko, kiedy ojciec odszedł.

– Chłopaki chyba bardziej to przeżyli. Oni byli z nim mocniej związani. Ja zawsze byłem synkiem mamusi. – Marek mrugnął do niej. – Lubiłem samochody i z chęcią pomagałem tacie, ale zdecydowanie bardziej ciągnęło mnie do nauki.

– To dlatego Witek z Kubą zaczęli tak rozrabiać – zamyśliła się Ada. – Nie mogli sobie poradzić ze śmiercią ojca.

– Prawda jest taka, że oni zawsze lubili pakować się w kłopoty. Pamiętam, że jak mieli po dziesięć lat, pojechaliśmy na wakacje do Sopotu, jak co roku. Mieszkaliśmy w drewnianym domku, na campingu w lesie, niedaleko plaży. Chłopakom zachciało się głupich żartów. Któregoś dnia wymknęli się po cichu i zostawili nam list, że idą popływać. A tak naprawdę schowali się za drzewami przy domu.

– Twoi rodzice się pewnie nieźle wkurzyli.

– Przez dwie godziny, odchodząc od zmysłów, przeszukiwali plażę. Już mieli dzwonić na policję, kiedy Witek z Kubą w końcu się ujawnili. Matka poryczała się ze szczęścia, a tato tak złoił im skórę, że odechciało im się pływania na kilka następnych dni. Mimo tego ten wyjazd i tak był super. Zresztą jak każdy nasz rodzinny wypad do Sopotu.

– Nigdy nie byłam w Sopocie – westchnęła Ada. – Mój ojciec nas nigdzie nie zabierał.

– Pojedziemy tam kiedyś. Na pewno ci się spodoba. No chyba że wolisz jednak Majdan Sopocki? – Spojrzał na nią zadziornie.

Roześmiali się oboje.

– Co się działo po śmierci taty? – Ada drążyła temat. Instynktownie czuła, że historia Koszyckich ma swoje drugie dno.

– Chłopaki całkiem się pogubili. Matki nie było stać, żeby im opłacać podróże do Sosnówki, więc zamiast do „mechanika" poszli do Technikum Rolniczego w Starogrodzie. Ledwo zdali maturę. Tę fuchę w niemieckim BMW nagrał im stary kolega ojca. Zjechał tam z całą rodziną jeszcze przed dwa tysiące czwartym. Jego żona była w połowie Niemką i miała podwójne obywatelstwo. Przez cały czas utrzymywał kontakt z moimi rodzicami, a kiedy tata zmarł, dzwonił do mamy co jakiś czas i za każdym razem proponował pomoc. Jak tylko Polska weszła do Unii, mama poprosiła go, żeby poszukał dla bliźniaków jakiejś pracy w Niemczech. Nie dawała sobie z nimi już rady. Uznała, że zmiana otoczenia dobrze im zrobi. Wyjechali, jak mieli po dwadzieścia trzy lata. Pod względem materialnym bardzo nam się wtedy poprawiło. Co miesiąc przysyłali mamie pieniądze. To dzięki nim mogłem się dalej uczyć w Sosnówce. Stypendium nie pokrywało wszystkich kosztów, a nam nie starczało na pokój w internacie. Gdyby nie Witek i Kuba, wątpię, żebym dostał się na studia prawnicze. Ale kiedy pojechałem do nich w czerwcu, okazało się, że to wszystko wcale nie wygląda tak kolorowo, jak zawsze opowiadali.

Ada zmarszczyła brwi.

– Co masz na myśli?

Zauważyła, że przez chwilę się zawahał.

– To ciężka praca. Na Zachodzie pieniądze wcale nie rosną na drzewach, jak się niektórym wydaje. Trzeba się naprawdę naharować, żeby coś osiągnąć.

Adzie z kolei się wydawało, że mówił za bardzo ogólnikowo. Jakby nie chciał powiedzieć za dużo.

– To, co to za ludzie, z którymi masz się jutro zobaczyć? – Domyślała się, że jutrzejsze spotkanie może mieć związek z tą jego nagłą tajemniczością.

– Rosjanie, jacyś znajomi Gerarda. Chciał, żebym z nimi omówił kilka spraw – odparł obojętnie.

Gerard był szefem Marka. Jakąś szychą ze świata biznesu. Koszycki pracował dla niego dorywczo, kiedy jeździł do Niemiec co kilka tygodni. Głównie jako kierowca i głównie dlatego, że biegle mówił po niemiecku i angielsku. Gerard nie znał angielskiego, a że prowadził interesy z ludźmi z wielu krajów, Marek często był także jego tłumaczem.

– A dlaczego on właśnie ciebie wysyła na spotkanie ze swoimi znajomymi? Jesteś tylko kierowcą. Co to za sprawy? – dociekała Ada.

– Wysyła mnie, bo tylko ja znam rosyjski.

– Znasz rosyjski? – zdziwiła się.

– Cały czas się uczę, ale całkiem nieźle mi idzie – wyjaśnił jej. – Mam dobrą pamięć. – Mrugnął do niej.

– W porządku, panie Dobra Pamięć, więc co to za sprawy masz z nimi omówić?

– Gerard otwiera kilka butików z ekskluzywną odzieżą na Ukrainie. Teraz jest tam na to dobry zbyt. Ci ludzie to jego kontrahenci. Muszę im przekazać papiery do podpisania i tyle. – Marek wzruszył ramionami. – Wiesz, czytałem ostatnio, że ludzie z pamięcią absolutną też muszą spisywać swoje wspomnienia, żeby im się nie rozmyły.

Przyglądała mu się niepewnie. Cały czas analizowała jego słowa dotyczące jutrzejszego spotkania. Coś jej w tym wszystkim nie pasowało.

On tymczasem pogłaskał ją po policzku i dodał:

– Tylko że są pewne rzeczy, których tak po prosu opisać się nie da. Chociaż... Akurat tobie, po tych wszystkich romansach, które przeczytałaś, może się udać.

ROZDZIAŁ 16

Dni mijały. W poniedziałek Ada zaczęła nową pracę. Poznawała swoich współpracowników i obowiązki, których było naprawdę sporo. Cieszyła się, że przynajmniej nie ma czasu myśleć ani o zbliżających się wyścigach Kingi, ani o zażyłości, jaka zrodziła się między Kingą a Koszyckim. Z tego, co opowiadała jej córka, ona i Marek mieli ze sobą świetny kontakt. Niemal rozumieli się bez słów. Oczywiście obydwoje do tej pory nie odkryli, że poza pokrewieństwem dusz łączą ich także więzy krwi.

Od pierwszej wizyty na torze w Sosnówce Marek zabierał tam dzieciaki niemal codziennie po pracy. Miał specjalną przyczepę do transportu koni, więc jechali tam razem z Atrią, klaczą, na której jeździła Kinga. Był to kasztanowaty wierzchowiec rasy angloarabskiej. Kinga rozpromieniona opowiadała Adzie, że jest to pierwsza z klaczy, którą pan wójt kupił, i że nazwał ją tak na cześć kogoś, kto był mu kiedyś bardzo bliski. Atria, najjaśniejsza z gwiazd. Ada zajrzała nawet do atlasu astronomicznego, żeby potwierdzić ten fakt. Rzeczywiście, Atria jest najjaśniejszą gwiazdą w gwiazdozbiorze Trójkąta Południowego.

Kilka pierwszych dni w pracy dało jej w kość. I mimo że jej stanowisko pod względem organizacji dnia prawie wcale nie różniło się od poprzedniego, czuła się trochę przytłoczona. W czwartek była już tak padnięta, że po powrocie do domu postanowiła zaszyć się z książką w ogrodzie. Wystawiła sobie leżak tak, że z ogrodu mogła widzieć wszystko, co działo się na głównej ulicy i sąsiednich polach. Był ostatni tydzień sierpnia i słońce nie doskwierało już tak mocno jak na początku lata. Wiał przyjemny wiaterek. Ada cieszyła oczy barwami kwiatów i obserwowała bociany przechadzające się po sadzie widocznym z ogrodu.

Podebrała babci książkę pożyczoną kilka tygodni temu w bibliotece. Dzięki środkom unijnym biblioteka była zaopatrzona w nowości wydawnicze i Regina jeździła tam co dwa tygodnie, żeby wypożyczać coś dla swojej matki, która od zawsze wręcz pochłaniała książki. Ostatnio czytała trochę mniej. I często nie pamiętała, co przeczytała przed chwilą. Ada zauważyła, że czasami przez kilka dni wpatrywała się w tę samą stronę. Jednak nadal błyszczały jej oczy, kiedy dostawała coś nowego do poczytania.

Powieść, którą Ada dla siebie wybrała, opowiadała piękną miłosną historię, kończącą się dosyć tragicznie. Główny bohater w ostatnim rozdziale poddał się eutanazji. Na podstawie powieści powstał całkiem dobry film. Była na nim w kinie z Willem (zresztą główny bohater tej powieści też miał na imię William). To miała być romantyczna randka. Oczywiście film wybrała ona, czego potem oboje żałowali. Adrianna w ogóle nie mogła się skupić. Skonsternowana spoglądała na swojego partnera, który podczas seansu ukradkiem przecierał oczy. To było ujmujące i takie... męskie. Odkrywała całkiem inną stronę Willa Newmana, mocno przez niego skrywaną. A odkrywając ją, coraz bardziej się w nim zakochiwała. Jednak ten film całkowicie popsuł nastrój zapowiadającego się bardzo romantycznie wieczoru i wspólnie stwierdzili, że najlepiej będzie, jeżeli po wyjściu z budynku po prostu się rozejdą. Will zamówił jej taksówkę i pocałował w policzek na pożegnanie. Była niemal pewna, że ich następne widzenie nie nastąpi szybko. Wiedziała, że stwarzający pozory macho Newman był zażenowany swoimi łzami. Zdziwiła się, kiedy zadzwonił do niej już następnego dnia, pytając, czy chciałaby się z nim znowu zobaczyć. Oczywiście, że chciała. Dopiero po pewnym czasie dowiedziała się, co tak naprawdę było powodem tamtejszego wzruszenia tego „niewzruszonego" mężczyzny.

Adrianna cieszyła się, że w końcu ma szansę przeczytać książkę, na podstawie której powstał tak piękny film. Zastanawiała się, czy w trakcie lektury też będzie ronić łzy. Fabuła, mimo że dobrze jej już znana, tak ją wciągnęła, że nawet nie zauważyła, kiedy zapadł mrok.

Od czytania oderwało ją ssanie w żołądku. Ostatnio miała spory apetyt, co nie uszło uwadze reszty domowników. Słońce już prawie zaszło, w oddali widać było światła wracających z pól traktorów i kombajnów. Świerszcze zaczęły grać swoją muzykę.

Już miała wstać z leżaka, kiedy zobaczyła skręcający w stronę domu samochód. Rozpoznała jeepa weterynarza.

Wysiadł z auta i podszedł do niej z rękami w kieszeniach jeansów.

– Czekałaś na mnie? – zapytał rozbawiony.

Uśmiechnęła się zdawkowo.

Oboje czuli, że nie muszą już nic więcej mówić. Po blasku, jaki nawzajem zobaczyli w swoich oczach, wiedzieli, że słowa są zbyteczne. W ciszy cieszyli się swoim widokiem po ponadtygodniowej rozłące.

– „Zanim się pojawiłeś" – przeczytał nagle na głos tytuł trzymanej przez nią książki. – Oglądałem film. Trochę przerysowana ta historia.

– Pewnie zbyt romantyczna? Nie jesteś romantykiem?

– Nie zapominaj, że ostatnio przywiozłem ci ryby, które sam złowiłem – roześmiał się. – I wierzę, że jeżeli dwoje ludzi naprawdę się kocha, to ich uczucie przezwycięży wszystko. Czy to nie jest oznaka romantyzmu?

„Prędzej naiwności" – podsumowała w myślach i zapytała na głos:

– Sam byłeś na tym filmie?

– Nie. Moja była zaciągnęła mnie do kina. Na *Pięćdziesiąt twarzy Greya* zresztą też.

– Niech zgadnę... – Ada uśmiechnęła się zadziornie. – Zainspirowany tym filmem kupiłeś jej potem seksowną bieliznę?

Odwzajemnił uśmiech, spoglądając na nią z przymrużonymi oczami. Nie odpowiedział jednak na to pytanie.

– Dużo czytasz? – zapytał za to.

– Kiedyś tak. Ale przez kilka ostatnich lat nie miałam na to czasu. Teraz powoli do tego wracam. U nas w domu czytanie to tradycja. Babcia była nauczycielką polskiego. Książki zawsze traktowaliśmy jak największa świętość.

Przyglądał jej się chwilę.

– Dzisiaj jest dobra widoczność – stwierdził. – Ubierz się ciepło. Jedziemy patrzeć w gwiazdy.

Spojrzała na niego oszołomiona. Znowu ją zaskoczył.

– Chyba ci wspominałem, że mam teleskop? – Uniósł pytająco brwi.

– No tak…

– Zbyt proaktywnie?

Roześmiała się. Wstała gwałtownie z leżaka, przez co na krótką chwilę zakręciło jej się w głowie.

– Wejdziesz do środka? – zapytała, otwierając drzwi ganku.

Modliła się, żeby odmówił. Nie miała za bardzo ochoty przedstawiać go matce. Regina zapewne zalałaby go falą pytań i romantyczny nastrój szybko by się ulotnił.

– Poczekam na zewnątrz. Tylko… – zrobił pauzę – …nie każ mi czekać tak długo jak ostatnio.

Na ten komentarz mogła zareagować tylko niewinnym uśmiechem. Zamknęła za sobą drzwi i od razu skierowała się do kuchni. Przeżuwając zrobioną w pośpiechu kanapkę, nałożyła jeansy i oversizową bluzę z kapturem w kolorze butelkowej zieleni. Uczesała włosy, aby związać je w koński ogon. Na koniec szybko umyła zęby.

Popatrzyła na swoje odbicie w łazienkowym lustrze, by stwierdzić, że… wygląda okropnie. Przecież świeże, wiejskie powietrze powinno dobrze wpływać na cerę, która wyraźnie jej poszarzała. Jedyne, co zyskała dzięki życiu bez miejskiego smogu, to nadmiar kilogramów!

Z głębokim westchnieniem wyszła z domu. Rafał czekał oparty o samochód. Gdy ją zobaczył, uśmiechnął się i szarmancko otworzył drzwi po stronie pasażera.

– Jak tak dalej pójdzie, to będę musiał wyrzucić ten teleskop – powiedział, wsiadając za kierownicę. – Kradniesz im cały blask. – Kiwnął głową w stronę rozgwieżdżonego nieba.

Przewróciła oczami.

– Tani podryw, panie doktorze.

– Stwierdzam fakty. I odpowiadając na twoje poprzednie pytanie, Aduś, żadnej mojej wcześniejszej kobiecie nie kupiłem bielizny.

Odpalił auto i ruszył z rozpędem.

Nieco zażenowana odwróciła głowę w drugą stronę, udając, że widok z okna pasażera jest bardziej fascynujący niż jego duże, aczkolwiek smukłe dłonie sprawnie manewrujące kierownicą. Przez resztę drogi żadne z nich się nie odezwało.

Wysiedli w jakimś szczerym polu, ale Rafał twierdził, że właśnie tam będzie najwyraźniej widać rozgwieżdżone niebo. Było ciemno. Przy światłach od samochodu rozkładał teleskop. Z bagażnika wyjął też koc i śpiwory.

Oparła się o auto i przyglądała temu z coraz większym przerażaniem w oczach.

– Chyba nie zamierzasz spędzić tu nocy?! – obruszyła się.

– Zamierzam – przytaknął bezczelnie, po czym usiadł przed teleskopem i spojrzał przez lunetę.

– Nie, Rafał! Ja nie będę tu spała! – obwieściła mu śmiertelnie poważnym tonem. – Przecież z lasu niedaleko mogą przyjść dziki albo wilki. Albo wielkie chrabąszcze i pająki.

– Chodź, zobaczysz… – Wskazał jej miejsce obok siebie, zupełnie nie przejmując się tymi wywodami.

Stała przy aucie zupełnie zbita z tropu. W końcu zrezygnowana usiadła obok niego. Przysunął do niej teleskop, a potem siadł za nią rozkrokiem tak, że znalazła się między jego nogami. Popatrzyła na gwiazdy, które w przybliżeniu dawały wrażenie mirażu migocących kryształków. Trochę tak, jakby patrzyła przez kalejdoskop. I mimo że widok był cudowny, ją zdecydowanie bardziej interesował jego zapach oraz ciepło oddechu, który przyjemnie muskał jej szyję. Wiedziała, że jeśli się odwróci, jej wargi znajdą się tuż przy jego ustach. Jej serce zabiło szybciej, gdy wyostrzony pod wpływem pożądania węch wysłał do mózgu informację: pieprz, anyż i coś jeszcze. Tajemniczy składnik, który, mimo że znajomy, był tak ukryty wśród pozostałych nut zapachowych, że ciężko było go rozszyfrować. Ten zmysłowy zapach zdecydowanie do niego pasował. Podstawa sugerowała wręcz zwierzęcą drapieżność, jednak kiedy już się ulotniła, wyczuwało się nadzieję na ujarzmienie. I to właśnie zamierzała zrobić Ada Dziurska. Odwróciła się i pocałowała go z taką stanowczością, że przewrócił się na plecy, pociągając ją za sobą. Złapał ją za opięty w jeansy tyłek i zaczął po nim zmysłowo wodzić dłońmi. Nie przestając go całować, zamruczała jak kotka. Kiedy po kilku rozkosznie długich minutach w końcu wsunął ręce pod jej bluzę i zaczął szukać zapięcia stanika, niespodziewanie cała zdrętwiała. Niestety, poza błogim uniesieniem, jego dotyk wzbudzał jeszcze inne, mniej przyjemne odczucia.

– Zimno tu trochę – powiedziała, odpychając go lekko od siebie.

Spojrzał na nią skonsternowany, po czym wstał pośpiesznie i oświadczył:

– Przejdę się i znajdę coś, by rozpalić ognisko. Będę w pobliżu. Trzymaj. – Podał jej jedną latarkę, a sam wyjął drugą z plecaka.

– Pomogę ci. – Podniosła się z koca.

Szukali suchych gałęzi w maleńkim lasku niedaleko pola, na którym się rozłożyli. Trawa oraz patyki szeleściły im pod stopami, na co Ada reagowała dość płochliwie. Miała wrażenie, że za chwilę wyskoczy na nich jakieś zwierzę. Jednak zaraz potem jej nerwy koił przyjemny szum liści na wietrze zapowiadającym nadejście jesiennych chłodów.

Kiedy już nazbierali wystarczająco chrustu, Rafał rozpalił ognisko, opowiadając w trakcie o kilku obozach survivalowych, w których miał okazję uczestniczyć. W jej głowie znowu pojawiły się fantazje z nim w roli samotnego wojownika. Sam tak kiedyś siebie określił.

Gdy ogień już się dobrze żarzył, przystanęła jak zaczarowana.

– Czy to w ogóle bezpieczne? – spytała niepewnie. – Wszędzie trąbią o suszach i pożarach.

– Zgaszę je za godzinę – odparł. – Lub wcześniej. Zależy, jak szybko cię ogrzeję.

Ponownie oblała się rumieńcem. Fantazje zaczęły się urzeczywistniać.

Poszedł do auta i wrócił z butelką czerwonego wina i dwoma kieliszkami.

– Pijemy? – zagadnął i stanął naprzeciwko niej.

Ku radości Ady nie był to australijski Shiraz rocznik dwa tysiące szesnaście.

– Pijemy! – Wesoło pokiwała głową.

Przytrzymała kieliszki, żeby mógł do nich nalać czerwonego trunku. Przez kilka minut w milczeniu popijali wino i patrzyli w ogień. Potem Rafał wrócił na koc. Ada przysiadła się do niego i już miała się odezwać, kiedy zamknął jej usta długim i leniwym pocałunkiem. Ponownie wprowadził jej wszystkie zmysły w stan maksymalnej koncentracji. W momencie gdy ich języki znowu zaczęły zataczać wspólne koła, powoli rozpiął jej jeansy.

– Nie mogę! – Poderwała się spanikowana. – Przepraszam.

– Masz okres? Aduś, spoko, możesz to po prostu powiedzieć. Przecież to całkiem normalne. Pamiętaj, że jestem lekarzem.

– Nie – zaprzeczyła i od razu pomyślała, że już całkiem długo nie ma tego okresu. – To nie jest normalne. To znaczy... To, co się teraz dzieje w moim życiu, nie jest normalne. Ja też nie jestem do końca normalna. – Zaczęła się zastanawiać, czemu właściwie nie potwierdziła, że ma okres. I doszła do wniosku, że następne kłamstwo zwyczajnie nie przeszłoby jej przez gardło.

Popatrzył na nią zdezorientowany.

– To, o co chodzi? – zapytał poważniejszym tonem.

– Może... Może nie jestem jednak taka proaktywna, jakbym chciała. – Uśmiechnęła się przepraszająco.

Milczał dłuższą chwilę, po czym oznajmił jej bez ogródek:

– Właśnie się zakochałem. Cudowne uczucie.

Patrzyli sobie w oczy z czułością, aż w końcu oboje wybuchli nieco głupkowatym śmiechem.

Resztę nocy spędziła w jego ramionach. A w przerwach między pocałunkami o różnym natężeniu poznawali się za pomocą słów.

Streściła mu pokrótce swoją relację z Williamem, lecz tylko dlatego, że zaczął o niego wypytywać, a konkretnie o tę koszulkę z Coldplay, którą miała na sobie, kiedy się poznali. Ada wiedziała, że to był tylko pretekst, żeby dowiedzieć się czegoś więcej o jej poprzednim związku.

Tylko że pokrętne pytania Rafała o byłego partnera miały jeszcze inny cel. Górski, drogą eliminacji, szukał odpowiedzi na nurtujące go od pewnego czasu JEDNO pytanie: Kto jest ojcem Kingi?

Na ich pierwszej randce powiedziała mu, że była w życiu tylko w dwóch związkach. Z tego, co słyszał od swojego kolegi Łukasza, który ostatnio wraz ze swoim szefem opijał narodziny kolejnego źrebięcia w stadninie, kilkanaście lat temu ją i Koszyckiego łączyło jakieś głębsze uczucie. I po tych kilkunastu latach na każdą wzmiankę o Marku sprawiała wrażenie dziwnie spiętej. Nie chciał jej o to pytać bezpośrednio. Miał wrażenie, że przez to jedno pytanie zepsułby wiele. O wiele za dużo, aby ryzykować.

Postanowił poczekać, aż sama zechce mu o tym opowiedzieć. Tym bardziej że powoli zaczynała się przed nim otwierać. Właśnie z zapałem trajkotała coś o tym, jak na jednej z pierwszych randek William pożyczył nowiutkiego astona martina[3] od swojego wuja i pozwolił jej poprowadzić, a ona tak się podekscytowała, że siedzi za kierownicą wozu samego Jamesa Bonda, że na prostej szosie wjechała w żywopłot i porysowała cały przód auta. Potem przeskoczyła na temat Toskanii, gdzie wynajęli z Williamem samochód i jeździli po Włoszech bez żadnego konkretnego celu, zatrzymując się tam, gdzie im się podobało. Oczywiście to Will siedział za kierownicą. A że Włochy całe są piękne, nigdy nie oddalili się od miejsca noclegu dalej niż na pięćdziesiąt kilometrów.

Rafał też był we Włoszech na Erasmusie. Podchwycił temat i tak jakoś wyszło, że druga połowa nocy minęła im na wspomnieniach włoskiego jedzenia, gestykulacji, alkoholi, krajobrazów oraz kawy. Tak się rozgadali, że nawet nie zauważyli, kiedy zaczęło świtać. Około piątej odwiózł ją do domu. Była zbyt zmęczona, aby zauważyć, że stał się dziwnie milczący.

– Spotkamy się w sobotę na wyścigach? – zapytała, gdy przy romantycznym akompaniamencie śpiewających ptaków odprowadził ją pod drzwi.

– Jasne. – Mimowolnie uniósł kąciki ust.

Bo Rafałowi Górskiemu wcale nie było do śmiechu…

[3] Marka samochodu nieodzownie kojarząca się z filmów o agencie 007.

ROZDZIAŁ 17

W dzień corocznych Powiatowych Wyścigów Konnych w Sosnówce zdarzyło się wiele dziwnych rzeczy.

Adrianna szykowała się do wyjścia, kiedy Kinga z westchnieniem stwierdziła, że chciałaby, aby Will przyjechał zobaczyć, jak wygrywa zawody. Ada na tę wiadomość trochę się zmieszała, ale zaraz potem z pobłażliwym uśmiechem odrzekła:

– Kinia, wiem, że za nim tęsknisz. Ja też. Ale wątpię, żeby William miał czas przylatywać do Polski na jakieś drugorzędne wyścigi – podsumowała.

– Ale mamo... – Córka już chciała coś odpowiedzieć, kiedy zadzwonił dzwonek do drzwi. Ada poszła otworzyć, w międzyczasie związując włosy w koński ogon.

W progu stał Marek, który przyjechał po Kingę i jej kolegów. Miał na sobie czarny podkoszulek i czapkę z daszkiem. Zrezygnowana pomyślała, że bardziej chłopięco i uroczo wyglądać już nie mógł. Przywitał się z nią ozięble i, korzystając z okazji, że byli sami, podał jej tajemnicze, tekturowe pudełko.

– Co to? – Pytająco podniosła brwi. Nie wiedziała, czy bardziej zaskoczył ją ten podarunek, czy fakt, że pierwszy raz od dwóch tygodni wysiadł z samochodu.

– Zobaczysz – odparł poważnym tonem, patrząc jej głęboko w oczy. – Stwierdziłem, że najwyższy czas wyjaśnić sobie parę kwestii.

Ada zamarła. Zaczęła się zastanawiać, w jaki sposób odkrył jej tajemnicę. Była niemal pewna, że właśnie o to mu chodziło.

– Panie Marku, możemy już jechać? – Podbiegła do nich podekscytowana Kinga. – Miałam się kilka razy przejechać przed rozpoczęciem wyścigów.

– Jasne. Jedziemy – oznajmił zdecydowanie. – Do zobaczenia – rzucił chłodno do Ady.

Kiedy tylko wyjechali, Ada zajrzała do paczki. Ze zdenerwowania serce waliło jej jak oszalałe. Znalazła w niej listy. Około piętnastu. Nieotwarte. Zaadresowane do niej. Wszystkie miały pieczątkę poczty świadczącą o tym, że nadawane były co rok. Pierwszy był z dwa tysiące szóstego, ostatni z dwa tysiące dziewiętnastego. Przy adresie z jej imieniem i nazwiskiem każdy miał adnotację „adresat nieznany". Rozpoznała pismo swojej mamy.

„Wysyłał listy" – pomyślała i zrobiło się jej nieswojo.

– Wysyłał listy co rok – powiedziała do siebie już na głos. Próbowała zignorować przyjemne ciepło zalewające jej ciało od środka. Wzięła głęboki wdech i zaniosła pudełko z listami do swojego pokoju. Umieściła je w szafie na dole, markerem dopisując na nim „Papiery z Anglii". Nie miała czasu ich teraz czytać. Poza tym sama nie wiedziała, czy w ogóle chce je przeczytać. Czy miałoby to w ogóle jakiś sens? Sięgnęła pamięcią do dni, kiedy zaczęła się ich historia z listami.

Maj 2005

Marek Koszycki przyjechał z Sosnówki do Zamościa zaraz po ostatnim egzaminie maturalnym. Ada wyszła po niego na dworzec. Zabrała go na pizzę z okazji matury do znanej na całe województwo pizzerii na Rynku Wielkim. Chociaż wyniki miały być dopiero na początku lipca, oboje wiedzieli, że Marek zdobędzie wystarczającą liczbę punktów, żeby dostać się na prawo na UMCS. Tym bardziej że, jak twierdził, poszło mu lepiej, niż się spodziewał.

Usiedli pod parasolami na zewnątrz. Mieli doskonały widok na ratusz i zabytkowe kamienice z podcieniami. Obserwowali uczestników wycieczek, od których aż roiło się o tej porze roku. Ada zamknęła oczy, wystawiła buzię do słońca i delektowała się zimnym piwem oraz słowami wypływającymi z ust Marka. Uwielbiała go słuchać. Nawet jeśli tylko streszczał jej zadania, jakie miał na maturze. I odpowiedzi, jakich udzielił. Był taki mądry. Poza polskim zdawał matematykę i niemiecki, chociaż równie dobrze mógłby zdawać każdy inny przedmiot, bo we wszystkim był dobry.

Nie wiedziała, co ich właściwie łączyło. Znali się prawie rok, a on do tej pory nawet jej nie pocałował. Chociaż miał do tego naprawdę wiele okazji. Mógł to zrobić między innymi na swojej studniówce, na którą zaprosił ją jeszcze w październiku, niedługo po tym, jak się poznali. Ale on dał jej wtedy tylko buziaka w policzek i odprowadził ją pod drzwi pokoju jej kuzynki Magdy, która mieszkała w żeńskiej części tego samego internatu.

Za kilka tygodni miał jechać do Niemiec na całe trzy i pół miesiąca. Jego stuknięci bracia załatwili mu tam jakąś pracę. Ada obawiała się trochę tego jego wyjazdu. Magda kilka razy wspomniała jej o wyczynach Koszyckich, których zła sława już dawno wyszła poza Starogród. Adrianna miała okazję poznać Witka i Kubę, kiedy Marek któregoś dnia zaprosił ją do siebie. Od razu zauważyła, że to niezłe cwaniaki. W dodatku Witek, wykorzystując moment, kiedy jego młodszy brat wyszedł na chwilę do drugiego pokoju, zaczął się do niej chamsko przystawiać.

Wiedziała, że przed wyjazdem Marka spotkają się jeszcze pewnie tylko kilka razy. Było jej z tym źle. Bała się, że on sobie w tych Niemczech kogoś znajdzie. Albo wróci, pójdzie na studia i tam sobie kogoś znajdzie. A to ona przecież miała być jego dziewczyną. Dlaczego więc dalej była tylko koleżanką?

– Idziemy do mnie? – przerwała mu, kiedy opowiadał o skomplikowanym równaniu z matmy, którego rozwiązanie zajęło mu najwięcej czasu.

– Co? – Spojrzał na nią lekko skonsternowany.

– Chodźmy do mnie. Mam wolną chatę. Starzy wracają dziś późno z pracy – oświadczyła pewnym siebie tonem.

Może zabrzmiało to trochę nachalnie. Wtedy rzeczywiście miała wrażenie, że mu się narzucała. Ale tak pragnęła się z nim całować, że było jej już wszystko jedno. Nie rozumiała, dlaczego on tego nie chciał. Chyba mu się trochę podobała, skoro się spotykali. Gdyby mogli, gadaliby ze sobą godzinami. Dlaczego nie mogliby chociaż raz spróbować, jak to jest godzinami się całować?

Poszli do niej.

– Co to? – Marek wziął w dłoń książkę leżącą na biurku w jej pokoju.

– No, książka – odpowiedziała Ada nieco rozdrażniona.

– Po angielsku – drążył.

– Kaśka mi pożyczyła. Jej brat pracuje w Anglii. Poprosiła, by jej wysłał trochę angielskich książek, żeby mogła się lepiej przygotować do matury. To podobno bestseller na Wyspach.

– „P.S. I love you" – przeczytał nieco sarkastycznym tonem, patrząc jej w oczy. – Niech zgadnę... To o miłości?

– Spotykają się, zakochują, pobierają, a potem on umiera na raka, a jego żona się załamuje – streściła szybko. – Po pewnym czasie zaczyna dostawać od niego listy. Okazuje się, że przed śmiercią pisał do niej, żeby mogła je dostać po jego śmierci i dzięki temu mniej tęskniła.

– *Very romantic.* – Marek mrugnął do niej.

– *Very* – przytaknęła zamyślona. – Tak bardzo, że chyba nie mogłoby zdarzyć się naprawdę.

Ada Dziurska wiedziała, że takie rzeczy dzieją się tylko w książkach. Albo w filmach. Chciałaby, aby i jej się kiedyś coś takiego przytrafiło. Chciałaby, żeby ktoś kiedyś napisał do niej list. Miłosny. Tak samo jak chciała, aby ktoś ją w końcu pocałował. Ktoś, kogo imię zaczyna się na literę „m".

– Naprawę to wszystko przeczytałaś? – zapytał z uznaniem w głosie, spoglądając na wypchane książkami półki w jej pokoju.

– Jestem wnuczką polonistki, a to zobowiązuje – odpowiedziała pośpiesznie, myśląc sobie, że przecież nie zaprosiła go do siebie, żeby gadać o książkach. – Dlaczego jestem dla ciebie tylko koleżanką? – zapytała nagle, uderzając bezpośrednio i podchodząc do niego bardzo blisko.

– Nie jesteś dla mnie tylko koleżanką – odparł spokojnie, patrząc jej w oczy.

– To kim jestem? – Odwzajemniła spojrzenie, kokieteryjnie okręcając kosmyk włosów wokół palca.

Marek uśmiechnął się lekko. Zbliżył swoją twarz do jej twarzy w taki sposób, że mogłaby przysiąc, że zaraz ją pocałuje. Zamknęła oczy i…

Usłyszała, jak ktoś przekręca klucze w zamku w drzwiach do mieszkania.

– Jestem już! – krzyknął z progu Waldemar Dziurski.

Ada zaklęła w myślach, nieświadomie robiąc przy tym rozgniewaną minę. Nienawidziła swojego ojca już wcześniej, a teraz przeszkodził jej w pierwszym pocałunku z chłopakiem, w którym się kochała od prawie roku.

– O! Ada, masz gościa. – Ojciec przystanął w drzwiach jej pokoju. – Dzień dobry. Waldemar Dziurski. Jej ojciec – zakomunikował nieco wyniośle i wyciągnął rękę w stronę Marka.

– Marek Koszycki. Jej chłopak – odparł Marek wesoło.

Ada wytrzeszczyła oczy. Powiedział „chłopak". Jejku, czyli, tak jak mówił, nie była koleżanką. Była jego dziewczyną. I była tak szczęśliwa, że nawet nie zwróciła uwagi na fakt, że Marek przedstawił się w ten sposób jej apodyktycznemu jak diabli ojcu, wzorowemu (tylko z pozoru) Komendantowi Straży Miejskiej w Zamościu.

Z tym że Waldka Dziurskiego wcale nie zainteresowało to, że Marek był chłopakiem Ady. Zaintrygowało go coś innego.

– Może pan powtórzyć nazwisko? – poprosił bardzo formalnie Waldek.

Wtedy właśnie Adrianna zorientowała się, co jest na rzeczy. Waldek Dziurski też musiał skądś słyszeć o braciach Marka, którzy przed wyjazdem do Niemiec kilka razy wdali się w konflikt z prawem.

– Koszycki – powtórzył bardzo oficjalnie Marek.

– To z tych Koszyckich z Lubelskiej? – dopytywał się ojciec Ady.

– Nie, proszę pana. Jestem ze Starogrodu – odparł niczego nieświadomy chłopak Ady.

Twarz Ady zbladła. Twarz ojca z kolei poczerwieniała.

– Tato, bo Marek... – Ada już miała powiedzieć, że Marek nie ma nic wspólnego z bliźniakami Koszyckimi ze Starogrodu. Nic... Poza wspólnymi rodzicami.

– Ada, zrób nam kawę – nakazał nagle ojciec tonem nieznoszącym sprzeciwu. – Jaką kawę pan pije?

Wtedy chyba i do Marka dotarło, że coś się święci.

– Czarną – odrzekł i czujnie zmrużył oczy, niczym szachista przed swoim ostatnim, decydującym ruchem.

– Ja też czarną – odparł Waldemar Dziurski. – Zrób nam mocną czarną kawę – rozkazał Adzie.

Adrianna spojrzała na Marka Koszyckiego przepraszająco i poszła do kuchni, zamykając za sobą drzwi. Musiała się skupić, żeby jak najszybciej obmyślić plan działania i uwolnić swojego chłopaka od katorgi przebywania z jej starym. Nastawiła wodę na kawę i przysiadła na taborecie. Kiedy tak siedziała zrozpaczona i rozmyślała nad ciężką przeprawą, jaka czeka Marka, doszły do niej śmiechy z salonu. Zamurowało ją. Uchyliła drzwi kuchni. Ojciec się z czegoś śmiał. Marek też się śmiał. Ada się nie śmiała.

„Co jest grane?" – nerwowo zastanawiała się w myślach.

Kiedy przyniosła kawę, mężczyźni siedzieli sobie wygodnie na fotelach i byli tak zajęci konwersacją, że nawet jej nie zauważyli. Dyskutowali o jakimś historycznym zajściu.

No tak. Marek dobrze znał historię, przecież chciał zdawać na prawo. Waldek z kolei historią się pasjonował. Zbierał znaczki i monety, a w garażu miał prawdziwy arsenał. Kolekcjonował starą broń, głównie strzelby i karabiny, oczywiście w większości zdobyte nielegalnie. Prawdopodobnie już dawno by za to siedział, gdyby nie jego funkcja i związane z nią znajomości oraz przywileje.

Ada stwierdziła, że nie będzie im przeszkadzać. Jej samej historia jakoś nie pociągała. Wolała czytać książki... Po angielsku. Poszła do swojego pokoju i położyła się na kanapie z książką w ręku. Usiłowała skupić się na lekturze *P.S. I love you* Cecelii Ahern. Czytanie jej jednak wcale nie szło, bo zdecydowanie wolałaby robić inne rzeczy. Na przykład całować się z Markiem.

Po dwóch godzinach Marek uchylił drzwi do jej pokoju.

– Ada, spadam. Mam zaraz ostatni autobus.

– OK. Cześć – odpowiedziała z nadąsaną miną. Do tej pory nie mogła zrozumieć, jakim prawem jej ojciec ukradł jej chłopaka, o którym jeszcze dwie godziny temu nie wiedziała, że jest jej chłopakiem, i z którym dwie godziny temu miała się pierwszy raz pocałować. Nie rozumiała też, dlaczego Marek, wiedząc, że za dwie godziny będzie musiał się zbierać, wolał ten czas spędzić z jej tatą niż z nią.

– Pożyczysz mi jakąś książkę?

„Jeju, ten znowu o tych książkach" – westchnęła w myślach.

– Wybierz sobie – odparła obojętnym tonem, nie ruszając się z łóżka.

– Pożycz mi swoją ulubioną – poprosił.

Naburmuszona wstała i z lekką nonszalancją podała mu z półki *Jedenaście minut* Paula Coelho.

– Dzięki – powiedział, patrząc jej w oczy.

– Spoko – odparła od niechcenia. Położyła się z powrotem na kanapie i zaczęła udawać szalenie zaczytaną.

Kiedy wyszedł, poczuła się okropnie. Przede wszystkim dlatego, że tak chłodno go pożegnała. Było jej przykro. Przecież pozostało im jeszcze raptem kilka spotkań, zanim on wyjedzie. Potem przez kilka miesięcy nie zobaczą się wcale.

Myliła się. Przed jego wyjazdem zobaczyli się tylko raz. Marek wyraźnie jej unikał. Nie odpisywał na SMS-y. Ledwo wymusiła na nim to ostatnie spotkanie. Pojechali rowerami na polanę przy stadninie pod Łopiatynem.

– Dlaczego nie powiedziałaś mi, że twój tato jest komendantem policji? – zapytał.

– Nie policji, tylko straży miejskiej – poprawiła go Ada.

– To chyba jedno i to samo.

– Chyba nie – burknęła. – Komendantem policji nie mógłby zostać taki kretyn.

– Ada, przestań. Masz naprawdę fajnego ojca.

– No może rzeczywiście jest mądrzejszy, niż myślałam, skoro się na tobie poznał. Chyba nawet cię polubił.

– Tak powiedział? – zaciekawił się.

– Uważa, że masz ponadprzeciętny umysł.

Marek wydawał się wyraźnie zadowolony z usłyszanych przed chwilą słów. Ada nie mogła pojąć, dlaczego zdanie ledwo poznanego człowieka liczyło się dla niego bardziej niż jej uczucia.

– To dlatego ostatnio tak mało się odzywałeś? Wystraszyłeś się mojego starego? – Wpatrywała się w niego wyczekująco.

– Nie. Nie dlatego... – zawahał się.

Ada Dziurska wiedziała, że nie do końca mówił prawdę.

– Jutro wyjeżdżam – obwieścił jej nagle.

– OK – odpowiedziała, udając obojętność. Zdała sobie sprawę z tego, że prawdopodobnie widzą się właśnie po raz ostatni. Marek zachowywał się tak dziwnie. Niepotrzebnie wtedy go zapytała, kim dla niego jest. Pewnie jak większość facetów poczuł się przytłoczony. Z przeczytanych książek wiedziała, że mężczyźni na ogół nie lubią deklaracji. Myślała, że on jest inny, ale najwyraźniej się myliła. Do oczu napłynęły jej łzy. Stwierdziła, że lepiej będzie, jak się pożegnają i każde pojedzie w swoją stronę. Ona pojedzie do domu płakać w poduszkę.

Już miała iść po rower, gdy usłyszała:

– Jesteś miłością mojego życia.

– Co? – Skołowana wlepiła w niego wzrok.

– Chciałaś wiedzieć, kim dla mnie jesteś. Jesteś miłością mojego życia – powtórzył, patrząc jej prosto w oczy.

Ada w pierwszym momencie pomyślała, że to żart. Kiedy jednak zorientowała się, że mówił poważnie, postanowiła wytłumaczyć mu pewną zależność.

– Takie rzeczy człowiek odkrywa dopiero pod koniec swojego życia – zaczęła patetycznie. – A nie prawie na jego po...

Przerwał jej, wsuwając język do jej ust.

Adrianna poczuła, że nagle milion gwiazd zaczęło spadać z nieba, chociaż dalej panował biały dzień. Jeszcze nigdy nie doznała czegoś tak intensywnego. Owszem, całowała się już kilka razy z chłopakami, ale była to raczej forma sprawdzenia, jak to w ogóle jest z kimś się całować. Do tej pory nie całowała się jeszcze z nikim, kogo kochała. To było oszałamiające... Cudowne... Boskie... Zniewalające.

Smakowało miętową gumą do żucia znanej marki, a pachniało jaśminem.

A co najważniejsze: ten pocałunek trwał i trwał. Całowali się w sumie z dobre pół godziny. Jak zaczęli, nie mogli przestać. Całowali się i śmiali do siebie. Śmiali się i całowali.

Szczęście zawisło w powietrzu między nimi i było go tyle, jakby się skumulowało z całego Starogrodu, a może nawet i z Sosnówki. W sumie oboje czekali na tę chwilę prawie rok, więc kiedy już przyszła, musiała być... magiczna. Tak więc ich pierwszy pocałunek był niczym jedyna w swoim rodzaju, niesamowita baśń, którą potem nie raz będą opowiadali sobie w myślach.

– Nie jedź – poprosiła go, kiedy zrobili sobie przerwę, aby zaczerpnąć trochę powietrza.

Przecież nie mógł sobie tak po prostu teraz wyjechać! Nie po tym, co przed chwilą zaszło na tej polanie! Nie po takim pocałunku i nie po takim wyznaniu. Nie! Nie! Nie!

– Muszę... Witek z Kubą coś nawykręcali. Pojadę i dowiem się, o co chodzi.

Nie brzmiało to dobrze.

– Marek, jesteś ich młodszym bratem, nie ojcem. To oni powinni opiekować się tobą, a nie odwrotnie.

– Ada, gdyby nie oni, nie skończyłbym liceum w Sosnówce. Matce nie wystarczyłoby kasy. Gmina może i zafundowała jakieś stypendia dla najlepszych uczniów, ale to były grosze.

Patrzyła na niego przybita.

– Wynagrodzę ci to jakoś, zobaczysz – zakomunikował, patrząc jej głęboko w oczy.

– Jak? – spytała posępnie.

– Wymyślę coś. W końcu, jak mądrze zauważył twój tato, mam ponadprzeciętny umysł. – Mrugnął do niej.

Wyjechał następnego dnia. Miało go nie być ponad trzy miesiące. Ale Ada nie była pewna, ile czasu się wtedy nie widzieli. Dla niej to była cała wieczność. Kiedy kilkanaście dni po jego wyjeździe przygotowywała się do spotkania z koleżankami, matka zajrzała do jej pokoju i, trzymając w ręku białą kopertę, zakomunikowała:

– Jakiś list do ciebie... Z Niemiec.

***

Na dnie szafy, w której Adrianna umieściła pudełko z listami od Marka, leżały jeszcze dwa pudełka z dopiskiem „Papiery z Anglii". W jednym, owiniętym pakowym papierem, znajdował się komplet bielizny od Rafała Górskiego, zakupiony w sklepie o bardzo wymownej nazwie „More". Drugie pudełko natomiast było niemalże jak puszka Pandory. Po jego otwarciu wszystko mogłoby się diametralnie zmienić... Zwłaszcza teraz.

ROZDZIAŁ 18

Osobliwy podarunek od Marka Koszyckiego nie był jednak jedyną dziwną rzeczą, która przydarzyła się Adriannie Dziurskiej tego dnia, w którym odbyły się Powiatowe Wyścigi Konne w Sosnówce. Bo w tym dniu wujek Ady też dostał list. Był to list z banku, co Ada poznała po kopercie. Wujek długo go czytał, po czym stwierdził, że nie wybierze się z nimi na wyścigi, bo musi jechać na pole. Przekazał Adzie, by przeprosiła od niego Kingę.

Mama musiała zostać z babcią. Zresztą było tak gorąco, że Ada pewnie sama by ją poprosiła, aby z nimi nie jechała. Regina z wiekiem coraz gorzej znosiła upały.

Babcia nie była w najlepszej formie, jednak kiedy przez otwarte drzwi ze swojego pokoju zobaczyła, że Ada szykuje się do wyjazdu, ożywiła się i zawołała ją do siebie.

– Tak, babciu? – Adrianna posłusznie podeszła do jej łóżka.

– Adusiu, myślę, że Mirek kogoś ma – powiedziała staruszka z nad wyraz poważną miną. Ada zauważyła, że Maria znowu wygląda tak, jakby naprawdę wiedziała, o czym mówi.

– Nie... – Ada zaprzeczyła z wahaniem.

– Całymi dniami nie ma go w domu.

– Są żniwa, babuniu.

– Twój dziadek też tak znikał, jak miał żniwa.

– Więc wszystko jasne – odparła wesoło Adrianna.

– Mówię ci, dziecko, twój wujek sobie w końcu kogoś znalazł. Zresztą najwyższy czas. Jak długo można opłakiwać starą miłość.

Ada popatrzyła na nią otępiałym wzrokiem.

„No właśnie. Jak długo?" – zamyśliła się.

– Adusia... Ty też musisz ułożyć sobie w końcu życie – ciągnęła Maria.

– Co? – Ada Dziurska oprzytomniała.

– Idźcie z Marianem do urzędu i załatwcie sobie najpierw ślub cywilny. On chyba nie ma nic przeciwko, że jesteś panną z dzieckiem. Jak już się pobierzecie, porozmawiam z naszym proboszczem, żeby udzielił wam ślubu w kościele. Zrobimy to, jak należy. Dziadek na pewno by sobie tego życzył. Zobaczysz. Jeszcze ubierzesz się w białą suknię.

Ada w pierwszym momencie pomyślała, że babci Marysi znowu coś się pomieszało, a potem przypomniało jej się, że tak właśnie ostatnio nazwała Rafała: Marian.

– Muszę iść, babciu. – Niepewnie podniosła się z łóżka. – Dziewczyny zaraz po mnie przyjadą.

– Zanim wyjdziesz, przeszukaj, proszę, raz jeszcze kieszenie w płaszczach na strychu. – Maria popatrzyła na nią błagalnym wzrokiem. – Te pieniądze muszą gdzieś być.

– W porządku. Tak zrobię – odpowiedziała najpoważniej, jak potrafiła.

Nie zapominajmy, że Ada Dziurska miała całkiem sporą wprawę w mówieniu nieprawdy.

Na wyścigi pojechały razem z Kamą i Karolą samochodem Karoliny. Ada miała okazję wypytać Kamilę o pobyt jej męża w Polsce, a dokładnie o ich wspólne noce. Kama nie była specjalnie wylewna, ale po jej błyszczących oczach i zarumienionych policzkach można było odgadnąć, że seksowna bielizna zrobiła robotę.

Przysłuchując się wywodom Karoliny o tym, czego to ona nie zrobi, jak jej mąż przyjedzie w październiku, Ada wyjęła z plecaka smartfon. Chciała sprawdzić pogodę na najbliższe godziny. Wiedziała, że jeżeli upał będzie się utrzymywał, to zawody się nie odbędą. Kinga byłaby bardzo zawiedziona i chodziłaby po domu zła jak osa. A ona miała już wystarczająco dużo problemów.

Wyświetlił jej się e-mail od dziewczyn z działu HR w FoodClass. Pytały, czy w zamian za podwyżkę i dwa dodatkowe dni urlopu nie mogłaby wrócić do pracy. Podobno żadna z jej następczyń nie wytrzymała z Wolfgangiem dłużej niż tydzień.

„I dobrze" – pomyślała Ada. „Niech sobie palant radzi sam".

Kiedy dotarły do toru wyścigowego w Sosnówce, z ulgą stwierdziła, że zrobiło się nieco chłodniej. Zbliżał się wrzesień i z każdym dniem słońce witało się z horyzontem szybciej. Teraz też znajdowało się dużo niżej niż kilka dni temu o tej samej porze.

Na widowni było już tyle ludzi, że z trudem znalazły wolne miejsca. Rafał tego dnia załatwiał w mieście swoje służbowe sprawy, więc umówili się, że będzie na nie czekał już na miejscu. Adrianna próbowała się do niego dodzwonić, ale cały czas traciła zasięg. Rozglądała się po trybunach, usiłując odnaleźć go wśród reszty widzów. I wtedy właśnie dostrzegła jeszcze kogoś.

Witold Koszycki we własnej osobie.

Mimo że ostatni raz widziała go czternaście lat temu, rozpoznała go od razu. Głównie dlatego, że wyglądał jak o pięć lat starsza kopia Marka. Przypomniała sobie, jak Marek wspominał, że Witek planuje zjechać na stałe do Polski. Poczuła niepokój wkradający się do jej i tak już niespokojnego serca. Demony przeszłości powracały, a ten był najgorszy, gdyż osiągnął zmaterializowaną postać.

– Wszystko OK, Ada? – Karola spojrzała na nią zaniepokojona. – Strasznie zbladłaś. Nie denerwuj się tak. – Pogłaskała ją pokrzepiająco po plecach. – Dorian mi dziś mówił, że Kinia ma wygraną w kieszeni.

– Podobno Koszycki wyhodował w swojej stadninie już kilka championów – zagadnęła Kamila. – A od kiedy ten kolega weterynarza zaczął u niego pracować, zajęli się przygotowywaniem ich do wyścigów. To niesamowite, jaki ten człowiek jest wszechstronny.

Ada wzięła głęboki oddech. Miała świadomość tego, że nie jest już naiwną, bezbronną nastolatką. Życie nauczyło ją, jak się obronić, zawalczyć o swoje, stawiać czoła przeciwnościom losu oraz aktywnie przeciwstawiać się złu. Spróbowała skupić swoją uwagę na rozpoczynających się właśnie wyścigach. W końcu to był bardzo ważny dzień dla jej córki. Koń Kingi rzeczywiście prezentował się wspaniale. Spokojnie mogłaby z nim startować w profesjonalnych turniejach.

Kiedy czekający na sygnał dżokeje w końcu wystartowali, tłum na widowni oszalał. Jej myśli wróciły na chwilę do Ascott, gdzie kilka razy gościła razem z Paulem, Willem i Kingą. Niedawno przeczytała w gazecie, że popularność wyścigów konnych w Polsce bardzo wzrosła.

– Niesamowite – podsumowała ze łzami w oczach, gdy Kinga wygrała. Pierwsze miejsce! Szok. Przecież na przygotowanie się do tego turnieju jej córka miała raptem kilka tygodni!

Po długich owacjach zaproszono wszystkich dżokejów na scenę ustawioną przy torach wyścigowych.

Marek Koszycki jako właściciel konia, który wygrał, miał wręczać Kindze puchar, wspólnie z burmistrzem Sosnówki.

– Marek... Poczekaj... – Grażyna Koszycka złapała go za ramię, kiedy miał już wchodzić na scenę.

Nie wyobrażał sobie, żeby ciotki zabrakło na tych wyścigach. Była najbliższą mu osobą. Kilka razy wspominał jej o Kindze. Opowiadał, jaką jest utalentowaną dżokejką. Napomknął, że jest córką Ady, z którą spotykał się czternaście lat temu.

– Mówiłeś, że czyją Kinga jest córką? – Grażyna ściszyła głos. Miała bardzo tajemniczą minę.

– No Ady... Widziałaś ją kilka razy. Możesz już nie pamiętać. Jest do niej bardzo podobna – odpowiedział pośpiesznie, bo właśnie wywoływano go na scenę.

– Marek... Ona jest uderzająco podobna do twojej matki, kiedy była w jej wieku. Mimo że jej wtedy nie znałam, mam u siebie wszystkie albumy ze zdjęciami twoich rodziców i często je przeglądam. Mówię ci, ta dziewczynka to cała Ewka, jak miała naście lat.

Marek spojrzał na ciotkę tępym wzrokiem.

Nie ma sensu udawać, że Koszycki nic a nic się nie domyślał. Był w końcu inteligentnym człowiekiem. Ponadprzeciętnie inteligentnym. Coś mu zaczęło świtać, zwłaszcza że Ada zachowywała się dosyć dziwnie. Owszem, mogła mieć do niego żal o to, że czternaście lat temu nie wszystko potoczyło się tak, jak sobie tego życzyli, ale w jej gestach i sposobie, w jaki go od siebie odtrącała, było coś jeszcze. Zupełnie jakby coś przed nim ukrywała. Jednak nigdy do głowy by mu nie przyszło, że mogłaby zataić przed nim fakt, że mają razem dziecko! I to nie tylko przed nim. Bo jeśli to prawda, to Kinga też nie miała o niczym pojęcia. Jakim, do cholery, trzeba być człowiekiem, żeby wyrządzić komuś aż taką krzywdę?! Co trzeba mieć w sercu? I czy tacy ludzie w ogóle mają serca? W życiu by nie pomyślał, że kobieta, której nigdy nie przestał kochać, byłaby zdolna do czegoś tak podłego!

Przypomniał sobie datę urodzin, jaką podawała mu Kinga, kiedy rejestrowali ją do wyścigów. Pamiętał dokładnie dzień i miesiąc, gdyż swoje urodziny obchodził raptem dzień później. Piątego marca. Kinga miała trzynaście lat, zatem przyszła na świat w dwa tysiące siódmym roku. Na początku czerwca dwa tysiące szóstego zabrał Adę do Sopotu. Zaczął liczyć. Zrobiło mu się gorąco. Popatrzył jeszcze raz na dyplom, który miał wręczać dziewczynie. Kinga Dziurska. Nosiła nazwisko Ady, więc w akcie urodzenia musiała mieć wpisane „ojciec nieznany". A to znaczy, że Kinga prawdopodobnie nigdy nie poznała swojego biologicznego ojca. Czyli... jego?

– Marek, idziemy. Nie ma co zwlekać. – Burmistrz zaczął go ponaglać. – Gdybym nie był urzędnikiem, postawiłbym dziś na tę twoją klacz sporą sumę. Wiesz, że się trochę znam na koniach. Od początku wiedziałem, że Atria wygra. – Poklepał go po plecach z uznaniem. – A ta młoda dżokejka to prawdziwy talent. Widać, że ma zacięcie i charyzmę. Aż dziw, że to żadna twoja rodzina – mówiąc to, Szwed wkroczył z zapałem na scenę i od razu podszedł do Kingi z serdecznymi gratulacjami.

Następnie wójt ze łzami w oczach wręczył Kindze puchar. Dziewczynę trochę to zaskoczyło. Nie pomyślałaby, że aż tak zależało mu na wygranej.

Zaraz potem Marek zaczął szukać na widowni Adę. Szła właśnie w ich stronę, cała rozpromieniona, ocierając łzy szczęścia. Spotkali się wzrokiem. Zobaczyła w jego oczach ból przemieszany ze złością i z niedowierzaniem. Odgadła, że czegoś się domyślił. Uśmiech od razu znikł z jej twarzy, a zastąpił go grymas rozpaczy. Przez chwilę stała nieruchomo, lecz zaraz potem odwróciła się na pięcie i zaczęła iść w przeciwnym kierunku. Nie zamierzała z nim rozmawiać przy tych wszystkich ludziach. Wiedziała, że on za nią pójdzie. Nadeszła ta nieunikniona chwila, w której będzie musiała mu wyznać prawdę.

– Ada! – Nagle wyrósł przed nią ojciec.

– Co ty tu robisz? – zapytała wyraźnie zirytowana.

– Chyba nie myślałaś, że przegapię widok, jak moja własna wnuczka wygrywa konne wyścigi? – Waldemar Dziurski spoglądał na nią badawczym wzrokiem. – To nie ten twój Marek wręczał jej puchar? Ten, który kiedyś do ciebie przyjeżdżał? Mógłbym przysiąc, że to był on. Podobno jest wójtem Starogrodu. Czemu się nie odezwałaś?

– Nie teraz, tato, proszę.

– Jesteś bardzo blada. Dobrze się czujesz?

Adrianna ze strachem w oczach obserwowała, jak zbliża się do nich wkurzony Marek Koszycki.

– Tato, pogadamy w domu! Dzięki za kwiaty! – rzuciła i szybkim krokiem ruszyła do tylnej bramy stadionu.

– Jakie kwiaty, dziecko? O czym ty mówisz? – Waldemar Dziurski nie nadążał za córką.

Adrianna jednak nie usłyszała już tego pytania. Była prawie przy wyjściu, gdy Marek dogonił ją i chwycił za łokieć.

– Poczekaj! – krzyknął. Tak samo jak wtedy, pod kościołem. Wtedy też przed nim uciekała. Teraz już wiedział, jaki był tego powód. Zrozumiał, dlaczego tak go unikała, a często wręcz odpychała. Nie chciała, żeby się dowiedział.

Stanęła przed nim ze zrozpaczoną miną i spojrzała mu w oczy. Po czternastu latach miała wyjawić mu swój sekret. Skrywaną przed wszystkimi tajemnicę.

– Kinga to moja córka, tak? – zapytał, chociaż był już tego pewny.

Nie mogła wydobyć z siebie słowa. Przełknęła ślinę, próbując powstrzymać wybuch płaczu.

Przez dłuższą chwilę patrzył na nią otępiale. Gdy jego oczy zaszkliły się od łez, odwrócił się i zaczął iść przed siebie.

Adzie zabrakło powietrza. Nogi się pod nią ugięły i zrobiło jej się słabo, zupełnie jak ostatnio w Urzędzie Gminy. Spuściła głowę i dostrzegła spływające po jej udach i łydkach strużki krwi.

– Ada, co się dzieje? – Zobaczyła Rafała, który właśnie podbiegł i przyglądał się jej z przerażeniem w oczach.

Jej ojciec też już do nich dobiegał.

Adriannie Dziurskiej zakręciło się w głowie. Poczuła, że zaraz znowu zemdleje. Rafał Górski w ostatniej chwili zdążył ja złapać.

ROZDZIAŁ 19

Sierpień 2006

W niedzielę po południu Ada z filiżanką ziołowej herbaty w ręku usiadła na kanapie w swoim pokoju. Miała zamiar poczytać. Wiedziała, że czytanie ją uspokoi. Pomoże jej się oderwać od dokuczliwych myśli i niechcianych obrazów, jakie od paru tygodni nieustannie przewijały się przez jej głowę.

Od tamtego wydarzenia źle sypiała. Bała się, że to wszystko się jej przyśni. Myślała, że po powrocie do Zamościa będzie lepiej. Dlatego też wróciła zaraz po całym tym zajściu. Rodzice się zdziwili. Przecież od kilku lat ich córka niemal każdy wolny dzień spędzała w Starogrodzie lub u Marka w Lublinie. Tymczasem pojawiła się w domu w połowie wakacji. Na dodatek wyraźnie przygaszona.

Próbowała żyć tak jak dawniej, jednak od powrotu raptem kilka razy wyszła z domu. I to tylko dlatego, że matka wysłała ją po zakupy. Każdy niespodziewany dźwięk sprawiał, że podskakiwała ze strachu. Stało się tak również w tym momencie, gdy na odgłos dzwonka do drzwi niemal wypuściła z rąk filiżankę z herbatą, którą właśnie dopijała.

– Ada, otwórz! – Jak przez mgłę usłyszała wołanie ojca.

Wstała i z obawą chwyciła za klamkę wejściowych drzwi. Zdawała sobie sprawę, że szanse na to, iż na korytarzu zastanie Witka Koszyckiego, są nikłe, lecz mimo to cała się trzęsła. Gdy przed oczami stanęło jej dwóch młodych policjantów, zamarła.

– Dzień dobry. Komisariat Policji Zamość. Aspirant Miałczyński i aspirant Hłasko – przedstawił się jeden z nich i oboje się wylegitymowali.

– O co chodzi? – Do przedpokoju wparował ojciec. – Dzień dobry – przywitał się z policjantami.

– Dzień dobry – odpowiedział aspirant Hłasko. – Chcieliśmy zadać kilka pytań pani Adriannie Dziurskiej. To pani, tak? – zwrócił się do niej.

– Tak... – odpowiedziała niepewnie.

– Panowie, wiecie, jaki dziś jest dzień?! – zapytał rozjuszony Waldek Dziurski. – Jest, kurwa, niedziela. Godzina czternasta. Dlaczego nachodzicie ludzi w niedzielę, kiedy siadają do rodzinnego obiadu?!

– W niedzielę jest największe prawdopodobieństwo, że zastaniemy kogoś w domu. Poza tym prowadzimy ważne dochodzenie na skalę międzynarodową. Takie sprawy nie mogą czekać do poniedziałku.

– Widzicie to dziewczę? – Waldek skierował swój wzrok na przerażoną Adę. – Naprawdę myślicie, że moja córka może wam w tym pomóc? Ona całymi dniami siedzi w książkach. Albo jeździ do babki na wieś.

– Mamy prawo sądzić, że jest pani członkiem międzynarodowej zorganizowanej grupy przestępczej, zajmującej się przemytem kradzionych samochodów z Europy Zachodniej do Rosji – zwrócił się do niej aspirant Miałkiewicz. – Pojedzie pani z nami na komisariat w celu złożenia zeznań.

Ada Dziurska wytrzeszczyła oczy.

„Międzynarodowa zorganizowana grupa przestępcza?!" – Zachciało jej się wymiotować. Wprawdzie Marek, przyparty przez nią do muru, wyznał niedawno, na czym polega biznes, jaki prowadzi z braćmi. Jednak w jego ustach nie brzmiało to aż tak poważnie... Ani aż tak groźnie.

– Zaraz, zaraz! – oburzył się Waldek Dziurski. – Na jakiej podstawie oskarżacie moją córkę?! Ona się stąd nigdzie nie ruszy, dopóki nie otrzymamy pełnych wyjaśnień.

– Przy granicy polsko-ukraińskiej, w Zosinie, zostały znalezione dwa sprowadzone z Niemiec auta, które prawdopodobnie miały trafić na Ukrainę, a następnie do Rosji – wyjaśnił. Hłasko. Ich rynkowa wartość na ten moment to jakiś milion złotych. BMW X6 i Maybach. Oba tegoroczne, zakupione kilka miesięcy temu. Parę tygodni temu zostały skradzione spod domu ich właścicieli. Samochody tego typu są przez nas traktowane jak dobra luksusowe. Sądzimy więc, że były sprowadzone na specjalne zamówienie. Oba auta posiadają sfałszowane dowody rejestracyjne, zgodnie z którymi obydwa samochody należą do pani.

– Wy chyba nie wiecie, kim ja jestem! – warknął nagle Waldemar Dziurski. Wyszedł na chwilę i wrócił ze swoją legitymacją. Rozłożył ją przed nimi dumnie. – Myślicie, że pozwoliłbym córce wplątać się w takie bagno? To na pewno jakaś pomyłka!

Ada patrzyła na niego ze łzami w oczach. Policjanci patrzyli na niego bez łez w oczach, za to nieźle skołowani.

– Panie komendancie... Przykro nam, ale musieliśmy to sprawdzić – powiedział niepewnie jeden z nich.

– To sprawdziliście. A teraz dajcie nam w spokoju zjeść niedzielny obiad. A jutro, w poniedziałek, czyli w dzień, kiedy powinno składać się takie wizyty, odwiedzę waszego szefa i jeszcze raz z nim to wyjaśnię.

– W porządku. Przepraszamy za najście. Miłej niedzieli – odezwał się drugi policjant. – Do widzenia.

– Oby nie – burknął komendant Dziurski.

Ada patrzyła, jak ojciec zamyka za nimi drzwi.

– Regina! Gdzie ten obiad?! – krzyknął do żony, nie zwracając w ogóle uwagi na zapłakaną córkę.

Kiedy tylko zniknął za kuchennymi drzwiami, Ada weszła do łazienki i zaczęła wymiotować. Nigdy chyba tak się jeszcze nie zestresowała. Domyślała się, że nerwy nie są jedynym powodem tych mdłości.

Siedząc na brzegu wanny, patrzyła w telefon na SMS-a, którego przed chwilą dostała:

Wszystko idzie zgodnie z planem. Wracam pojutrze.
Kocham Cię.

„No, na pewno zgodnie z planem" – skwitowała sarkastycznie w myślach.

Wysłała wiadomość do koleżanki, która dwa miesiące wcześniej wyjechała do Anglii:

Kaśka, jak tam? Dalej mogę przyjechać?

Po zaledwie jednej minucie przyszła odpowiedź od Katarzyny Walewskiej:

Jest zajebiście. Pracuję w fabryce krewetek pod Londynem. Spoko ludzie i kasa też. Przyjeżdżaj, kiedy tylko chcesz.

Ada po cichu wyszła z łazienki i weszła do swojego pokoju, zamykając za sobą drzwi. Następnie pośpiesznie zaczęła wyjmować ciuchy z szafy.

– Adrianna, obiad. – Regina Dziurska uchyliła drzwi. – Co ty robisz?

– Mamuś... Kaśka pisała. Załatwiła mi pracę w Anglii. Pojadę na dwa miesiące, zarobię coś sobie.

– Ojciec mówił, że policja przed chwilą tu była. – Regina przyglądała się jej badawczo.

– Chyba im się adresy pomyliły – mruknęła Ada lekceważąco. Następnie dodała już poważniej: – Mamo, nie mów, proszę, nikomu, gdzie wyjechałam, OK? – Spojrzała wyczekująco na matkę.

– Nie rozumiem... Dlaczego?

– Muszę sobie przemyśleć parę rzeczy. Obiecasz mi to? To tylko dwa miesiące. Nie powiesz nikomu? – nalegała.

– Nic nie wspominałaś, że chcesz jechać do Anglii.

– Kaśka dopiero teraz napisała, że coś znalazła. Będziemy mieszkać u jej brata. Razem z jego żoną i dzieckiem. Nic się nie martw. Za dwa miesiące wracam – dodała z wymuszonym uśmiechem na twarzy.

– Polecisz samolotem?

– Pojadę autobusem. Odjeżdża jutro z samego rana. Kaśka też nim jechała. Jej mama napakowała wtedy całą torbę przetworów dla Mikołaja, to znaczy tego jej brata, i nie miałaby jak zabrać się samolotem.

– Daj spokój. Będziesz się tłukła trzydzieści godzin. Chodź, poszukamy lotów. – Regina zasiadła do laptopa stojącego na biurku Ady. – Masz okazję pierwszy raz polecieć samolotem. Podobno nieraz bilety są tańsze niż te na autokar.

– Nie! – Ada zaprzeczyła ruchem głowy. – Wszystko zarezerwowane. Muszę tam być najpóźniej pojutrze. Inaczej ktoś inny dostanie tę pracę. Mam trochę oszczędności. Pożyczysz mi pięćset złotych? Oddam, jak zarobię, obiecuję.

– Dziecko, oczywiście, że ci dam pięćset złotych. Może jednak to jeszcze przemyślisz? To chyba nie jedyna praca w całej Anglii? Wszędzie trąbią, że pracy tam jest całkiem sporo. – Matka nie odpuszczała.

– Tak. Ale ja chcę pracować z Kaśką. Będzie nam raźniej. Będziemy sobie razem dojeżdżać. Mamo, pomożesz mi przekonać ojca? Wiesz, że on zaraz będzie zrzędził.

Regina patrzyła na córkę podejrzliwym wzrokiem.

– Pomożesz mi go przekonać, żeby na razie nie mówił nikomu, gdzie jestem? – Ada patrzyła na nią ze łzami w oczach.

– Co znaczy nikomu? Markowi też mamy nie mówić? – Matka była coraz bardziej podejrzliwa.

– Zwłaszcza jemu – odpowiedziała Ada pośpiesznie.

– On ci coś zrobił, Ada? Skąd ten nagły wyjazd, ten pośpiech?

– Nic mi nie zrobił – wydusiła przez zaciśnięte gardło. – Ja, po prostu... Muszę chwilę pobyć sama. – Usiadła na kanapie obok matki i zaczęła coś ściemniać, aby ją uspokoić. – Nie jestem do końca pewna, czy powinnam z nim zamieszkać.

– O! Bardzo dobrze! Ja też nie jestem tego pewna. Babcia zawsze powtarza, że to nie jest chłopak dla ciebie.

– Babcia go nawet nie poznała. Przeszła na emeryturę, zanim zdał do czwartej klasy. Mamo, przysięgnij mi, proszę, że nikt się nie dowie, gdzie jestem. – Ada spoglądała na matkę błagalnym wzrokiem.

Regina westchnęła głęboko.

– Niech tak będzie – odpowiedziała po dłuższej chwili. Po jej minie widać było jednak, że nie jest do końca przekonana co do słuszności decyzji Adrianny, żeby ni stąd, ni zowąd wyjechać do obcego kraju.

Decyzji tej, ku zdziwieniu żony i córki, był bardzo przychylny Waldek Dziurski. Komendant stwierdził, że zmiana otoczenia dobrze Adzie zrobi. Dodał też, że będzie miała doskonałą okazję nauczyć się trochę samodzielności i odpowiedzialności, zanim zacznie dorosłe życie i zamieszka ze swoim chłopakiem w Lublinie.

W poniedziałek, o ósmej trzydzieści rano, Adrianna Dziurska wsiadła do autobusu relacji Zamość–Londyn, zostawiając za sobą swój cały dotychczasowy świat. Jej telefon komórkowy nie przestawał dzwonić. Marek przysłał jej chyba ze sto SMS-ów o podobnej treści:

Ada, co się dzieje? Dlaczego nie odbierasz?

Do polsko-niemieckiej granicy w Świecku dotarła o godzinie dwudziestej pierwszej i wtedy właśnie napisała do niego swoją ostatnią wiadomość:

Wczoraj była u mnie policja. Wiem o wszystkim.
Uważaj na siebie.

Potem wyjęła kartę z telefonu i wyrzuciła ją do śmietnika na parkingu przy granicy. Po raz pierwszy od miesiąca poczuła się bezpieczna.

Jeszcze raz zajrzała do portfela. Miała w nim dwieście dwadzieścia funtów oraz... zaręczynowy pierścionek.

W tym właśnie momencie Adrianna Dziurska podjęła ważną życiową decyzję. Obiecała sobie, że nigdy więcej nikt już jej nie skrzywdzi. I żaden mężczyzna, nawet jeżeli błagałby ją na kolanach, nie zaciągnie jej do ołtarza. Koniec. Kropka.

Do oczu znowu napłynęły jej łzy.

– Wstyd, żeby taka ładna dziewczyna się tak smuciła – zagadnęła do niej jedna z pasażerek w podeszłym wieku, zanim wsiadły z powrotem do autobusu. – To na pewno przez chłopaka. Nie martw się, dziecko. Jak kocha, to poczeka.

ROZDZIAŁ 20

Pierwsze, co przykuło uwagę Adrianny Dziurskiej, gdy się wybudziła, to plastikowa rurka wychodzącą spod skóry na jej dłoni. Następnie jej wzrok powędrował na cieniutkie kabelki podłączone do stojącego obok aparatu EKG. Wtedy też do jej uszu dotarło jego nieznośne, rytmiczne pikanie potęgujące ból promieniujący z potylicznej części jej głowy.

Niepewnie rozejrzała się po szpitalnej sali.

– Dzień dobry. – Jak na zawołanie w drzwiach pojawiła się młoda pielęgniarka.

– Gdzie ja jestem? – Głos Ady był zachrypnięty z powodu suchości w jamie ustnej.

Kobieta podeszła do niej z zatroskaną miną.

– Jest pani w szpitalu w Sosnówce. Czy może pani potwierdzić swoje imię i nazwisko?

– Adrianna Dziurska – wydukała niepewnie. – Co się stało? Dlaczego tu jestem?

– Spokojnie. Zaraz zawołam lekarza. Jak się pani czuje?

– Strasznie boli mnie głowa – odparła, próbując się podnieść. Jednak zaraz potem zrobiło się jej niedobrze i opadła bezwiednie na poduszkę.

– To uboczne skutki znieczulenia ogólnego. Najlepiej, żeby pani na razie nie podnosiła głowy.

– Znieczulenia? Dlaczego byłam znieczulona?

– Pójdę po lekarza. On pani wszystko wyjaśni. Ma pani podłączoną kroplówkę, elektrokardiograf oraz cewnik. Proszę leżeć spokojnie i się nie denerwować.

Adrianna, chcąc potwierdzić jej słowa dotyczące cewnika, powoli podniosła kołdrę, którą była okryta od pasa w dół. Starała się przypomnieć sobie, dlaczego jest w szpitalu. Niestety pamięć znowu płatała jej figle. Przed oczami miała ognisko, jakie rozpalił dla niej Rafał. To było jej jedyne wspomnienie z ostatnich dni.

Lekarz zapytał o jej samopoczucie i powiedział, że narkoza była potrzebna, żeby przeprowadzić zabieg. Znieczulenie powinno zacząć już ustępować, stąd zawroty głowy i nudności. Przez kilka następnych godzin pielęgniarki będą jej podawać leki przeciwbólowe, oczywiście w zależności od potrzeb.

– Panie doktorze, co to był za zabieg? Ja nic nie pamiętam.

– Dostała pani silnego krwotoku.

– Ale dlaczego? Co mi jest?

– Była pani w ciąży. Nie wiedziała pani o tym?

Wpatrywała się w niego zszokowana przez dłuższą chwilę.

– Czy mogę napić się wody? – poprosiła, próbując powstrzymać płacz.

– Poproszę salową, żeby przyniosła zaraz coś do picia – zapewnił, po czym westchnął głęboko i popatrzył na nią ze współczuciem. – Pani Ado, musieliśmy usunąć ciążę. Pani życie było zagrożone. Zresztą z powodu olbrzymiego krwiaka pozałożyskowego prędzej czy później i tak by pani poroniła. Dobrze, że stało się to na miejscu, w Sosnówce, i że pani rodzina szybko zareagowała.

– Nie rozumiem...

– Gdyby dotarła tu pani pół godziny później, moglibyśmy już pani nie odratować. Straciła pani dużo krwi. Musieliśmy przeprowadzić transfuzję.

– Ale ja... Nie rozumiem, skąd ten krwiak... – Spojrzała na lekarza ze łzami w oczach.

– Czy pani coś ostatnio dźwigała? A może za bardzo się przemęczała w pracy albo w domu?

– Nie. – Pokręciła głową. – Chociaż... Woziłam moją babcię na spacery wózkiem inwalidzkim. Aha... Niedawno zemdlałam i upadłam na ziemię. Myśli pan, że to dlatego? – Wpatrywała się w niego, ciągle trochę otumaniona.

– Bardzo możliwe. Mogło być też tak, że to właśnie przez ten zakrzep pani zemdlała. Ale proszę się teraz nie zadręczać. Równie dobrze krwiak mógł powstać samoistnie. Musi pani dużo wypoczywać i nabrać sił. Jestem pewien, że następna ciąża będzie bezproblemowa. Czy ma pani dzieci?

– Mam trzynastoletnią córkę.

– No właśnie. Sama pani widzi. Tak po prostu musiało być. Proszę się uspokoić i skontaktować z rodziną. Pani mama dzwoni co godzinę, żeby się dowiedzieć, jak się pani czuje. Telefon i reszta osobistych rzeczy są w szafce przy łóżku. Ja zaraz kończę dyżur. Zajrzę do pani na chwilę przed samym wyjściem... – Lekarz zamilkł, zdając sobie sprawę, że jego pacjentka go nie słucha. Zamyślona wpatrywała się w okno.

Zareagowała, dopiero kiedy odwrócił się w stronę drzwi.

– Panie doktorze, gdzie jest mój ojciec? To on mnie tutaj przywiózł, prawda?

– Pani Ado, z powodu koronawirusa szpital jest zamknięty dla osób odwiedzających. Z rodziną i znajomymi może się pani kontaktować wyłącznie przez telefon. Nie wiem, kto panią tu przywiózł, ale ma pani u tego człowieka dług wdzięczności. Trafiła pani do nas w ostatniej chwili. Proszę mi wybaczyć, mam jeszcze innych pacjentów. Niech pani odpoczywa. Radzę się zdrzemnąć. Sen pomoże się zregenerować.

Po wyjściu lekarza Ada z oczami pełnymi łez chwyciła telefon, żeby zadzwonić do matki. Odkryła, że ma kilkanaście nieodebranych połączeń, z czego połowa pochodziła z nieznanego numeru. Tego samego, z którego wcześniej dostała dwie dziwne wiadomości. A w trakcie wyścigów dostała z tego numeru jeszcze jedną wiadomość:

Muszę Cię zobaczyć. Jestem na wyścigach. Spotkajmy się pod głównym wejściem. W.

Zamarła. Przypomniała sobie, że podczas wyścigów na trybunach dostrzegła Witka Koszyckiego. Poczuła, że zaraz zwymiotuje. Szybko nacisnęła znajdujący się przy łóżku przycisk alarmowy, aby zawołać pielęgniarkę.

– Potrzebuję skorzystać z toalety – oznajmiła zapłakana, kiedy w jej drzwiach pojawiła się salowa ze szklanką wody.

– Ma pani podłączony cewnik – odparła kobieta, podając jej szklankę.

Ada powoli upiła kilka łyków.

– Niedobrze mi. Chce mi się wymiotować. – Popatrzyła na nią błagalnym wzrokiem.

– Przyniosę zaraz jakąś miskę. Niech pani spróbuje się zdrzemnąć. Po pewnym czasie znieczulenie całkowicie puści i poczuje się pani lepiej – powiedziała salowa i opuściła pomieszczenie.

Ada przyłożyła głowę do poduszki i powędrowała myślami do ostatniego spotkania jej i Williama. Wpadł do niej dzień przed jej wylotem do Polski, żeby zostawić klucze. Nie mieszkali już razem od miesiąca, jednak przychodził do niej co jakiś czas po swoje rzeczy. Starała się go unikać, toteż zazwyczaj nie było jej wtedy w domu. Jednak tym razem się nie zapowiedział. Przyniósł butelkę szampana, twierdząc, że muszą się razem napić na „nową drogę". Zauważyła głośno, że on, jeszcze przed przyjściem do niej, musiał już coś wypić. Patrzył się na nią takimi samymi maślanymi oczyma, jak wtedy, kiedy się poznali. Przyznał, że rzeczywiście machnął sobie kilka głębszych na odwagę. Po dwóch kieliszkach strzelających bąbelków zebrało im się na wspomnienia. Kinga ostatnią noc spędzała u najlepszej przyjaciółki. Byli więc sami. Ada wyjęła z lodówki butelkę wina, którą planowała zostawić swoim przyszłym lokatorom jako powitalny podarunek. Opróżnili całe białe Pinot Grigio. Will zaczął całować ją po szyi, prosząc, aby jeszcze raz przemyślała sprawę ich rozstania i swojego wyjazdu. Po raz pierwszy od dawna znowu się przed nią otworzył. W głowie szumiało jej od procentów, jednak to nie przeszkodziło jej ściągnąć z niego ubrania. Miała ochotę kochać się z nim po raz ostatni. Seks był tym, co zawsze najlepiej im wychodziło. Zupełnie wyleciało jej z głowy, że nie brała już tabletek antykoncepcyjnych.

Pamięć bywa ulotna...

Z westchnieniem wybrała numer swojej matki w telefonie. Najspokojniej jak mogła, poinformowała ją, że czuje się znośnie. Regina zaczęła tak panikować, że po dwóch minutach Ada przerwała, tłumacząc się bólem głowy.

Doszła do wniosku, że nie zaśnie, dopóki się nie dowie, co działo się po jej omdleniu. Resztkami sił wybrała numer Karoliny.

Przyjaciółka odebrała od razu.

– Matko! Jak ja się martwiłam! Wszyscy tu siedzimy jak na szpilkach! – zaczęła się drzeć do telefonu. – Jak się czujesz?!

– Głowa mnie boli – oznajmiła Ada, chcąc dać jej do zrozumienia, żeby mówiła ciszej, a najlepiej szeptała. – Musisz mi powiedzieć, co się stało. Nic nie pamiętam. – Poczuła się nieswojo, bo przecież wydarzenia ze swojego życia zawsze doskonale pamiętała. Buszując na szybko między wspomnieniami, natknęła się na urywki z wyścigu. – Kinga wygrała… – Zaczęła powoli odtwarzać w pamięci to, co się wydarzyło potem, i przed oczyma stanęła jej twarz zapłakanego Marka Koszyckiego. Znowu zebrało jej się na wymioty. Jej głowa bezwładnie opadła na poduszkę. – Co z Markiem? Jak on się czuje?

– Marek? – Karola wydawała się zaskoczona. – Chyba dobrze. Jego koń wygrał, więc pewnie teraz świętuje. Mijaliśmy go, jak wieźliśmy cię do szpitala. Nieźle się przejął. Grażyna Koszycka z nim była.

– A Kinga? – przerwała jej Ada. – Gdzie ona teraz jest?

– Poprosiłam twojego ojca, żeby zabrał ją z resztą dzieciaków do domu. Kama z nimi pojechała, aby mieć na wszystko oko. Twój tato wyglądał, jakby miał dostać zawału. Nieźle się przestraszył. Zresztą wszyscy spanikowaliśmy, jak zobaczyliśmy krew.

– Krew?!

– Spływała ci po nogach. Rafał próbował cię ocucić, a jak to nic nie dało, wziął cię na ręce i zaniósł do swojego auta. Pobiegłam za nim. Zawieźliśmy cię do szpitala.

– Co było potem? – Ada była tak wstrząśnięta słowami koleżanki, że czuła się, jakby zaraz miała znowu stracić przytomność.

– Zabrali cię na SOR. Czekaliśmy na zewnątrz, bo przez nowe obostrzenia nikt nie chciał nas wpuścić do środka. Przeklęty koronawirus! Twój tato zdążył wrócić ze Starogrodu i przyjechać pod szpital. Zaraz potem wyszedł do nas lekarz i spytał, czy jesteśmy z rodziny. Twój ojciec wylegitymował się odznaką emerytowanego komendanta straży miejskiej. A ja dodałam, że wszyscy jesteśmy rodziną. W końcu, jakby nie patrzeć, cały Starogród jest jak jedna, wielka rodzina, prawda?

Adrianna miała odpowiedzieć, że nie, nieprawda, ale Karoliny Gruszki wcale nie obchodziło jej zdanie. Kontynuowała niewzruszona:

– Lekarz poinformował nas, że byłaś w ciąży. Okazało się, że straciłaś dużo krwi i potrzebują zgody na transfuzję. Twojego starego zamurowało, więc to ja podpisałam im tę zgodę. Po pewnym czasie przyszedł do nas inny lekarz i oznajmił, że nic ci nie zagraża, ale musieli usunąć ciążę. Stwierdził, że możemy wracać do domu, bo wystawanie pod budynkiem szpitala w niczym nie pomoże.

Ada wpatrywała się w szpitalne okno ze łzami w oczach. Pomyślała, że znalazła się w jakimś filmie, bo przecież takie rzeczy nie zdarzają się w prawdziwym życiu. Mogłaby też być bohaterką książki albo telenoweli paradokumentalnej, których teraz pełno w TV. A może to wszystko jej się tylko śni?

– Nie wiem, jak mogłam być taką ignorantką. – Rozpłakała się nagle. – Mogłam się domyślić. Przecież nie miałam okresu. Myślałam, że to przez cały ten stres związany z powrotem do Polski.

– Nie wiedziałaś, że byłaś w ciąży?

– Nie – odparła krótko, próbując powstrzymać kolejny wybuch płaczu. – Gdybym wiedziała, że jestem w ciąży, nie popychałabym wózka z babcią, nie mówiąc już o degustacji twoich nalewek.

– Ada... – Wyglądało na to, że po raz pierwszy Karolina Gruszka nie wiedziała, co ma powiedzieć. – Nie obwiniaj się... – zaczęła ją pocieszać.

Niestety Adriana Dziurska miała niejeden powód, aby się obwiniać.

– Jak Rafał zareagował na te rewelacje? – spytała z rezygnacją w głosie.

– Próbował zachować spokój. Podwiózł mnie pod stadion, żebym mogła zabrać auto. Prawie nic nie mówił, a ja też nie byłam specjalnie rozmowna. Jak to dobrze, że Rafał był na tych wyścigach i tak szybko zareagował. To jak przeznaczenie.

Ada na te słowa sięgnęła po znajdującą się w szafce obok torebkę. Wyjęła z niej paczkę chusteczek, po czym głośno wysmarkała nos w jedną z nich.

– Czyje to było dziecko? – spytała Karola poważnie.

– Willa... Przed moim wyjazdem trochę nas poniosło. Zawsze starałam się być poukładana i odpowiedzialna. Ale okazało się, że wystarczy kilka kropel alkoholu i garść wspomnień, żebym straciła rozum.

Karola nie zdążyła skomentować jej słów, gdyż w tym momencie do sali wszedł lekarz. Adrianna przeprosiła koleżankę i szybko się rozłączyła.

– Pani Ado, proszę się uspokoić. Stres nie jest wskazany po transfuzji. – Spojrzał na nią z wyrzutem.

– Strasznie boli mnie głowa.

– Podamy pani leki przeciwbólowe. Może one pomogą się pani wyciszyć. Wszystko przekażę mojemu koledze z dziennego dyżuru. Do zobaczenia dzisiaj wieczorem. Mam dwanaście godzin na sen. Wracam o dziewiętnastej. – Lekarz zaczął uzupełniać znajdujący się przy poręczy jej łóżka plik dokumentów.

Ada dopiero teraz zrozumiała, że musi być siódma rano. To oznaczało, że całą noc była nieprzytomna.

– Panie doktorze, a kiedy będę mogła wyjść ze szpitala? – Spojrzała na lekarza błagalnym wzrokiem. Wiedziała, że powinna jak najszybciej zobaczyć się z Markiem.

„Oby nie przyszło mu do głowy, by samemu rozmawiać z Kingą". – Znowu zachciało jej się płakać.

– Wszystko zależy od tego, jak będzie się pani czuła. I powtarzam raz jeszcze: nie powinna się pani denerwować. – Obrzucił ją srogim spojrzeniem. – Przetoczyliśmy dużo krwi. Mogą pojawić się komplikacje. Może dojść do zaburzeń pracy serca albo niewydolności oddechowej. Będziemy panią monitorować i jeżeli wszystko pójdzie po naszej myśli, niebawem wróci pani do siebie. Wolimy, żeby pacjenci przechodzili rekonwalescencję w swoich domach. Zwłaszcza teraz. Pandemia się jeszcze nie skończyła, choć miejmy nadzieję, że najgorsze już za nami. – Doktor potarł dłonią skronie. Widać było, że jest zmęczony. – Na mnie już czas. Do zobaczenia.

Kiedy wyszedł, pielęgniarka przyniosła leki uspokajające. Adrianna połknęła tabletki i teraz oczy same się jej zamykały.

Czuła się już naprawdę zmęczona i przytłoczona tym wszystkim, co ją spotkało od przylotu z Anglii. Przez głowę przelatywały jej wydarzenia z ostatnich tygodni. Gdy jej powieki robiły się coraz cięższe, pomodliła się w duchu, by po przebudzeniu wszystkie jej troski po prostu zniknęły.

Niestety nie zniknęły.

Gdy się obudziła, za szpitalnymi oknami zapadał zmrok. W jej pokoju nie było nikogo oprócz salowej, starszej już kobiety, która akurat myła podłogę. Czuła się nieco lepiej, więc powoli podniosła głowę z poduszki. I wtedy spostrzegła stojący na szafce przy jej łóżku bukiet czerwonych róż. Takich samych, jakie kurier przywiózł jej ostatnio do domu. Drżącymi rękami sięgnęła po załączony do nich liścik.

– Ale musi panią kochać... – zagadnęła wesoło salowa, wyciskając wodę z mopa do wiaderka.

– Od kogo są te kwiaty? – wydukała Ada.

– Nie wiem, kochaniutka. Jedna z pielęgniarek mi je przekazała. Zostały dostarczone pod drzwi. Chociaż... Czekaj. Mówiła coś o jakimś czterdziestoletnim przystojniaku z zagranicznym akcentem.

Ada Dziurska powoli otworzyła trzymaną w ręku karteczkę i wpatrywała się z przerażeniem w napisaną odręcznie literę:

W.

Epilog

Styczeń 2016

Dwudziestodziewięcioletnia Adrianna Dziurska wyszła na zewnątrz stacji metra w londyńskiej dzielnicy City i ruszyła w stronę kawiarni, gdzie każdego ranka zamawiała kawę dla siebie i swojego ulubionego szefa, prezesa międzynarodowej korporacji spożywczej o nazwie FoodClass, Paula Jeffersona.

Był koniec stycznia i tego dnia było już dużo cieplej niż przez ostatnie kilka miesięcy. Adrianna wiedziała, że jeszcze niecały miesiąc i do Anglii powinna zawitać wiosna. Cieszyła się. Tak jak większość ludzi nie przepadała za zimą, a zwłaszcza tą szarą i deszczową zimą w Londynie. Na szczęście wiosna w Anglii zaczyna się dużo wcześniej niż Polsce. Czasami już od połowy lutego miejskie parki rozweselały pierwsze kwitnące żonkile.

Ada nie miała już na sobie przeciwdeszczowego, czarnego płaszcza z kapturem. Założyła beżowy trencz, który idealnie pasował do czarnych szpilek i granatowych rurek. Odkąd poznała Zoe Peacock, zawsze była dobrze ubrana. Zoe była matką Claire, z którą Kinga chodziła do klasy. Często wymieniały się opieką nad dziećmi. Adzie przypadały głównie weekendy, co było jej bardzo na rękę, bo w ciągu tygodnia przeważnie zostawała w pracy po godzinach. Peacock natomiast pracowała w butiku z drogimi markowymi ciuchami na High Street. Pracę kończyła równo o siedemnastej trzydzieści i zaraz potem zabierała Kingę i Claire ze szkolnej świetlicy do siebie.

Zoe, tak jak Ada, była singielką. Z tym że tą wiecznie poszukującą. Uwielbiała nocne życie Londynu, dlatego w piątki i w soboty do domu wracała bardzo późno albo też nie wracała wcale. Jej córka co drugi weekend zostawała na noc u swojego ojca. Zdarzało się jednak, że tato Claire nie wywiązywał się z umowy i pod byle pretekstem odwoził dziecko do domu po kilku godzinach. Zoe nie chciała w ostatniej chwili odwoływać swojej randki z poznanym dzięki aplikacji randkowej kolejnym menedżerem z City. Dlatego Claire, ku swojej radości, nocowała wtedy u Kingi. Zoe podczas swoich spotkań często wpadała na ojca Claire bawiącego się w towarzystwie nowo poznanej początkującej modelki, fryzjerki, wizażystki lub też nauczycielki. Robiło się wtedy dość niezręcznie. Potem opowiadała o tym wszystkim Adzie, która nie mogła pojąć, dlaczego świat aż tak zwariował. Ona nie zamierzała wariować. Wolała czytać.

Także teraz, wchodząc do swojej ulubionej kawiarni przy stacji metra, w torebce miała książkę. Przywitała się ciepło ze stojącymi za ladą sprzedawcami i zamówiła to, co zwykle. Czekając na kawę, zaczęła przeglądać e-maile w telefonie.

– Cholera, znowu jakiś pożar w marketingu – westchnęła ciężko i zaczęła odpisywać na e-maila od Andrew, jednego z menadżerów.

– Twoje kawy, Adrianna! – Barista postawił na ladzie dwa duże kubki z logo kawiarni. – Miłego dnia, kochanie! – Przesłał jej całusa.

Uśmiechnęła się promiennie. Już prawie pięć lat minęło, odkąd pierwszy raz weszła do tej kawiarni i zamówiła flat white dla Paula i americano dla siebie. Od tego czasu nic się nie zmieniło. Poza tym, że i jej, i jej ulubionemu bariście, Stephenowi, przybyło więcej zmarszczek i kilka siwych włosów. Zarówno Steve, jak i Ada skrywali siwiznę pod farbą w naturalnym odcieniu ciemny blond. Adrianna ogólnie nie tolerowała żadnych facetów, ale Stephen był homoseksualistą, więc jego akurat lubiła. Jego, a także swojego szefa Paula, który traktował ją jak własną córkę, oraz Andrew z marketingu, który, w odróżnieniu od innych kolegów z pracy, nigdy nie rzucał przy niej szowinistycznymi tekstami.

– Dzięki tobie będzie jeszcze milszy. – Odesłała całusa i podążyła w stronę budynku The One, najstarszego londyńskiego wieżowca, wybudowanego w latach dziewięćdziesiątych.

Weszła do oszklonego holu, przywitała się z portierem i wjechała windą na czterdzieste piętro. To tu mieściła się główna siedziba FoodClass, międzynarodowej korporacji spożywczej.

Rzuciła życzliwe „dzień dobry, Meg" do recepcjonistki i podpisała się na liście. Weszła do swojego biura, które znajdowało się zaraz przy gabinecie Paula i powiesiła trencz na wieszaku. Potem zapukała do drzwi prezesa.

– Tak? – usłyszała i weszła do środka.

– Dzień dobry, drogi szefie – przywitała się z uśmiechem. Około sześćdziesięcioletni, posiwiały mężczyzna w okularach siedział za biurkiem i przeglądał coś na swoim laptopie.

– O, Adrianna, jesteś wreszcie. – Uśmiechnął się serdecznie. Wyraźnie był w bardzo dobrym nastroju. – Siadaj, proszę. Mam wieści.

Zaintrygowana Ada postawiła kawę dla Paula zaraz przy jego komputerze, usiadła naprzeciwko i upiła łyk własnej. Potem zdjęła marynarkę i rzuciła ją na oparcie krzesła.

– Znasz tę firmę Global Food Investment. – Prezes bardziej stwierdził, niż zapytał.

– Coś słyszałam. Chyba niedawno przenieśli się tu ze Stanów... Inwestują w start-upy.

– Tak. Dokładnie. Zajmują się inwestycjami, przeważnie wysokiego ryzyka, głównie w innowacje branży spożywczej. Ostatnio na zebraniu akcjonariuszy zaproponowałem, że nieco przewartościujemy strategię. Sprzedaż nam leci na łeb na szyję. Musimy doinwestować R&D. Poszukać nowych, niestandardowych źródeł energii potrzebnej do produkcji i tym samym zmienić wizerunek na bardziej eko.

– Podoba mi się. Potrzebujesz kasy od GFI. – Teraz to Ada bardziej stwierdziła, niż zapytała.

– Zgadza się, moja droga. Potrzebujemy sporego zastrzyku kapitału z zewnątrz. A wiesz, kto jest tam głównym decydentem?

– Pewnie ktoś, kogo znasz, bo znasz wszystkich.

– Nie... Jego akurat nie znam. Ale znam jego babkę. I to całkiem dobrze. Przyjaźniły się z moją Pauliną. Poznały się na bankiecie po wyścigach w Ascott, dobre dwadzieścia lat temu. Eleonor Howard wywodzi się z mieszczańskiej arystokracji z Oxfordu. Była wprawdzie dużo starsza od Pauliny, ale jakoś tak wyszło, że bardzo się polubiły. – Spojrzał na portret żony umieszczony na swoim biurku i westchnął głęboko. – W każdym razie przyszykujemy grunt. Urządzę przyjęcie i zaproszę Eleonor z wnukiem. Chcesz go zobaczyć? Jestem właśnie na jego profilu na LinkedIn. Przystojny, młody kawaler.

– Matko, chyba nie wchodzisz tam przez swój profil? Jak mu się potem wyświetlisz w kontaktach, od razu będzie wiedział, że to twoje przyjątko to nie przypadek.

– No nie... – zaśmiał się. – Już mnie nauczyłaś, żeby takie rzeczy załatwiać incognito. Chociaż, jak Eleonor przekaże mu, kim jestem, on prawdopodobnie od razu się zorientuje, że chodzi o jakąś głębszą sprawę. Chodź, zobacz jego zdjęcie. Wygląda całkiem sympatycznie. Blondyn. Lubisz blondynów, nie?

No cóż. Kiedyś zdecydowanie wolała brunetów.

– Chyba nie chcesz, żebym go specjalnie po to uwiodła? – zażartowała. Wiedziała, że dla dobra jakiegoś projektu, Paul Jefferson był w stanie poświęcić wiele, jednak z pewnością do takich rzeczy nie byłby w stanie się posunąć. Tak czy siak, Ada nie zamierzała ruszać się z miejsca, żeby zobaczyć fotki jakiegoś finansisty z City. Nie miała też ochoty go poznawać. Ani jego, ani żadnego innego mężczyzny.

– Oczywiście, że nie. Uwiodę go ja, swoim błyskotliwym pomysłem. Ty musisz tylko przyjść i się zakochać.

Ada uśmiechnęła się ironicznie.

– W końcu to arystokrata – kontynuował niewzruszenie Jefferson. – Sama mówiłaś, że nie pogardzisz angielskim arystokratą.

– Daj spokój, Paul, to były tylko głupie żarty! – oburzyła się Ada.

– W dodatku dobrze wykształcony, a po jego dokonaniach widać, że tę fuchę ma nie tylko dzięki rodzinnym koneksjom. Myślę, że jest elokwentny. W dodatku jest od ciebie trochę starszy. Dałbym mu trzydzieści pięć lat. To dobrze. Powinien mieć już sprecyzowane poglądy i oczekiwania.

– Normalnie ideał – podsumowała z sarkazmem Ada. – Pewnie dawno zajęty.

– Właśnie nie... Sprawdzałem na fejsie. Niedawno zmienił status na „wolny".

Ada straciła cierpliwość.

– Paul! Daruj sobie! Wystarczy, że moja własna córka non stop próbuje mnie swatać!

– Kinga, tak jak ja po prostu chce, żebyś była szczęśliwa.

– Aha! Czyli to zmowa? Pewnie to ona nagadała ci głupot i poprosiła, żebyś kogoś dla mnie znalazł? Jestem szczęśliwa. Mam fajną pracę, superdziecko i dobrego przyjaciela, na którego zawsze mogę liczyć. – Mrugnęła do niego.

– Adrianna, Kinga może ma dopiero dziewięć lat, ale w niektórych sprawach jest mądrzejsza niż niejedna dwudziestoparolatka. – Paul spojrzał na nią spod okularów. – W pojedynkę na dłuższą metę ciężko żyć.

– Kto to mówi? Sam już z dziesięć lat jesteś singlem. Może najwyższy czas przestać żyć wspomnieniami o zmarłej żonie i skupić się na teraźniejszości?

– Mam ponad sześćdziesiąt lat, ty nawet nie masz jeszcze trzydziestu. Nigdzie nie wychodzisz, całe dnie spędzasz w pracy. Doceniam twoją pasję i zaangażowanie, ale, na miłość boską, jesteś młoda! Żyj! Ja już przeżyłem swoją wielką miłość. Ty...

– No właśnie ja też – podsumowała smętnie i głęboko westchnęła.

– To, że jakiś niedojrzały gówniarz w przeszłości złamał ci serce, nie znaczy, że masz się zamknąć na wszystkich mężczyzn. Poznasz jeszcze uroczego i szarmanckiego faceta. Jestem pewien, że Will Newman to prawdziwy angielski dżentelmen.

Adrianna popatrzyła na niego z powątpiewaniem.

– Traktuję cię jak córkę, wiesz o tym – ciągnął Paul. – Z czasem praca nie będzie dawać ci już tyle satysfakcji. Kinga ucieknie na studia, potem założy swoją rodzinę. Nie chcę, żebyś w tym bezdusznym, wielkim mieście została całkiem sama.

– Będę miała czas i w końcu zacznę podróżować. Przejdziesz na emeryturę i zabierzesz mnie ze sobą na wycieczkę dookoła świata.

– Mnie też może niedługo zabraknąć... – Spojrzał na nią z nostalgią.

– Paul, przestań bredzić! Masz jeszcze kawał życia przed sobą! – Ada wstała z krzesła i zaczęła szykować się do wyjścia. Nie miała ochoty dłużej drążyć z nim tych tematów, a zwłaszcza tego jednego, związanego z przemijaniem. Pomyślała o swojej ukochanej babci mieszkającej w Polsce i zrobiło jej się jeszcze bardziej nieswojo. Zabrała marynarkę i kubek z kawą z jego biurka. – Muszę lecieć. – Rzuciła okiem na ekran służbowego telefonu. – Tak jak myślałam, znowu dobijają się z marketingu... – mruknęła, przesuwając palcem po ekranie.

– Adrianna, w porządku. – Jefferson machnął ręką na znak rezygnacji. – Po prostu przyjdź na to przyjęcie. Zatrudniłem tę samą ekipę eventową co zwykle. Będzie muzyka na żywo. Jakieś najmodniejsze w tym sezonie drinki z Soho. Kuchnia fusion. Spróbujesz czegoś nowego, zabawisz się. Możesz wziąć koleżankę, jeśli nie chcesz przez pół wieczoru gadać o kredytach i inwestycjach. Będzie sporo ludzi, których zdążyłaś już poznać.

Paul namawiał ją jeszcze kilka dni, aż w końcu ustąpiła. Zapytała Zoe Peacock, czy nie zechciałaby jej towarzyszyć.

– Żartujesz?! – Peacock z wrażenia o mało nie upuściła kubka z kawą na wynos.

Umówiły się na lunch w przerwie w pracy. The Strand, czyli ulica, przy której mieścił się butik, gdzie pracowała Zoe, znajdowała się dziesięć minut piechotą od City of London. Poszły do japońskiej restauracji i zamówiły po misce ramenu.

– Bankiet w Kensington?! – ekscytowała się dalej Zoe. – Nie przegapię takiej biby. Czy ty wiesz, jakie szychy tam będą?!

– Wiem... – bąknęła niechętnie Ada.

– Więcej entuzjazmu, kobieto. Zabawimy się trochę. Może w końcu znajdę męża – rozmarzyła się Peacock. – Skombinuję dla nas fajne kiecki. Mamy teraz wyprzedaż w butiku, a ja, moja piękna, mam jeszcze dodatkową zniżkę.

– Paul chce mnie poznać z jakimś ważniakiem z firmy, z którą ma zamiar współpracować – westchnęła ciężko Ada. – Nie mam ochoty bawić się w takie gierki.

– Kompletnie cię nie rozumiem. Twój szczodry szef wspaniałomyślnie znalazł dla ciebie dobrą partię, a ty jeszcze wybrzydzasz? Ale skoro tak, to jest tylko jedno rozwiązanie. Musisz się porządnie schlać. Będzie ci wtedy wszystko jedno. Zresztą akurat ty powinnaś się upić. Pogadam z moją mamą, żeby została z dziewczynami na noc. Razem się narąbiemy i po imprezie u Paula ruszymy w miasto!

– Raczej odpada, Zoe... – Ada posępnie spojrzała na koleżankę. Nie lubiła się upijać. Pijanych ludzi też nie lubiła.

– Jeju, dziewczyno, wyluzuj trochę. Cały czas tylko praca, dom, praca, dom. Czy ty w ogóle wiesz, co to zabawa i dobry seks?

Adrianna na moment wróciła wspomnieniami do czasów, kiedy bardzo dobrze wiedziała, co miała teraz na myśli jej szalona koleżanka.

– Wiem, że zabawa i dobry seks to nie wszystko – odpowiedziała ponuro.

Na tym, mniej więcej, skończyła się rozmowa.

Tydzień później Adrianna Dziurska i jej zabawowa psiapsióła popijały drinki na bankiecie w jednej z najbogatszych dzielnic Londynu. Zoe załatwiła dla Ady designerską kieckę, natapirowała jej porządnie włosy oraz upięła pięknego i tylko z pozoru luźnego koka. Ada sama przed sobą musiała przyznać, że wyglądała nie najgorzej.

Przedstawiła swoją koleżankę kilku znajomym Paula, których miała okazję poznać na jego poprzednich przyjęciach, i, zostawiając ją w „doborowym towarzystwie", ulotniła się do baru po coś do picia. Mimo że drinki z Soho wcale jej nie smakowały, Ada, tak jak radziła Zoe, zamierzała się tego wieczoru porządnie upić. Nie przepadała za tą angielską gadką szmatką, którą na tego typu spotkaniach kulturalnie jest odbębnić z dosłownie każdym ich uczestnikiem. Zazwyczaj konwersacje te zaczynają się od uniwersalnych tematów, jak pogoda i sport, a kończą na pracy. Wielu bywalców, tak jak Paul Jefferson, imprezy tego typu traktuje jako podwaliny przyszłych interesów.

– Hej! – Zoe podbiegła do baru. – Widzisz tego typa, tam przy oknie po lewej? Zajebisty, co?

Ada popatrzyła w stronę wielkich salonowych okien wychodzących na taras.

– Nie gap się tak natrętnie! – zgoniła ją Peacock. – Zczai się, że o nim gadamy! Patrzy tu?

– To Andy! – zaśmiała się Ada na widok swojego kumpla z pracy i dała mu znak ręką, aby do nich podszedł.

– Oszalałaś! – Zoe spanikowała. – Wiesz, jak zrobić przypał!

– Chcesz mieć męża czy nie? – spytała ją Ada, robiąc poważną minę. – To świetny koleś. Całkowicie nie w moim typie, ale dla ciebie wręcz stworzony. A przede wszystkim nie jest kolejnym korpoludkiem z internetu szukającym jednorazowej przygody. Dzisiaj już więcej nie pijesz. – Ada zabrała jej kieliszek z ręki, zanim ta zdążyła zaprotestować.

Zapoznała Zoe z Andym i dyskretnie zostawiła ich samych. Podeszła do stołu szwedzkiego i zaczęła nakładać sobie przystawki na talerz.

– Jak ci się podoba? – Podszedł do niej zadowolony z siebie Paul Jefferson.

– Całkiem przyzwoicie – odpowiedziała, uśmiechając się tak uroczo, jak tylko potrafiła. Nie chciała zrobić mu przykrości, mówiąc, że impreza jest wyjątkowo drętwa. Nawet jak na niego. – Zarzuciłeś już przynętę? – zapytała, nawiązując do pomysłu Paula dotyczącego dyrektora GFI.

– Willa jeszcze nie ma – stwierdził prezes. Widać było, że jest nieco zawiedziony.

– No popatrz. Prawdziwy angielski dżentelmen, a się spóźnia – odrzekła, kręcąc głową z dezaprobatą.

– O, przyszła Eleonor! – Paul się wyraźnie ożywił. – Chodź, przedstawię cię! – Pomachał do swojej koleżanki, po czym, dosłownie, pociągnął Adę w jej stronę.

Zapoznał je ze sobą i pogadali we trójkę o pogodzie i meczu, który Chelsea London grało kilka dni wcześniej z Everton.

Eleonor Howard była uroczą starszą panią, w niczym nieprzypominającą zmanierowanych dam z arystokratycznych dworów, które Adrianna znała z książek. Przywodziła jej na myśl jej babcię, Marię Staszewską. Bez ogródek zwymyślała piłkarzy swojego ulubionego klubu Chelsea, którzy zamiast wygrać, zremisowali.

Po najmilszej, jak do tej pory, pogawędce, Ada poszła do toalety. Zoe wbiegła za nią do środka.

– Idziemy z Andym w miasto, uderzasz z nami? – zagadnęła wesoło.

– Nie. Dzięki. – Ada pomyślała, że ostatnie, czego jej teraz potrzeba, to czuć się jak piąte koło u wozu.

– Jak chcesz. Tutaj raczej się już nic ciekawego nie wydarzy.

– Pewnie masz rację. Pójdę na basen. Popływam trochę i będę się zbierać do domu.

– Ja do mojego raczej dziś nie wrócę. – Peacock mrugnęła do niej znacząco. – Jakby dziewczyny albo moja mama pytały, spałam u ciebie.

– Jasne – odrzekła Ada z uśmiechem. – Bawcie się dobrze.

– Będziemy! – krzyknęła zadowolona z siebie Zoe i wyszła z łazienki.

Adrianna pomyślała, że kąpiel w basenie i szybki relaks w jacuzzi z pewnością poprawią jej humor. Zeszła do piwnicy, gdzie Paul Jefferson miał swoje prywatne SPA.

Nieraz już miała okazję korzystać z dobrodziejstw domu Paula, a głównie z jego wodnych części. Jefferson zapraszał ją i Kingę do siebie na lunch niemal w każdą niedzielę. Mimo że miał wielu krewnych i znajomych, twierdził, że to właśnie przy nich czuje się najlepiej. Ich polskie korzenie przywoływały mu na myśl ukochaną, zmarłą małżonkę, Paulinę, Polkę z pochodzenia. Jefferson i dwie Dziurskie stali się dla siebie nawzajem taką trochę nieformalną rodziną. Wspólnie gotowali, chodzili do kina oglądać filmy familijne, spacerowali po Hyde Parku. Ada często nabijała się z szefa, że został dziadkiem, mimo że nigdy nie miał dzieci.

Weszła do pomieszczenia, gdzie znajdował się basen, sauna oraz jacuzzi. Rzuciła na podłogę czarną kopertówkę i zaczęła się rozbierać. W środku było ciemno, a jedyne światło dawało podświetlenie basenu. Zdjęła sukienkę i stanik, i tylko w czarnych koronkowych majtkach zeszła po schodkach do zimnej wody. Od razu przepłynęła żabką jedno okrążenie, a następnie zatrzymała się na chwilę, żeby odsapnąć. Tak jak przeczuwała, kąpiel ją odprężyła. Zrelaksowana położyła ugięte ręce na krawędzi basenu i oparła głowę na dłoniach. Nagle usłyszała jakieś szmery, podniosła wzrok i rozejrzała się dookoła. I dopiero wtedy, ku swej rozpaczy, rozpaczy, odkryła, że na jednym z leżaków między sauną a prysznicem siedzi mężczyzna i odpala sobie właśnie papierosa. Nie widziała go wyraźnie, bo siedział w miejscu, gdzie nie dochodziło światło lamp. Po jego nonszalanckiej pozie stwierdziła, że z pewnością był przed czterdziestką. Miał na sobie biały szlafrok, a przed nim, na końcu leżaka, zauważyła wizytowe ubranie, czarny garnitur i białą koszulę. Adrianna Dziurska odgadła, że to jeden z gości Paula, który prawdopodobnie tak jak ona przyszedł tutaj, żeby się trochę odprężyć.

– Długo tu jesteś? – zapytała z udawaną obojętnością w głosie.

– Wystarczająco długo. – Uśmiechnął się wymownie. Barwa jego głosu potwierdziła, że nie mógł mieć więcej niż czterdzieści lat.

Westchnęła zrezygnowana. Stwierdziła, że przecież sama jest sobie winna. Powinna była najpierw się dokładnie rozejrzeć, zanim się rozebrała.

„Dobrze, że przynajmniej nie jestem trzeźwa" – przebiegło jej przez myśl.

– Tu nie wolno palić papierosów – zakomunikowała, spoglądając na niego wyniośle.

– To nie papieros – odparł zupełnie niewzruszony. – Poza tym wyłączyłem czujniki.

„Arogancki dupek" – pomyślała poirytowana.

– Podasz mi szlafrok? – Zerknęła na stertę ułożonych równiutko białych szlafroków dla gości, znajdującą się na drewnianym stoliku, zaraz obok wejścia do spa.

Na chwilę zrobił zrezygnowaną minę, po czym wstał, chwycił szlafrok ze stolika i podszedł do niej rozbawiony.

– Proszę, moja rusałko. – Rozłożył przed nią trzymany w rękach szlafrok.

– Możesz się odwrócić? – Uznała, że sam na to nie wpadnie.

Odwrócił się na pięcie, a uśmiech dalej nie schodził mu z twarzy.

Ada pośpiesznie wyszła z basenu i nałożyła szlafrok. On z powrotem usiadł na swoim leżaku i odpalił blanta.

Położyła się na leżaku obok.

Na ogół stroniła od facetów. Zwłaszcza cwanych dupków. Coś jej jednak podpowiadało (być może wypity wcześniej alkohol), że rozmowa z nim będzie ciekawsza niż kolejny nudny small talk w sali pełniej świateł. Od ciągłego podkreślania, ile deszczu ostatnio spadło w Anglii, czuła się niemal jak ekspert do spraw zagrożenia powodziowego.

– Co tu robisz? Zbyt nudno tam na górze? – Zmarszczył czoło.

Ada dopiero teraz miała okazję mu się dokładnie przyjrzeć. Światło, które okalało basen, tańczyło właśnie z wodą, rzucając migającą poświatę na jego twarz. Nie chciała wpatrywać się w niego nachalnie, toteż po ogólnym rozeznaniu, odwróciła wzrok. Buzię miał przyjemną, choć rysy nieco za ostre. Oczy niebieskie, włosy ciemny blond. Wystająca spod szlafroka lekko opalona, umięśniona klatka piersiowa sugerowała, że często uprawiał sport. Zatem dbał o prezencję. Prawdopodobnie odgrywała znaczną rolę w jego pracy. Mógł być więc kelnerem, który zamiast obsługiwać gości na górze, postanowił zrobić sobie małą przerwę.

– Przyjaciel chce mnie zeswatać z jakimś snobem – westchnęła. – Musiałam uciekać. A ty?

– Moja była tam jest. Niezręczna sytuacja. Rozstaliśmy się z impetem. Chyba do tej pory ma do mnie żal. – Podał jej zapalonego skręta.

– Tak? – zagadnęła zaciekawiona.

– Chciała czerwonych róż i pierścionka. Nie mogłem jej tego dać. Nie daję kobietom kwiatów. Pierścionków też nie.

Ada się szczerze zaśmiała, krztusząc się przy tym dopiero co wciągniętym dymem.

– No tak. Po jakimś czasie wszystkie tego właśnie chcą – stwierdziła, oddając mu jointa.

– Ty nie?

– Ja nic nie chcę. A zwłaszcza róż i pierścionków. Obiecałam sobie kiedyś, że żaden facet nie zaciągnie mnie do ołtarza.

Nieznajomy przyjrzał jej się badawczo, po czym stwierdził:

– Musiało boleć.

Ada spojrzała na niego pytająco.

– Wnioskuję, że jakiś złamas cię kiedyś skrzywdził. Stąd te zgorzkniałe deklaracje.

Nie zamierzała komentować tych słów. Cwany, arogancki dupek przejrzał ją na wylot, ale to tylko dlatego, że pod wpływem bardzo nieroztropnie wypitych procentów stała się zbyt wylewna i powiedziała ciut za dużo. Więcej tego błędu nie popełni. To znaczy, zamierzała dalej wlewać w siebie procenty, ale już bardziej roztropnie wylewać z siebie słowa.

– Będziesz to jeszcze pił? – Rzuciła okiem w stronę napoczętego przez niego drinka.

– Nie... – odrzekł zmieszany. – Częstuj się, proszę.

Ada wzięła szklankę z napojem i wypiła do dna.

– Co za ohyda! – Wzdrygnęła się. – A podobno to najlepsze drinki w Soho.

– No cóż. W pełni się zgadzam. Wyjątkowy szajs – odpowiedział rozbawiony.

Oboje wybuchli śmiechem.

– Często tam bywasz? – Nieznajomy znowu odpalił jointa, który do tej pory zdążył już przygasnąć. Zaciągnął się głęboko kilka razy, a potem powoli wypuścił powietrze z płuc.

– Gdzie? – Ada czuła, że robi się coraz bardziej rozkojarzona. Drinki może i nie smakowały najlepiej, ale za to działały znakomicie.

– W Soho.

Wiedziała, do czego zmierzał. Soho słynęło na całą Anglię głównie jako dzielnica rozpusty. Było pełne nocnych klubów, drogich butików i najlepszych restauracji. Mekka dla zatwardziałych singli, ale też dla tych szukających... głównie przelotnych związków.

– Nie. Mówiłam już. Ja niczego nie chcę. – Uśmiechnęła się znacząco. – A ty? Jak często tam bywasz? – Adrianna stwierdziła, że pytanie, czy jej rozmówca bywa tam w ogóle, może sobie podarować. Wyglądał i mówił tak, jakby w Soho mieszkał, a nie tylko imprezował.

Też się uśmiechnął.

– Wcale tam nie bywam – odparł, podając jej blanta. – Jestem stały w związkach.

– Ty? Choć nie chcesz dawać kobietom kwiatów?

– Daję im coś innego – stwierdził tajemniczo.

– Co? – Ada była wyraźnie zaintrygowana.

– Niesamowite… zmysłowe… doznania – wycedził, mierząc ją wzrokiem.

Ada znowu wybuchła śmiechem, ale on tym razem miał bardzo poważną minę.

– Skąd wiesz? – Zaciągnęła się i przekazała mu skręta.

– Skąd wiem co?

– Że jesteś taki niesamowity.

– A chcesz się przekonać? – Spojrzał najpierw na nią, a potem na siebie, a dokładnie w miejsce swojego zakrytego szlafrokiem krocza.

Wtedy oprzytomniała. Miała wrażenie, że już kiedyś słyszała podobne aluzje. A ich następstwem stały się wydarzenia, o których przez dziesięć ostatnich lat starała się zapomnieć.

– Nie! – odparła ostro i szybko wstała ze swojego leżaka.

– Poczekaj. – Jej towarzysz też podniósł się z miejsca.

– Nie uprawiam seksu z nieznajomymi – podsumowała wyniośle, kiedy lekko się chwiejąc pod wpływem alkoholu i wypalonej dopiero co marihuany, próbowała podnieść swoje rzeczy z podłogi.

Podszedł do niej szybkim krokiem i podniósł jej sukienkę oraz buty.

– To mnie poznaj. – Podał jej ciuchy i popatrzył w oczy. – Masz rację. Żeby seks był naprawdę dobry, trzeba się najpierw dobrze poznać. Zdecydowanie powinniśmy się wcześniej umówić. I to kilka razy.

– Dzięki, ale nie. Już ci mówiłam. Ja niczego nie chcę. Nie szu-kam ni-ko-go – odpowiedziała, powoli cedząc słowa, po czym zabrała rzeczy i szybko wyszła. Bez pożegnania.

Zanim wróciła do gości, ubrała się w łazience przy basenie. Wcześniej próbowała zwymiotować, ale bezskutecznie.

Alkohol i marihuana nie są dobrym połączeniem dla kogoś, kto rozrywką nazywa wypicie kieliszka czerwonego wina do sobotniej kolacji. Wzdychając, spojrzała w lustro. Na szczęście makijaż nie spłynął, czego zasługą były drogie, wodoodporne kosmetyki Zoe. Panna Peacock, jak na londyńską imprezowiczkę przystało, wiedziała, jak i czym się malować, aby make-up utrzymał się podczas tańca lub, co się zdarzało i czego Ada była żywym przykładem, podczas niespodziewanej kąpieli. Włosy też nie zdążyły się zbytnio napuszyć, za co także była wdzięczna swojej koleżance. Zoe użyła bowiem tyle lakieru do utrwalenia koka, że spokojnie wystarczyłoby na dzienne zaopatrzenie dobrze prosperującego salonu fryzjerskiego.

Adrianna poprawiła więc tylko szminkę, a potem wypiła jeszcze podwójne espresso w kuchni. Wśród uwijających się kelnerów i kucharzy zastanawiała się nad słowami mężczyzny, którego imienia nawet nie znała. Czy mówił serio, czy tylko sobie żartował? Czy przygodny seks jest tylko małą namiastką tego, co może nas spotkać, kiedy naprawdę dobrze poznamy swojego partnera? Jeżeli to prawda, to dlaczego w takim razie tak wielu ludzi rajcują przypadkowe zbliżenia?

Wiedziała, że odpowiedzi na to pytanie już nie pozna. Jej pełen miłosnych uniesień nastoletni związek dał jej wprawdzie mnóstwo powodów, by seks uwielbiać. Zdarzało się, że nieraz całymi dniami nie wychodzili z Markiem z łóżka. Było im ze sobą cudownie. I właśnie dlatego straciła głowę. Dała się ponieść, a jej zdolność logicznej oceny sytuacji została całkowicie uśpiona. Nie chciała się zakochiwać, a nie istniało dla niej coś takiego jak seks bez miłości. Przez dziesięć lat nie potrzebowała ani jednego, ani drugiego. Samej było jej najlepiej i wbrew temu, co próbowali uświadomić jej Kinga i Paul, nie miała ochoty niczego zmieniać.

Po kawie stwierdziła, że pora się zbierać. Wyszła na korytarz i zaczęła szukać Paula. Znalazła go w salonie. Stał przy fortepianie z Eleonor i jakimś mężczyzną, którego twarzy nie mogła dostrzec, bo był odwrócony do niej plecami. Jefferson z dużym zaangażowaniem opowiadał coś swojemu towarzyszowi i babce Howard. Ada domyśliła się, że prawdopodobnie zaraz pozna Willa Newmana.

– O! Adrianna! – Paul pomachał do niej, jak tylko ją zauważył.

Zaczęła iść w ich kierunku, uśmiechając się najszczerzej, jak tylko potrafiła. Naprawdę nie miała ochoty odstawiać całej tej szopki. Marzyła, żeby siedzieć już w taksówce i jechać do domu.

Stojący obok mężczyzna odwrócił się i uśmiech na twarzy Adrianny Dziurskiej zgasł. To był nieznajomy z basenu. W skrojonym na miarę, dopasowanym garniturze wyglądał całkiem inaczej. Poważniej i...

„Niesamowite... zmysłowe... doznania" – Jego słowa nabrały głębszego znaczenia.

– Właśnie rozmawiamy o nowym przedsięwzięciu FoodClass. – Paul nawet nie próbował ukryć swojej ekscytacji. – Poznajcie się, proszę. To Will Newman, wnuk Eleonor. Jest dyrektorem operacyjnym w GFI. A to Adrianna. Moja asystentka i najcudowniejsza kobieta, jaką znam... – odchrząknął i podniósł oczy do sufitu tak, jakby chciał przeprosić za ten komentarz swoją zmarłą małżonkę. – I jaka żyje – dodał pośpiesznie.

– Poznaliśmy się już – skwitował William Newman, promiennie się do niej uśmiechając.

– Tak...? I co? Nie uważasz, że jest wspaniała? – Jej ukochany szef bezsprzecznie do czegoś dążył.

– Rozebrała się przy mnie, wypaliła mój towar, wypiła mi drinka, a na koniec stwierdziła, że nie uprawia seksu z nowo poznanymi mężczyznami... – Tu Will Newman zrobił wymowną pauzę. – Jest zniewalająca. – Mówiąc to, spojrzał jej głęboko w oczy.

Ada zdrętwiała. Nie mogła uwierzyć, że on powiedział to wszystko na głos. Przez moment Paul i babka Eleonor też stali jak oniemiali, ale zaraz potem, we trójkę, razem z Willem wybuchli gromkim śmiechem.

Tylko Adrianna dalej wpatrywała się w Newmana z miną pełną powagi.

– Jejku, ta dzisiejsza młodzież – chichotał Paul. – Oni to wiedzą, jak sobie żartować ze starszych. Chodźmy, zostawmy ich, bo sobie z nas dalej będą jaja robić – zwrócił się do Eleonor. Wziął staruszkę pod ramię i skierowali się w stronę grupki ludzi gawędzących po drugiej stronie fortepianu.

Ada natychmiast odwróciła się na pięcie i ruszyła do wyjściowych drzwi.

– Zaczekaj! – Will szybko do niej podbiegł.

– Nie uważasz, że to było niestosowne? – zapytała urażona, zatrzymując się w holu. Zaczęła szukać swojego płaszcza na specjalnie wystawionych wieszakach.

– Widziałaś, jak się ubawili. Im też się coś od życia należy. Nikt by nie uwierzył, że to prawda. Przecież jesteś taka stateczna i rozsądna – nabijał się.

Gdy obrzuciła go spojrzeniem pełnym wyrzutów, w moment spoważniał.

– Skąd jesteś? – Przyjrzał się jej zaintrygowany.

– Z daleka – rzuciła mu na odczepne.

– Domyślam się. Masz doprawdy uroczy akcent. Przyjadę po ciebie jutro o dwudziestej. Pojedziemy, gdzie chcesz. Może być Soho.

– Zapomnij. Nie spotkam się z tobą ani w Soho, ani nigdzie indziej – syknęła zirytowana.

– A to się jeszcze okaże – powiedział. Bardziej do siebie niż do niej.

Ada tylko przewróciła oczami, chcąc dać mu do zrozumienia, że nudzi ją jego towarzystwo. Znalazła swój płaszcz. William Newman natychmiast go od niej zabrał i pomógł założyć.

– Dobranoc – mruknęła, otwierając wyjściowe drzwi.

– Czekaj! – Wybiegł za nią. – Zamówię ci taksówkę. – Wyjął telefon z kieszeni marynarki i, nie czekając na jej zgodę, wybrał numer.

Rozdrażniona westchnęła z rezygnacją. Stwierdziła, że szkoda jej nerwów na wchodzenie w dyskusję. Obserwowała samochody, które co kilka sekund przemykały jej przed oczami. Były to głównie czarne, londyńskie taksówki. Ada zdała sobie sprawę, że prawdopodobnie o tej porze będzie musiała czekać następną godzinę, aż któraś z nich się zwolni.

Spojrzała w stronę aroganckiego dupka, który oddalił się od niej na kilka metrów i z zapałem rozmawiał przez telefon. Nieco ją to rozjuszyło. Miał zamawiać taksówkę, a nie wdawać się w pogaduchy.

Po kilku minutach podszedł do niej z szarmanckim uśmiechem i oznajmił dumnie:

– Zaraz będzie.

Odetchnęła z ulgą. Odjedzie i nie będzie musiała już go więcej oglądać.

– Dasz mi chociaż numer telefonu? – spytał, robiąc do niej maślane oczy. – Żebym mógł zadzwonić i zapytać, czy szczęśliwie dojechałaś?

Stwierdziła w myślach, że ten facet to beznadziejny przypadek, więc najlepszą reakcją będzie... Brak reakcji. Odwróciła głowę w drugą stronę. Nie zadziałało.

Wpatrywał się w nią z jeszcze większym zaciekawieniem.

Ku jej radości taksówka podjechała bardzo szybko jak na Londyn, w sobotę i o tej porze.

– Do zobaczenia – rzekł, otwierając jej drzwi samochodu.

Ada, nic nie odpowiadając, wsiadła do środka z nadąsaną miną.

Pod domem wyjęła portfel z torebki i już miała wyciągnąć kartę kredytową, gdy kierowca oznajmił, że rachunek został uregulowany na samym początku przez zamawiającego.

„Prawdziwy angielski dżentelmen" – pomyślała kpiąco, znowu przypominając sobie słowa szefa.

Kilka dni później Paul wezwał ją do gabinetu.

– William Newman właśnie odpisał na e-maila. Mamy to! Napisał, że zrobi wszystko, żeby nas wspomóc w tym przedsięwzięciu! Chce nas odwiedzić w przyszłym tygodniu z potencjalnymi inwestorami. Trzeba zorganizować spotkanie. Zajmiesz się tym. Prześlę ci kontakt do jego asystentki.

Ada popatrzyła niepewnie na przyjaciela.

– Co się dzieje? Myślałem, że dobrze się z nim bawiłaś na przyjęciu. Niezły z niego dowcipniś, co?

– Paul, nie obraź się, wiem, że to mało profesjonalne, ale ja nie chcę... – Przełknęła ślinę. – Nie mogę się z nim kontaktować.

– Dlaczego? Zrobił ci coś? – Jefferson przyjrzał się jej z wyraźnym niepokojem.

– Nie! – zaprzeczyła od razu. – To prawdziwy angielski dżentelmen... – westchnęła zrezygnowana. Zrozumiała, że dalsze wykręty tylko pogorszą sprawę. Paul zacznie podejrzewać, że coś zaszło między nią a Newmanem. A tak przecież nie było. I nie będzie.

– Świetnie. Zatem bierzmy się do roboty – odparł rozanielony. – Wiedziałem, że przypadniecie sobie do gustu.

Na szczęście spotkanie przygotowywała razem z asystentką Willa, kompletnie bez jego udziału. Spotkali się dopiero tydzień później, kiedy przyszedł uzgodnić szczegóły przed oficjalnym meetingiem z inwestorami. Ada na czas jego obecności zaplanowała sobie przerwę na lunch i poprosiła asystentkę dyrektora do spraw finansów z biura obok, aby ją zastąpiła. Zresztą dyrektor finansowy też miał wziąć udział w zebraniu, więc nawet dobrze się złożyło. Szczęśliwa, że nie musi oglądać Williama Newmana, wychodziła z windy w holu na parterze, kiedy na niego wpadła.

– Adrianna. – Rozpromienił się na jej widok. Zauważyła, że jej imię wypowiedziane przez niego nabrało jakby innego znaczenia. Po prostu tak jakoś ładniej brzmiało.

– Muszę iść. Odbieram zaraz córkę ze szkoły. – Pomyślała, że jeśli da mu do zrozumienia, że ma dziecko, przestanie się na nią gapić, robiąc przy tym te maślane oczy.

Nie poskutkowało.

– Daj mi szansę. Umówmy się jutro po twojej pracy.

– Nie – ucięła krótko i szybkim krokiem ruszyła w stronę głównego wyjścia z budynku.

Gdy za nią nie poszedł, stwierdziła, że ma go z głowy. Aż do następnego dnia, kiedy to zobaczyli się ponownie podczas prezentacji dla inwestorów. Ada siedziała obok Paula i robiła notatki w laptopie, co jakiś czas podnosząc wzrok na uczestników spotkania, którzy byli akurat przy głosie. Na Willa Newmana nie spojrzała jednak ani razu. Póki nie wyskoczyło jej okienko z informacją, że dostała e-maila z adresu willam.newman@gfi.com, napisanego po polsku:

Temat: Cześć

Przepraszam, nie powinnam była tak wtedy żartować przy babcia i Paul. Byłem na haju. Podwójnym… Dzięki Tobie.

Rzuciła okiem w jego kierunku. Rzeczywiście miał przed sobą otwarty laptop, w którym coś skrupulatnie sprawdzał. Zerknął na nią przelotnie, a kiedy spotkali się wzrokiem, odwrócił się w stronę jednego z siedzących obok mężczyzn i zaczął mu coś po cichu tłumaczyć, uśmiechając się przy tym do siebie. Po kilku minutach dostała od niego następnego e-maila. Tym razem po angielsku:

Google translate :-). Umów się ze mną, proszę. Widok Twojego nagiego ciała jest lepszy niż wszystkie używki świata.

Odpisała mu natychmiast. Po polsku:

Idiota.
Możesz sobie przetłumaczyć przez Google, na ile języków chcesz.

Ku jej radości ich korespondencja na ten dzień się zakończyła. Przez kilka następnych tygodni też miała spokój, chociaż spraw do załatwienia pomiędzy ich firmami było sporo. Często musiała siedzieć w pracy do późna w nocy, żeby dopiąć wszystko na ostatni guzik. Na szczęście Zoe obiecała jej pomóc przy Kindze i na te dni zabierała małą do siebie. Twierdziła, że i tak ma u Ady dług wdzięczności, bo jej związek z ledwo poznanym na przyjęciu Andym po prostu kwitł.

Projekt został sfinalizowany już po trzech tygodniach i z tej okazji Paul Jefferson postanowił zaprosić wszystkich, którzy mieli w tym swój udział, na niezobowiązującego drinka. Poprosił Adę, aby zarezerwowała jakiś przyjemny lokal. Taki bez zbytniego przepychu, lecz z klasą. Wynajęła zatem małą knajpkę w Soho, gdzie zamówiła stół szwedzki z przekąskami oraz otwarty bar do północy. Poza Willem przyszło jeszcze kilku ważniaków z GFI, jego asystentka oraz grono pracowników odpowiedzialnych za logistykę i promocję. Paul był tak podekscytowany, że wygłosił krótkie przemówienie o tym, jaka ta inwestycja jest dla niego ważna, i że to prawdopodobnie jego ostatnie tak duże przedsięwzięcie. Podziękował też przy wszystkich swojej niezastąpionej asystentce, Adriannie, za jej nieocenioną pomoc i zaangażowanie. Na koniec zapytał Willa, czy chciałby dodać coś ze swojej strony. Wtedy Will Newman strzelił całkiem inspirującą mowę o dawaniu szansy ryzykownym, aczkolwiek przyszłościowym inicjatywom. Według niego, gdyby nie pozornie absurdalne pomysły (tak właśnie określił zmianę profilu konserwatywnego producenta przetworzonych wędlin na innowacyjną ekofirmę z tradycjami), ludzie do tej pory tkwiliby w epoce kamienia, nie mając pojęcia, co ich ominęło. Ada na początku nie załapała, o co tak naprawdę mu chodziło. Zrozumiała, dopiero kiedy kilka razy podczas przemówienia powtórzył słowo szansa, patrząc jej w oczy.

Całkiem nieźle to sobie wymyślił. Z całą pewnością był skuteczny.

I arogancki.

Może jednak nie był aż takim dupkiem?

Musiała przyznać, że tempo, z jakim wyprowadził Food-Class na prostą, robiło duże wrażenie.

Za duże.

Kiedy Will zakończył tę swoją słowną grę, wszyscy zaczęli bić brawo i wznosić toasty. Od razu ktoś do niego podszedł, by mu pogratulować sukcesu oraz błyskotliwej przemowy. Ada Dziurska zdecydowała, że wyjdzie na zewnątrz, aby się przewietrzyć, a raczej ochłonąć. Tego dnia od rana padało. Dopiero pod wieczór niebo oczyściło się z chmur. Wzięła głęboki oddech i poczuła, że przechodzą ją dreszcze. Do jej głowy zawitała myśl, że za chwilę nic już nie będzie takie samo. Wszystko się zmieni.

– Dwudziesta zero zero i jesteśmy razem w Soho – usłyszała jego głos za plecami. – Ja nie daję róż, a ty i tak niczego nie chcesz. – Podszedł do niej i stanął obok. – Nadal nikogo nie szukasz? – Uśmiechnął się i włożył ręce w kieszenie spodni.

– Nie – zaśmiała się. – A ty?

– Też nie – odrzekł, patrząc na nią znacząco.

Tego dnia nad Londynem było prawie tyle samo gwiazd co w Starogrodzie. Tylko że ona o Starogrodzie już nie myślała. Wciągnęła nosem rześkie powietrze i poczuła zapach zmokniętego deszczem miasta, przemieszany z wonią kwitnących drzew oraz męską wodą toaletową o nutach whisky i drzewa cedrowego. Wiedziała, że wiosna zawitała nie tylko do Londynu. Zagościła też na nowo w jej sercu.

Od Autorki

I jak? Udało Wam się rozszyfrować układankę?

Mam nadzieję, że nie, bo przeczytaliście dopiero pierwszą część :-).

Teraz słów kilka o tym, jak powstała niniejsza historia. Jeszcze przed pandemią koronawirusa zepsuła mi się maszyna do szycia, więc mimowolnie poszukiwałam innego sposobu na rozładowanie emocji. Zaczęłam pisać. Potem przyszła pandemia, a ja pisałam. Urodziłam drugą córkę, znalazłam dodatkową pracę, wróciłam do poprzedniego miejsca zatrudnienia, pożegnałam ojca oraz ukochaną babcię... a w międzyczasie dalej pisałam.

Mierząc się z wyzwaniami codzienności, odkryłam, że pisząc, nabieram dystansu.

Idealny Pan W. jest moim debiutem literackim. Liczę, że czytanie tej książki sprawiło Wam radość i pozwoliło choć na chwilę oderwać się od codziennych spraw.

Moja codzienność to praca i dom. Zawodowo zajmuję się rekrutacją pracowników do firm produkcyjnych. Dorywczo pracuję jako opiekunka osób z zaburzeniami ze spektrum autyzmu. Mam dwie córki i jednego męża. Urodziłam się w Chełmie. Prawie połowę swojego dotychczasowego życia mieszkałam w Anglii.

Jeżeli chcielibyście wymienić się spostrzeżeniami na temat książki lub życia, znajdziecie mnie na Facebooku, wpisując: Aga Pleskacewicz - writer lub skanując kod QR:

Jestem niezmiernie ciekawa Waszych opinii.

Do... poczytania.

Wydanie I, Chełm 2023

Numer ISBN: 978-83-969301-0-1

Redakcja: Joanna Nałęcz
Korekta: Anna Kopaczewska, Renata Nowak
Skład: Moving Dots Studio
Okładka: Agnieszka Pleskacewicz, Krystian Pleskacewicz
Pomoc merytoryczna: Krystian Pleskacewicz

Powieść ta jest fikcją literacką. Podobieństwa do prawdziwych postaci i zdarzeń są przypadkowe.

Patroni medialni

Żyć nie umierać

Ewelina czyta

Maggie w książkach

Kasienkaj7

Bibliotekarka Natalia

Książka pachnie kawą

Printed in Great Britain
by Amazon

32913301R00142